Sin rastro

Sin rastro

ALEX SMITH

SIN RASTRO

TRADUCCIÓN DE
CRISTINA RIERA CARRO

Primera edición: octubre de 2021
Título original: *Paper Girls*

© Alex Smith, 2019
© de la traducción, Cristina Riera Carro, 2021
© de esta edición, Futurbox Project, S. L., 2021
Todos los derechos reservados.

Adaptación de cubierta: Taller de los Libros
Imágenes de cubierta: robsonphoto - osons163 | depositphotos
Corrección: Carmen Romero

Publicado por Principal de los Libros
C/ Aragó, n.º 287, 2.º 1.ª
08009, Barcelona
info@principaldeloslibros.com
www.principaldeloslibros.com

ISBN: 978-84-18216-27-5
THEMA: FFP
Depósito legal: B 15366-2021
Preimpresión: Taller de los Libros
Impresión y encuadernación: Liberdúplex
Impreso en España — *Printed in Spain*

Para mis hijas,
tan maravillosas como pesadas.
¡Os quiero!

Prólogo

Martes

Todo el mundo recordaba la lluvia. La recordaban porque hubo unos días espléndidos en los que el bochorno resultaba casi insoportable. La calle hervía con un calor tan intenso que nadie quería pasear, así que los niños habían salido a la calle en tropel sobre dos ruedas; las bicicletas chirriaban sobre el asfalto reluciente, sus risas resonaban de esa manera tan auténtica como solo puede resonar la risa en verano.

Entonces, de repente, el cielo se oscureció como la piel tras una contusión y se encapotó. Había ocurrido de una forma tan repentina que incluso había pillado a los meteorólogos por sorpresa y se mostraron casi arrepentidos en los partes del mediodía. Se suponía que la tormenta iba a esquivar el este, dijeron, debería haberse dirigido directamente a la costa, donde habría caído en tromba sobre el mar del Norte. En cambio, le había echado el ojo a Norfolk y lo había azotado con una furia que había hecho que las ventanas repiquetearan y los árboles se doblaran hacia atrás. Ni un alma había salido a la calle ese día, a menos que no tuviera otra opción. La ciudad era una galería de rostros fantasmagóricos que contemplaban el aguacero a través de las ventanas empañadas.

Todo el mundo recordaba la lluvia, después. Es lo que mencionaron en todas las declaraciones, en todos los programas. «No debería haber estado trabajando. Su madre tiene que estar loca para haberla dejado salir. Llovía tanto que el agua debió de arrastrarla hasta el mar».

Todo el mundo recordaba la lluvia. La lluvia que hizo que toda la ciudad se quedara encerrada en casa.

Ni un alma había salido a la calle ese día, ni un alma excepto esa pobre chica.

Y el hombre que la secuestró.

—¡Mamá, por favor!

Con once años, cerca de cumplir los doce, Maisie Malone era demasiado mayor como para tener una pataleta, pero era evidente que se había quedado sin alternativas. Había tratado de defender su postura de mil maneras distintas, hasta el punto de que su madre se había tapado los oídos con los dedos y se había puesto a bailar pasando el peso de un pie al otro mientras gritaba «La-la-la-la». Había intentado encerrarse en la habitación, pero su madre la había amenazado con dejarla sin móvil. Había usado el chantaje de siempre: el de huir de casa y no volver jamás. Pero su madre se había limitado a encogerse de hombros y señalar que no iba a hacerlo porque, precisamente, el motivo de la discusión era que Maisie no quería poner un pie en la calle. Así que ¿adónde iba a ir? ¿A esconderse en el armario de debajo del fregadero?

Más allá de montar una pataleta en la desgastada alfombra del salón, ¿qué otra cosa podía hacer?

—Pero es que mira, mamá, ¡llueve un montón!

Razón no le faltaba. El sol había dado paso a un clima monzónico en un abrir y cerrar de ojos, la lluvia caía con tanta tenacidad que se había formado un riachuelo que corría colina abajo.

—Ya sé qué pinta tiene la lluvia, Maisie —le respondió su madre mientras salía de la diminuta cocina ataviada con la bata y el pijama (aunque hacía horas que había tocado el mediodía). Llevaba un paquete de cigarrillos Mayfair en la mano y el mismo mechero amarillo recargable que debía de tener desde que Maisie había nacido—. Y también sé que no va a hacerte daño. A menos que seas un *gremlin*.

Miró a Maisie de arriba abajo.

—Ahora que lo pienso, quizá sí que eres un *gremlin*. Explicaría muchas cosas.

—¡Mamá!

Quería ponerse a gritar hasta echar abajo la casa, pero no había nada que garantizara una explosión de mamá como montar un berrinche. Tenía un móvil nuevo fantástico, un iPhone 7 (bueno, nuevo para ella, ya que mamá lo había comprado en el Marketplace de Facebook muy barato porque tenía un arañazo en la pantalla), y casi se había quedado sin él una vez por negarse a pasar la aspiradora. No podía arriesgarse a perderlo de nuevo, sobre todo ahora que por fin había descubierto cómo instalarse la app de Minecraft.

—Pues lo hago mañana —suplicó—. Al señor Walker no le importa si llegamos tarde.

—Sí, sí que le importa —respondió mamá mientras se encendía un cigarrillo. Maisie se apartó el humo de la cara con un manotazo y la fulminó con la mirada—. Y no es por él, es por los clientes. Esperan recibir los periódicos a tiempo. No tiene sentido que los tengan una semana después de que hayan sucedido las noticias, ¿no te parece? Entonces ya no serán noticias, sino más bien agua pasada.

Se rio de su propio chiste y Maisie soltó un gruñido.

—Es el periódico gratuito —se quejó—. ¡Pero si no lo lee nadie!

Su madre dio una calada lenta y retuvo el humo en los pulmones. Se volvió para expulsarlo en dirección a la cocina (el único lugar en el que se suponía que podía fumar), pero de todas formas se expandió en todas direcciones, tan denso que provocó dolor de cabeza a Maisie. Todas las paredes de la casa estaban amarillentas y se preguntó si ese sería el color de los pulmones de su madre.

—Maisie, ¿qué te dije ayer? —le preguntó su madre, con una tranquilidad irritante.

Maisie se encogió de hombros, pero lo recordaba demasiado bien.

—Te dije que tenías que cumplir con tu ronda, ¿no es así? Te dije que si lo dejabas para mañana te arrepentirías. Y aquí estamos, a las tres y cuarto de un jueves por la tarde y ¿te arrepientes? Pues claro. Querías hacer este trabajo, querías tener dinero extra. Nadie te obligó a hacerlo y si quieres dejarlo, puedes llamar al señor Walker ahora mismo.

Maisie volvió a clavar el pie en el suelo, pero lo único que consiguió fue sacarle una sonrisilla petulante a la cara gorda y amarillenta de su madre. Por un instante, fantaseó con la idea de hacerlo de verdad, llamar al señor Walker y decirle que se metiera el trabajo por donde le cupiera. Pero le pagaba tres libras la hora y las diez libras que ganaba a la semana ayudaban a pagar todas las cosas para las que la prestación de mamá no daba.

Eso sin contar el dinero extra que conseguía vendiendo las otras cosas.

Además, mamá tenía razón: solo era lluvia.

Suspiró, mirando la puerta.

—Por favor… —intentó una última vez.

Se sorprendió al notar que el brazo de mamá la rodeaba, la estrechaba, con el cigarrillo sostenido a cierta distancia de su cabeza para no quemarle un ojo.

—Estoy orgullosa de ti, holgazana de mi corazón —le dijo mamá—. Estás creciendo muy rápido, te estás convirtiendo en toda una mujercita.

La soltó y le dio un cachete en el trasero.

—Venga, ve y hazlo ya. Meteré unas barritas de pescado en el horno y así nos tomamos unos sándwiches en cuanto vuelvas. ¿Te parece?

Maisie soltó otro suspiro.

—Vale.

Tampoco estaba tan mal tras los primeros segundos. No era una lluvia fría, casi se podría decir que poseía una cierta calidez agradable como la de la ducha. También igualaba la fuerza del chorro, quizá la superara, en comparación con la de casa, que tenía una capa de cal y un chorro lamentable. Cuando se le pasó la impresión de que miles de gotas furiosas le golpearan la cara, Maisie prácticamente disfrutó de la sensación.

El trayecto a través de la urbanización era casi todo cuesta abajo, pero mantuvo una mano agarrada al freno para evitar que las ruedas resbalaran cada dos por tres. El agua corría hacia las alcantarillas y se encharcaba en algunos lugares hasta tal punto que se formaban remolinos. Cada vez que pasaba por un charco, inundaba las aceras vacías y le hacía gracia imaginarse empapando a otras personas (la primera, su madre). La bolsa de los periódicos le pesaba como un muerto en el hombro, pero estaba acostumbrada y tomaba las curvas con cuidado para no caerse.

De vez en cuando, pasaba un coche que se movía casi a cámara lenta, los faros resplandecían a pesar de que era pleno día. Un par de personas la saludaron, otro par la señalaron y se rieron. Una señora mayor incluso bajó la ventanilla y le preguntó si quería que la llevara a casa. No contestó, sabía que no había que hablar con desconocidos, ni siquiera con las personas amables que llevaban vestidos de flores. Mantuvo los pies en los pedales y se esforzó por subir la colina por el otro lado de la urbanización hasta que llegó casi sin aliento a la primera calle sin salida que formaba parte de su ruta.

La ciudad estaba desierta, como si hubiera llegado un apocalipsis zombi (un pensamiento que no era tan extraño, en realidad, puesto que todos los que vivían por aquí tenían unos cien años y se movían a la misma velocidad que los muertos vivientes). Dejó la bici fuera de la primera casa adosada y se peleó con la verja. Luego, corrió bajo la lluvia torrencial y se lanzó contra la puerta. Los nudillos dieron un golpetazo contra la madera y se los llevó a los labios con una mueca cuando el dolor le hizo palpitar la mano. El periódico ya estaba empapado en cuanto lo sacó de la bolsa, pero logró meterlo por el renuente buzón y apretó el último trozo con el dedo hasta que entró y cayó.

El primer lado de la calle le llevó menos de ocho minutos, el otro un poco más porque la número 4 tenía un sabueso viejo y malo y siempre tenía miedo de que le arrancara un dedo de un mordisco. Agarró la bici y pedaleó hasta la calle principal para meterse en la siguiente calle sin salida, que era casi idéntica a la anterior. Divisó unos pocos rostros arrugados tras los visillos y les dirigió un saludo poco entusiasta. Si se lo devolvieron, no lo vio. El chaparrón le nublaba los ojos y convertía el mundo en un caleidoscopio de siluetas y colores borrosos.

Terminó esa calle y luego se refugió bajo una parada de autobús, se apartó el pelo empapado de la cara y se sacó las gotitas de lluvia de los labios con un suspiro. La lluvia repiqueteaba contra el techo, caía, inclemente, sobre el asfalto y la encerraba en una jaula hecha de cristal y agua. Se secó las manos tan bien como pudo, se sacó el teléfono de los vaqueros y se le aceleró el corazón al darse cuenta de lo mojada que estaba la pantalla. Pero seguía funcionando y el reloj le indicó que había pasado media hora desde que había salido de casa. De nuevo, la invadió aquel pensamiento: podía llamar al señor Walker ahora, dejar esa estupidez de trabajo, tirar los periódicos ahí mismo e irse a casa.

Sin embargo, si lo hacía, perdía la ronda del sábado. Con esa iba hasta la colina. Con esa sí que ganaba dinero. Veinte libras, algunos días.

Negó con la cabeza y metió el móvil en la bolsa impermeable de los periódicos para tenerlo a salvo. Solo le quedaban tres calles y tampoco podía mojarse mucho más.

Se mentalizó y se adentró en la lluvia, cruzó la calle, el agua le llegaba a los tobillos y le empapaba las deportivas. Se dirigió chapoteando hacia la primera casa adosada, notando los pies muy pesados, y apoyó la bici en el murete de ladrillo medio desmoronado. Se encontraba a medio camino de la puerta, con el periódico en la mano, cuando se detuvo.

La puerta de entrada estaba abierta. No entreabierta, sino abierta de par en par. Desde allí, Maisie veía que el agua se encharcaba sobre la moqueta del pasillo y las gotas caían sobre una mesilla de nogal para el teléfono. Dentro estaba muy oscuro y, cuando echó un vistazo a los dos ventanales de la fachada (uno en el salón, supuestamente, el otro en el dormitorio), vio que las cortinas, gruesas, estaban corridas del todo.

Dio unos cuantos pasos más; a estas alturas, el periódico estaba mustio. Se le disparó algo en la cabeza: no era un ruido, sino más bien una sensación. Era una alarma, instintiva, inconfundible. Algo no iba bien en esa casa. Algo iba muy mal. Se restregó el agua de los ojos y entonces cayó en la cuenta de lo doloroso que era pestañear. A sus espaldas, la calle estaba desierta y en silencio, casi como si fuera un decorado de cartón. Nada parecía real más allá de la furia de la tormenta, como si en cualquier momento fuera a doblarse y arrugarse. La casa esperaba.

«Solo es una casa», se dijo. Y, de repente, la sensación desapareció. Si esperaba un poco más, el periódico se disolvería, así que echó a correr hacia la puerta y lo lanzó dentro y se preparó para salir disparada hacia la calle.

Una voz la detuvo. Una voz que procedía del interior. Débil, aflautada y desesperada:

—Por favor.

Fue como si el día la hubiera llenado de agua de lluvia y esta se hubiera congelado y solidificado de golpe. Durante unos segundos angustiantes, Maisie fue incapaz de moverse. Luego dio un paso atrás con la piel erizada; el cuero cabelludo se le retrajo a tal velocidad que se preguntó si se le caía el pelo.

—¿Por favor? —repitió la voz. Sonaba vieja, a antigualla.

De pronto, Maisie se sintió fatal por haberse planteado siquiera irse. Quizá alguien se había caído y no podía levantarse. Los abueletes tenían accidentes cada dos por tres y se rompían los huesos, lo sabía porque veía *Casualty,* la serie de los médicos, con su madre.

—Eh… —dijo; se le hizo un nudo en la garganta—. ¿Hola? ¿Necesita ayuda? Eh… Tengo un teléfono.

Metió la mano en la bolsa de los periódicos y lo buscó. No recibió respuesta del interior de la casa, o al menos ninguna que fuera perceptible a pesar del martilleo del aguacero, y se encaminó hacia la puerta, donde estiró el cuello hacia dentro: no quería acercarse más de lo necesario. Detectó un olor extraño, más fuerte incluso que el de la tierra mojada. Era un hedor pútrido, como cuando no se saca la basura en pleno verano, un olor que le hizo pensar en los hospitales. Se le cerró la garganta.

—¿Hola? —repitió, esta vez más fuerte. Era imposible ver algo ahí dentro, no había suficiente luz. El mundo bien podría haber terminado a mitad de ese pasillo—. Voy a llamar a una ambulancia, aguante.

Nada.

Encontró el móvil y se tuvo que contener para no soltar un chillido de triunfo. Le temblaban las manos, tenía el pulgar demasiado húmedo para desbloquearlo.

—Un momento —dijo, mientras tecleaba la contraseña—. Todo saldrá bien.

Ninguna respuesta.

—Venga ya, caray —le gruñó al teléfono.

Al fin, se desbloqueó y echó un vistazo al número de cobre clavado a un lado de la puerta, tratando de recordar con qué nombre de flor habían bautizado esta calle sin salida: ¿la Geranio? ¿La Margarita? Se puso tan nerviosa que durante unos segundos no se acordaba siquiera de cuál era el número de emergencias.

«¡Es 999, idiota!».

Lo marcó, se llevó el móvil al oído y escuchó el tono.

«Venga, va».

No se produjo ningún movimiento en la casa, solo emanaba una oscuridad profunda, densa y silenciosa que le revolvió el estómago. La observó con atención mientras trataba de distinguir algo, de divisar una silueta, una arista o un contorno que la orientara.

¡Ahí! ¿No había algo? ¿Una sombra más negra entre la penumbra? Alta, delgada. ¿Un reloj, quizá? ¿Un perchero? Fijó la vista mientras el teléfono sonaba y sonaba y…

La silueta se movió a toda velocidad. Maisie tuvo la repentina sensación de un tren que entraba en un túnel, una ráfaga de oscuridad tan veloz e inesperada que el grito perforó el aire antes incluso de que ella supiera que lo iba a proferir. El muro de sombras salió disparado hacia ella, acaparando la entrada, y una mano se le aferró a la mandíbula.

El teléfono hizo clic y una voz suave preguntó cuál era la emergencia, pero no podía contestar.

Otra mano le agarró el pelo, le giró la cabeza y la metió en la casa de un tirón. Y, oculto por los truenos de la tormenta, el mundo de Maisie se fundió en la negrura.

Capítulo 1

Miércoles

—¿Hemos llegado ya?

Hizo falta hasta la última pizca de paciencia que le quedaba a Robert Kett para no pisar el freno de golpe y salir corriendo del coche entre gritos. En honor a la verdad, llevaba tres horas con esta sensación, desde que el Volvo de diez años, de color verde mierda de paloma, había arrancado de la puerta de su casa en Stepney y había iniciado el exasperante trayecto hacia el noreste. Dos de las tres niñas que iban atrás le habían planteado esta pregunta cada diez minutos. La tercera solo tenía dieciocho meses y era demasiado pequeña para articular frases enteras, pero sus gritos incansables lo habían compensado con creces.

Fuera, el mundo ardía. La inusual tormenta de verano del día anterior parecía haber vertido hasta la última gota de humedad del cielo y el sol brillaba con la contundencia de un martillo. Llenaba el parabrisas de Kett como si fuera líquido y convertía el asfalto en un espejismo titilante. Había entrecerrado los ojos con tanta fuerza y durante tanto rato que tenía la sensación de que le habían comprimido la nuca en un torno de banco.

—Papá, ¿hemos llegado?

Adelantó al camión y volvió al carril de la izquierda de la A11 antes de echar un vistazo por el retrovisor. Alice lo estaba mirando con el ceño fruncido, la mandíbula se le movía mientras masticaba un chicle que le había durado todo el trayecto. Una furgoneta blanca los adelantó, un destello cegador del sol se coló en el coche y, durante una fracción de segundo, la niña de siete años pareció su madre, como si Billie estuviera ahí sentada, detrás. Fue un espejismo tan poderoso que Kett tuvo la sensación de que le habían arrancado el cerebro de la cabeza, el vértigo le hizo aferrarse al volante como un astronauta a la deriva haría con el amarre.

Volvió a centrar la mirada en la carretera y no tragó más que polvo.

—¿Papá? —repitió Alice.

—¿Papá? —se hizo eco su hermana de tres años, Evie—. Tengo hambre.

—¿Papá?

—Pa-pa —soltó la bebé antes de proferir un berrido furioso que parecía una bocina. Era tan alto que Kett tuvo que cerrar los ojos un segundo y, al hacerlo, por poco no se pasa la salida. Puso el intermitente, se desvió y el sol, clemente, cayó sobre su hombro. Pareció que el coche se enfriaba diez grados al instante.

—¡Tengo hambre! —lloriqueó Evie—. Tengo que hacer caca.

—¿Estamos llegando? —preguntó Alice.

—Sí —respondió él y, por primera vez ese día, no era una mentira—. Estamos llegando. Solo quedan diez minutos, te lo prometo.

Aunque quizá fuera un poco más, porque no recordaba exactamente dónde iba. Había pasado los primeros doce años de su vida ahí arriba, pero de eso hacía ya treinta años y las carreteras habían cambiado mucho desde entonces. Se había llegado a plantear parar en el arcén y encender el navegador por satélite, pero si se detenía ahora entonces había muchas probabilidades de que las niñas se bajaran del coche con o sin su permiso y los gritos de Moira cuadruplicarían su potencia.

Al escudriñar el bosque en busca de las habituales señales verdes, divisó una que indicaba el norte de la ciudad y dio un volantazo para incorporarse al desvío. Alguien hizo sonar el claxon cuando le cortó el paso y, en un momento de furia ciega, casi se planteó bajarse del Volvo, sacarlos del coche y arrestarlos ahí mismo en el arcén.

«Pero ya no estás de servicio», se recordó. «Al menos, no técnicamente. Por eso hemos venido aquí: para alejarnos».

Alejarse de Londres. Alejarse del trabajo. Alejarse de todo lo que le recordaba a Billie, su esposa.

Dio un pisotón al freno solo para molestar al de atrás y redujo la velocidad a paso de tortuga a medida que se aproximaba a los semáforos que había delante. Justo entonces cambiaron al rojo y pisó fuerte el acelerador: el viejo Volvo rugió al sobrepasar el semáforo y se incorporó a la ronda de circunvalación. Observó el retrovisor y vio que el coche de detrás frenaba con un chirrido. El rostro rojo del conductor esbozó una mueca a través del parabrisas.

Quizá ya no estaba de servicio, pero no había nada que le impidiera comportarse como un gilipollas.

—Noto que se me escapa la caca —dijo Evie.

—Por el amor de Dios —gruñó—. Aguanta un poquito, ya casi hemos llegado.

Por suerte, estaban a caballo entre la hora del almuerzo y la de la merienda y las carreteras estaban bastante despejadas. Aceleró por la circunvalación, observando una ciudad que casi había olvidado y que, sin duda, lo había olvidado a él. Más allá del centelleo de la aguja de la catedral, bañada por la luz dorada, no había una sola cosa que recordara de su infancia. Alguna que otra vez, un coche de policía lo adelantaba y él lo saludaba por instinto y cuando una ambulancia pasó zumbando con la sirena a todo volumen, tuvo que reprimir la urgencia de seguirla. Mantuvo la cabeza recta y la velocidad constante mientras ascendían por la colina.

—Evie se ha hecho caca —anunció Alice, con una carcajada cruel.

—¡No! ¡Eso tú! —respondió esta.

—¡Te has hecho caca en los pantalones!

—¡Me haré caca en tus pantalones! —chilló Evie.

Llegados a este punto, a Kett casi se le escapa una sonrisa. Redujo la velocidad y examinó los nombres de las calles hasta encontrar el que quería y se desvió de la calle principal. Hasta que vio la casa enfrente, no se acordó de respirar. Le pareció que era la primera vez que lo hacía en todo el día y dejó que el alivio inundara su cuerpo. Las niñas lo presintieron: todas se quedaron calladas.

La calle estaba concurrida, había coches aparcados a ambos lados y Kett tuvo que seguir un poco más hasta encontrar un espacio. Aparcó y chocó con el bordillo de la acera. Luego, apagó el motor y, durante un solo segundo de felicidad, no se oyó ningún otro sonido que el susurro suave del viento entre los árboles de fuera.

—¿Ya está? —gritó Alice a mil decibelios—. ¿Ya hemos llegado?

El padre asintió y las niñas se pusieron a vitorear con tanto ímpetu que podrían haber hecho añicos todas las ventanas de la calle. Moira profirió un ruido que podía interpretarse tanto como de alegría como de terror, Kett no estaba seguro. Abrió la puerta del conductor, las bisagras chirriaron casi tanto como sus articulaciones cuando salió del coche y se estiró. Alice ya se había desabrochado el cinturón y estaba pasando hacia delante.

—¡No! —gritó Evie, mientras se peleaba con su sillita—. ¡Espérame!

Kett cerró los ojos y reprimió una repentina oleada de ansiedad. Lo que daría porque Billie estuviera aquí ahora mismo, por oír su voz tranquilizadora, por ver su sonrisa. Habría calmado a las niñas en un santiamén.

«Pero ya no está», se recordó. «Ya no está».

Kett abrió los ojos, el sol brillante lo achicharraba y hacía que le palpitara la cabeza.

—Venga —dijo, ayudando a Alice a salir del coche—. Vamos a empezar nuestra nueva vida.

Capítulo 2

Al final resultó que su nueva vida no quería empezar.

—Venga, va, jopelines —dijo Kett mientras hacía juego con la llave en la cerradura Yale. Moira se retorció en sus brazos con la fuerza de una cría de oso. Las manos regordetas no dejaban de darle manotazos en la cara y hacían que abrir la puerta de la casa resultara todavía más difícil de lo que debería. A su espalda, Alice estaba sentada sobre el bajo murete del jardín delantero mientras Evie trataba a toda costa de subirse a su lado.

La llave no abría. Kett soltó una maldición y se pasó la bebé al otro brazo.

—Papi, tengo muchas ganas de hacer caca —dijo Evie mientras se separaba del murete y agarrándose el trasero.

—Ya va, ya va, cariño —le respondió con los dientes apretados—. Solo un momentito. Aguanta y di: «¡No puedes pasar!».

Dio la vuelta hasta el otro lado de la casa. Era una construcción sencilla con tres habitaciones, de paredes gris guijarro y con los marcos de las ventanas pelados como si tuvieran caspa. Alguien, seguramente el agente inmobiliario, había hecho una chapuza tratando de cortar los arbustos, ya que a Kett le habría venido bien un machete para abrirse paso mientras cruzaba la verja destartalada que llevaba al jardín trasero. La sostuvo abierta para las niñas, que enseguida se pusieron a correr en círculos exaltados alrededor de la hierba amarillenta, ladrando como si fueran perros.

Parecía bastante seguro, así que dejó a Moira sobre el césped, quien enseguida empezó a caminar como un pato siguiendo a sus hermanas. Había otra puerta en este lado que seguramente conducía a la cocina y que trató de abrir con el pomo, a sabiendas de que estaba siendo demasiado optimista. Por supuesto, la puerta estaba cerrada con llave, aunque todo el armazón se movió cuando intentó abrirla.

—¡Paaaaaaaaapáááááá! —gritó Evie, con una angustia evidente.

Kett se sacó el móvil del bolsillo e hizo caso omiso de la fotografía de él y Billie que tenía como salvapantallas (Billie con un vestido de seda azul, con una margarita en su pelo de color miel, sonriendo mientras lo besaba en la mejilla en la boda de unos amigos dos años antes). Abrió la aplicación del correo electrónico en busca del número del agente inmobiliario. Detrás de él, Moira había vuelto a chillar y enseguida Evie hizo lo mismo. El ruido elevó al máximo el contador de estrés que Kett tenía en la cabeza y antes de que fuera consciente de lo que hacía, había alzado un pie, dado un paso adelante y asestado una patada con la bota de policía del número 46 junto a la cerradura de la puerta.

No podía resistir: la madera vieja se astilló cuando aplastó la pared. Tembló como un jugador de boxeo al que han dejado fuera de combate y cayó hacia atrás, así que Kett usó una mano para aguantarla. Echó un vistazo atrás: las tres niñas lo observaban con los ojos y la boca abiertos de par en par. Un alegre borboteo de risa le brotó del pecho.

—Esto no ha pasado —anunció—. Venga, vamos.

Levantó al bebé y sostuvo la puerta para que Alice y Evie entraran. El interior de la casa, por suerte, era fresco. Las persianas de la cocina estaban bajadas hasta la mitad y el aire era denso debido al polvo. Había estado en muchas casas a lo largo de los años y, por instinto, sabía que esta llevaba mucho tiempo vacía. Las superficies se habían limpiado y se habían barrido los suelos, pero los tiradores parecían grasientos por la falta de uso y había telarañas viejas que recorrían la cinta de la persiana. Hacía semanas que no se movía de sitio.

Con todo, se estaba fresco. Se estaba tranquilo.

Se estaba en casa.

—¡Corre, papá! —lo apremió Evie.

—Ven, vamos a buscar el baño.

Abrió el grifo para eliminar el plomo del agua mientras contemplaba cómo Alice y Evie salían disparadas hacia el pasillo. Moira estaba inmersa en un intento de recuperar la libertad, pero la agarró bien mientras se peleaba con el móvil y por fin encontró el teléfono del agente inmobiliario. Salió de la cocina mientras llamaba y divisó un pasillo corto con una escalera que conducía arriba, hacia el sol. Alice y Evie estaban en el salón, brincando sobre el sofá y reduciéndolo a polvo.

—Con cuidado —les dijo; sus palabras estaban cargadas de tanta autoridad como esperaba. Continuaron saltando y Kett volvió a salir al pasillo donde descubrió un pequeño aseo debajo de las escaleras. Se trataba de una casa pequeña y se maldijo por haberse creído las fotografías que había visto por internet. Los trucos que usaban en los portales inmobiliarios eran pura magia, ángulos bajos y buena iluminación. Era casi un delito.

—Evie —la llamó Kett—. El baño, venga, que no quiero que estrenes la casa nueva.

—Ya no hace falta —respondió.

—Claro, cómo no —gruñó—. Me cag…

—Buenas tardes, ha llamado a Shackley's, Dawn al habla, ¿cómo puedo ayudarle?

La joven voz que había al otro lado de la línea parecía experimentar el culmen del aburrimiento. La bebé la oyó y chilló un «¡Hiya!» al oído de Kett, así que se dio por vencido y la dejó en el suelo.

—Sí, hola —respondió—. Me llamo Robert Kett, he alquilado una de vuestras propiedades, en la calle Morgane, la número 8.

—¿Sabe el código postal? —preguntó Dawn.

—No, pero estoy bastante seguro de que no tenéis dos casas en el número 8 de la calle Morgane. La llave no abre.

Dawn hizo estallar una pompa de chicle.

—Claro —contestó ella—. Pues debería abrir.

—Ya sé que debería abrir —repuso, tratando de no perder la paciencia—. Las llaves normalmente abren, si no ¿qué sentido tienen? Pero no en este caso.

—Puedo hacer que vaya un cerrajero a última hora de la tarde.

—Ya hemos entrado —le contestó—, pero tendréis que mandar a alguien para arreglar la puerta.

—No puede entrar a la fuerza —le dijo Dawn, con un tono tan monótono como si fuera un contestador automático—. Tendrá que esperar…

—Dawn —la interrumpió Kett—. Deja que vuelva a presentarme y esta vez como es debido. Soy el inspector jefe Robert Kett, de la policía metropolitana. —Dawn dejó de mascar lo que fuera que tuviera en la boca y no interrumpió a Kett—. Necesitamos que la casa sea segura antes de esta noche. A juzgar por el estado de la puerta, es evidente que estáis incumpliendo vuestras obligaciones como agentes. Si lo preferís, puedo denunciarlo y, no sé, quizá empezar una investigación sobre la seguridad de vuestros inquilinos…

—Eh… —repuso Dawn—. Mandaré a alguien que llegará en menos de una hora.

—Perfecto —le respondió.

Dio por terminada la conversación mientras ella todavía balbuceaba una respuesta. Odiaba tener que usar su cargo en la policía, y más ahora que técnicamente no podía hacerlo, pero había gente que se merecía que les hicieran pasar un poco de miedo (mucho) y Dawn la Aburrida, sin duda alguna, formaba parte de ese grupo.

—Hola —dijo al ver que Moira subía por las escaleras—. Ya habrá tiempo de explorar, peque.

La estaba cogiendo en brazos cuando le sonó el teléfono y respondió sin mirar la pantalla.

—Más te vale que siga en pie, Dawn —gruñó.

—Tomo nota —repuso una voz áspera que llamó la atención de Kett—. No hay nada ni nadie en este mundo que se atreva a tomarle el pelo al inspector jefe Kett.

—Señor —dijo Kett; por poco no se le cayó el bebé que se retorcía en sus brazos. Dejó a su hija en el suelo y observó cómo salía disparada a gatas hacia el salón como un juguete al que le han dado cuerda. Oyó al comisario Barry «Bingo» Benson soltar una carcajada y el estruendo le despertó cierta nostalgia.

—¿Sigues en la carretera? —preguntó Bingo.

—Qué va, ya he llegado —respondió Kett, y se tomó unos segundos para estirar la espalda—. Tengo la sensación de que he tardado tres semanas.

—No me sorprende, Norwich está en el quinto pino de esta gran nación, ¿eh? El culo del mundo, el ano de la Gran Bretaña.

—Te has pasado un poco —repuso Kett mientras se encaminaba hacia la puerta principal y escudriñaba la calle a través del cristal texturizado—. Que aquí tenemos dos catedrales, eh, y como unos trescientos *pubs*.

—Y con eso ya tienes la dieta cubierta —dijo Bingo.

Kett oyó cómo crujía la silla de su interlocutor y se lo imaginó recostándose en el asiento y colocando los pies sobre el escritorio. El comisario Benson había recibido el apodo el día en que lo llamaron por un triple homicidio en Angel Islington un sábado por la tarde y se presentó sin quitarse la pajarita y el micro de cantar el bingo. Resultó que era lo que hacía para relajarse y su tono de barítono resultaba perfecto para las salas de bingo. Al parecer, a las señoras mayores les encantaba y no eran las únicas. En lo que se refería a comisarios, era uno de los mejores.

—¿Las niñas están bien? —preguntó Bingo. Kett orientó el teléfono hacia los gritos que salían del salón. Bingo se echó a reír—. No sabría decirte si se lo están pasando en grande o las están torturando.

—Se lo están pasando en grande —precisó Kett—. Es a mí a quien están torturando. Pero están bien. Creo que la mudanza les sentará bien. No queda otra.

Bingo suspiró.

—Ya verás que sí —repuso—. Será bueno tanto para ellas como para ti. Estás de permiso por motivos familiares, Robbie, necesitas emplear este tiempo en vosotros, en sanar a la familia. Y eso no puedes hacerlo en Londres.

Kett asintió.

«No se lo preguntes», se dijo. «No se lo preguntes». Era una orden, pero se oyó decirlo de todos modos.

—¿Alguna novedad?

—Sabes tan bien como yo que en cuanto sepamos algo, serás el primero al que llame. —Bingo se aclaró la garganta—. Si sigue ahí fuera, la encontraremos.

Era un cambio de frase revelador, pensó Kett. Durante los primeros días, había sido: «La encontraremos». Durante las semanas siguientes, había sido: «No te preocupes, aparecerá». Kett había sido consciente de que solo era cuestión de tiempo que se empezara a usar el condicional «si», pero no esperaba que fuera tan pronto. Catorce semanas no eran nada.

También eran una eternidad.

Bingo pareció darse cuenta de su error.

—La encontraremos —reiteró—. Deja que nos encarguemos de Billie. Tú ocúpate de tus niñas y de ti mismo.

Kett oyó un susurro mientras el hombre se peinaba el denso bigote, algo que siempre hacía antes de soltar una bomba. Así se delataba. Tal vez Bingo era bueno jugando al bingo, pero era uno de los peores jugadores de póquer del planeta.

—¿Qué pasa? —preguntó Kett.

—Me refería a que te tomes este tiempo como una temporada sin trabajo —empezó Bingo—. Pero ya que estás ahí arriba, necesito que me hagas un favorcillo.

Siguió hablando, pero su voz quedó ahogada por un terremoto que se produjo en el salón: las tres niñas se dirigieron hacia las escaleras haciendo la conga y riéndose como locas. Kett alargó la mano y las redirigió hacia la cocina.

—Lo siento, señor, tendrá que volver a empezar.

Bingo se rio, pero sin rastro de alegría.

—He dicho que necesito que me ayudes. Desde ayer, han desaparecido dos niñas en Norwich.

Kett frunció el ceño. Dos niñas desaparecidas no salían en primera página y no era nada de lo que la brigada de investigación criminal no pudiera ocuparse.

—Ambas repartían periódicos —prosiguió Bingo—. Ambas tienen once años y ambas han sido secuestradas mientras hacían la ruta de reparto.

Kett notó que una desagradable corriente le erizaba la columna y le anudaba el estómago.

—¿Secuestradas?

—Es la hipótesis con la que trabajamos —replicó Bingo, con un suspiro—. El comisario que lleva la investigación es sumamente competente, es un…, un hombre interesante, pero esto excede los casos de los que suele ocuparse su equipo. Norwich es una localidad tranquila. Necesita ayuda.

—Tenía entendido que estaba de permiso —comentó Kett y casi oyó cómo Bingo se encogía de hombros.

—Tengo tu papeleo en el escritorio todavía —replicó el comisario—. Todavía no he encontrado el momento para rellenarlo. Por favor, Robbie, tú solo déjate caer por allí, preséntate. Lo agradecerá.

Kett soltó un largo suspiro haciendo pucheros. Dirigió la mirada hacia el poste de la escalera y vio cómo las niñas desfilaban por la cocina. Moira usaba esas regordetas piernas suyas para tratar de subirse a una silla. Había mil motivos para negarse y tenía a tres justo ahí delante. El cuarto eran las personas desaparecidas del último caso en el que había trabajado, el único de toda su carrera que no había sido capaz de resolver.

El caso que lo había destrozado.

«¿Qué hago, Billie?».

No necesitaba oír lo que respondería ella. Ya sabía qué iba a decir. Al fin y al cabo, habían desaparecido dos niñas. Dos niñas que lo necesitaban.

—Claro —contestó—. Lo haré.

Capítulo 3

Jueves

—¿Seguro que no pasa nada?

Kett pronunció estas palabras a pesar de que el peto de Moira le tapara la boca, mientras la niña intentaba escalar hasta su cabeza. Tenía las manitas del bebé en los oídos, así que no solo estaba sordo, también ciego ante la respuesta de la mujer, pero cuando apartó a Moira vio que asentía.

—Es más que bienvenida, señor Kett —respondió la mujer. Hizo un gesto desde la puerta hacia la guardería a sus espaldas: un edificio pequeño, cuadrado y verde se erigía en el patio de la escuela primaria de Alice. Dentro, veinte niños armaban el mismo alboroto que unos cien. Evie se agarraba a la pierna de Kett, observaba el interior con una expresión que era una mezcla entre entusiasmo nervioso y terror atávico. Lo pilló mirándola.

—No pasa nada —le dijo—. Es solo esta mañana, ¿recuerdas? A tu hermana le ha ido bien.

Era casi verdad. Se había producido un miniataque esa misma mañana cuando Alice no encontraba el cárdigan de su nueva escuela en las maletas que habían traído, pero hacía calor y Kett había dejado que se fuera sin cárdigan como muestra de buena voluntad.

—Alice se quedaría muy impresionada si viera que también te comportas como una niña mayor.

Evie no respondió, se quedó ahí quieta, con los puños apretados de una forma que hacía que a Kett se le partiera el corazón. Había sufrido mucho, y, en cierto sentido, la desaparición de Billie la había afectado mucho más que a las otras dos. Alice era mayor, pero estaba hecha de una pasta un poco distinta que la mayoría de las personas que él conocía. La última escuela en la que había estudiado no dejaba de repetir cosas como TEA y TDAH, y estaban en lista de espera para que la examinara un especialista, pero, a fin de cuentas, era simplemente Alice, única y maravillosa unos días, horrible y frustrante otros. A menos que fueras Robert Kett, claro, en cuyo caso la palabra más habitual para describirla era «pesada».

—Un par de horas —le dijo—. Y te traeré una bolsita de Smarties.

Tuviera las dudas que tuviera, la sola mención de los Smarties hizo que se esfumaran. Con una sonrisa de oreja a oreja, le ofreció la mano a la mujer, que la aceptó con una risita enternecedora.

—Smarties —añadió Kett—. Es la cocaína de los niños, ¿eh?

Su rostro se contrajo en una expresión asqueada, pero duró solo un segundo. Miró a Moira, quien intentaba de nuevo escalar en dirección a la cabeza de Kett como si de la cima del Everest se tratara.

—¿Y la señora Kett? —preguntó, gracias a Dios, no con el tono de voz suficientemente alto como para que Evie lo oyera.

—Volveré muy pronto —contestó Kett, haciendo caso omiso de la pregunta—. Te quiero, preciosa.

—Te quiero, papá —gritó Evie, casi arrastrando tras de sí a la trabajadora de la guardería. Kett esperó hasta que la puerta se cerró tras ellas para sacarse a Moira de la cara y sostenerla cara a cara.

—Dos peques de tres no está nada mal —comentó—. Esperemos que al equipo de Norwich le gusten los bebés.

Resultó que el equipo de Norwich detestaba a los bebés.

Los detestaba con un ardor que se hizo evidente en cuanto Kett atravesó las puertas de la comisaría.

—Es una broma —gruñó el hombre. Por suerte, no se había puesto a gritarle a Moira, dirigía su furia a una joven sentada en el vestíbulo cuyo niño pequeño, que tendría uno o dos años, se había despatarrado en el suelo con la intención de hacer añicos todos los cristales solo con el poder de su voz—. Sabe usted que esto no es una guardería, ¿verdad? ¿Sabe que esto es una comisaría de policía?

La mujer (una chica, en realidad, no debería de tener más de dieciséis años) se encogió como si el hombre la hubiera atacado con un bate. Tenía los ojos húmedos cuando cogió al niño que berreaba. Kett notó que le hervía la sangre. Moira se había calmado un poco, pero seguía retorciéndose como un saco de anguilas. Se maldijo por no haber sacado el cochecito del coche. A estas alturas, tras tantas semanas, seguía esperando que fuera Billie quien lo hiciera. Él cogía al bebé, Billie se encargaba del cochecito. Siempre lo habían hecho así.

El hombre enfadado montó un espectáculo metiéndose con madre e hijo mientras agarraba un fajo de papeles contra el pecho como si contuvieran los resultados de la lotería de la próxima década. Era un tipo desagradable, eso resultó evidente desde el principio. Había personas que, sencillamente, daban una impresión negativa, como si tuvieran imanes debajo de la piel que repelían a cualquier persona con la que se toparan. Tenía algo que ver con los rizos canosos, las cejas sin recortar, el vello nasal y la costra que se le había formado en las comisuras de los ojos, eso sin mencionar las uñas amarillas. Vestía un traje gris y barato de dos tallas más respecto a la suya con un cinturón marrón que lo sostenía alrededor de su cintura delgada.

Incluso así exhibía cierto aire imponente. Tenía cincuenta y largos y era alto, unos centímetros más que el metro ochenta de Kett. Se movía con un paso pesado pero veloz que a Kett le recordó a un rinoceronte. Un rinoceronte furioso. Kett ya había tratado con hombres como este en otras ocasiones, a ambos lados de la ley, y sabía que nunca había que subestimarlos.

Llevaba un cordón alrededor del cuello del que colgaba el carné identificativo sobre su camisa sin planchar. Eso significaba que formaba parte del personal, pero no ostentaba ningún cargo importante.

—Otro más —protestó el hombre cuando se acercó a Kett, casi gruñéndole a Moira—. Este no es lugar para un crío, así que hágame un favor: si el bebé no tiene por qué estar aquí, lléveselo.

Kett se mantuvo firme y obstaculizó el camino del hombre entre dos filas de sillas. La recepción de la comisaría de Norwich no estaba llena de gente (solo había un puñado de personas con aspecto triste repartidas de forma equitativa entre los asientos y un joven sargento junto a la ventana), pero el hombre alto llamaba la atención de todo el mundo.

—Oye, por qué no te relajas un poco —sugirió Kett, impidiéndole que soltara el montón de maldiciones que el otro quería vomitar—. No son más que niños. Y ya te digo yo que tienen tantas ganas de estar aquí como el resto de nosotros.

El hombre resopló e intentó hacerse camino. Kett no cedió, se mantuvo erguido y el hombre le dio en el cuerpo con un dedo.

—Mira, chaval, no estoy de humor para que me mangoneen.

—¿«Mangoneen»? —repitió Kett y se atragantó con la palabra—. Creo que eso no significa lo que crees que…

—Siéntate y espera tu turno, a menos que quieras que te lleve ahí detrás hasta que te calmes.

Kett inspiró hondo mientras se preguntaba si debería dar media vuelta e irse. No tenía por qué estar ahí, no tenía por qué ofrecerles su ayuda. Si este era el tipo de bienvenida que el equipo de Norwich le brindaba, entonces ¿por qué demonios tenía que molestarse siquiera?

Abrió la boca para decirlo en voz alta cuando entrevió lo que había en los documentos que llevaba el hombre: la fotocopia granulada de una fotografía de una niña vestida con el uniforme de la escuela, con los dientes separados y una amplia sonrisa. Kett la reconoció al instante gracias a la breve búsqueda que había realizado la noche anterior después de haber acostado a sus hijas.

Maisie Malone, una de las niñas repartidoras de periódicos que había desaparecido.

—De hecho —dijo Kett— no me importaría que me hicieras pasar. Tengo que hablar con el comisario.

El hombre frunció el ceño y la mueca hizo que su rostro pareciera todavía más desagradable.

—Sobre ella —añadió Kett, señalando con la cabeza el papel—. Me llamo Robert Kett, soy inspector jefe de la policía metropolitana. Mi comisario, Bingo, eh, quiero decir Barry Benson, me ha pedido que me pasara.

—Vaya, conque eso ha dicho, ¿eh? —repuso el hombre, arrastrando las palabras como si estuviera mascando tabaco. Se limpió las motas blancas de los labios mientras miraba de arriba abajo a Kett y luego centró su atención en Moira.

—Guardería —explicó Kett—. No tenemos. Nos acabamos de mudar aquí.

—De Londres, ¿eh? —soltó el hombre con desdén. Kett suspiró, bastante seguro de lo que estaba a punto de oír: cincuenta libras a que las palabras «pez» y «gordo» iban a salir de esa boca.

—Un pez gordo, ¿no? —espetó el hombre—. Que viene a la Conchinchina a resolver el caso con el que no podemos los pobres policías de pueblo.

—Algo así —respondió Kett. Se estaba cansando de la actitud del hombre—. ¿Me vas a llevar con el comisario o tienes que pedirle permiso a uno de los sargentos de administración?

El hombre se inclinó hacia él; los pelos de la nariz quedaron tan cerca que casi le provocaban cosquillas en el labio a Kett.

—Yo soy el comisario —contestó—. El comisario Colin Clare. Y diría que no te necesitamos, inspector jefe Kett. Tampoco a tu bebé.

Si Kett se hubiera creído capaz de meterse un pie en la boca, quizá lo habría intentado. Sin embargo, volvió a inspirar hondo, se pasó a Moira al brazo izquierdo y alargó el derecho.

—Lo siento —se disculpó—. Volvamos a empezar.

Durante unos segundos, pareció que el hombre fuera a darle un empujón para pasar. Entonces, Clare asintió y estrechó la mano que le ofrecía Kett. Tenía una mano enorme y seca, dio dos estrechones, como si se estuviera sirviendo una cerveza en el *pub*.

—Debo pedirte disculpas —empezó; parecía suavizarse—. Me has pillado en un mal momento. Tenemos una rueda de prensa sobre las chicas desaparecidas.

—¿Hay algo que pueda hacer?

—Ahora mismo no, pero puedes acompañarme. Se ha organizado una rueda de prensa en casa de la familia Malone. Sé quién eres, inspector jefe Kett, y conozco los casos que te han hecho famoso. Quizá sí que puedas ayudarnos.

Kett se hizo a un lado para dejarlo pasar.

—¿Y mi hija? —le preguntó mientras el otro se alejaba.

Clare no se volvió, sino que se limitó a chillarle la respuesta:

—Puedes traerla si me prometes que no va a hacer ningún ruido.

Capítulo 4

A lo largo de sus dieciocho meses y cuatro días de vida, Moira Kett no había hecho nunca tanto ruido como en aquellos instantes.

Tanto, de hecho, que casi toda la calle la estaba mirando.

—Venga —intentó tranquilizarla Kett—. Por favor, Momo, si es que estás echa polvo.

Alzó la mirada hacia el público que los observaba, periodistas en su mayor parte. Quizá treinta ocupaban la anchura de la calle residencial, algunos se apoyaban en las furgonetas de las cadenas de noticias, otros toqueteaban los micrófonos. Había algunos más que tomaban fotografías de Kett con los móviles y las cámaras. Este se planteó hacerles una peineta, pero logró contenerse. Además, ya era complicado de por sí hacer una peineta cuando estabas aguantando casi diez kilos de carne que se retorcía.

—¡No! —gritó Moira, su palabra favorita—. ¡No! ¡Pa-pa-to!

Era lo que decía cuando quería caminar y lo enfatizó dándole una patada en la cara a Kett con sus pequeñas Kickers mientras este trataba de atarla al cochecito.

—Maldit… —empezó.

—Toma, prueba esto.

La voz surgió de sus espaldas y, de pronto, una agente de policía uniformada se materializó a su lado. Llevaba un silbato tradicional, como los de los policías del siglo XIX y soltó un par de silbidos suaves antes de dárselo a la niña. Moira se calmó al instante, sus grandes ojos estaban maravillados mientras investigaba este nuevo juguete extraño y brillante. Kett la ató antes de que pudiera darse cuenta de lo que ocurría.

—Ay, muchas gracias —dijo, dirigiéndose a la agente. Tendría veintipocos, quizá, aunque como llevaba el pelo, negro como el azabache, muy corto y debajo del bombín, y los ojos le brillaban, parecía todavía más joven. No podía llevar demasiado tiempo en el cuerpo. Nadie tenía ese aspecto tan fresco tras pasar un año ejerciendo como policía (ni siquiera en las tranquilas calles de Norwich)—. De verdad, creía que iba a terminar haciéndome un *smack down*.

La mujer frunció el ceño.

—Debes de ser demasiado joven para saber qué es el *Pressing Catch* —añadió—. ¿La lucha libre? Da igual.

—Ahora se llama WWE —contestó ella, con una sonrisa—. Soy la agente Kate Cruel, encantada de poder ayudarte.

—¿Cruel? Menudo apellido.

—Cumple su función —replicó ella—. Sobre todo en los interrogatorios: «¡Que venga Cruel!». Suele ayudar a que los malos suelten la lengua.

—Me lo creo. Soy el inspector jefe Kett. Me llamo Robert.

—Entonces, ¿eres de por aquí? —preguntó ella, y esta vez fue Kett quien frunció el ceño—. Por tu apellido, digo. Kett. Es un apellido de Norfolk, eso es evidente. Hay una calle y todo, Colina Kett. Aunque creo que esta tiene otro origen. Y, claro, también está Robert Kett. El otro. El rebelde, el que luchó contra el gobierno.

—Parece un tipo fantástico —repuso Kett.

—Lo colgaron del castillo —añadió Cruel.

—Vaya —dijo él—. Me suena que me lo explicaron en la escuela. Sí, mis padres eran de aquí. Mi madre todavía vive en el condado, aunque hace muchos años que no hablamos. Desde que murió mi padre, en realidad. Crecí cerca de aquí, en Mile Cross.

—Uh, las tierras chungas —dejó caer Cruel, mientras aspiraba entre dientes.

—¿Siguen siendo tan chungas?

—No tanto como antes, pero yo no iría allí sola en plena noche.

Moira estaba intentando hacer sonar el silbato con todo su empeño, y lo único que conseguía era proferir pedorretas y reírse a carcajada limpia.

—¿Todavía os dan silbatos aquí? —preguntó Kett, con una ceja levantada.

Cruel asintió.

—Así nos comunicamos. A ver, intentaron hacernos usar radios, pero son demasiado modernas para gente de pueblo como nosotros.

Kett tardó unos segundos en darse cuenta de que era una broma y la sonrisa de Cruel se ensanchó todavía más.

—Me lo dio mi abuelo —comentó—. Formó parte del cuerpo en su época, este era su silbato. Le trajo buena suerte; al menos, es lo que él decía.

—Pues a ti no te va a traer buena suerte cuando trates de recuperarlo —le dijo Kett.

—Se lo puede quedar. Te han trasladado temporalmente, ¿verdad? ¿Para ayudar a encontrar a las niñas?

—Bueno, no de forma oficial —empezó, pero no tuvo tiempo de explicárselo porque el comisario Clare salió por la puerta principal de la casa estrecha y adosada de los Malone, con sus zapatos de cuero pisoteando el camino. Se colocó a un lado e hizo salir a una mujer menuda y encorvada que, a primera vista, parecía tener cien años. No fue hasta que alzó la cabeza para asentir al comisario que Kett vio que solo rondaba la treintena. Tenía los ojos rojos e hinchados a causa de las lágrimas vertidas en los últimos días y las mejillas húmedas de las más recientes. Aunque Kett no hubiera reconocido el rostro de Maisie en el de la mujer, habría sido evidente que era la madre de una de las niñas desaparecidas. Solo el dolor puede hacerte envejecer de esa forma.

No habían llegado siquiera a la verja cuando la muchedumbre de periodistas se abalanzó sobre ellos, empotrándose contra la acera en un enjambre de voces:

—¿Tienen alguna pista?

—¿Se ha detenido a algún sospechoso?

—¿Trabajan con la hipótesis de que Maisie y Connie hayan sido asesinadas?

«Con el mismo tacto de siempre», pensó Kett. «Cabrones».

—Ya empieza —anunció la agente Cruel y se encaminó hacia el tumulto—. Hasta luego.

Se dirigió a la fila de agentes uniformados que hacían retroceder a los periodistas para que Colin Clare y la madre de Maisie pudieran salir a la acera. Kett miró tras ellos y divisó más gente dentro de la casa: la policía judicial de Norfolk, supuso.

—Gracias —comenzó Clare, con un tono de voz lo suficientemente alto como para que se produjera eco en las casas de enfrente y se ahogara el murmullo de los periodistas—. Por favor, entiendo que están aquí para colaborar con esta investigación. —«Yo diría que eso es un poco exagerado», pensó Kett—. Pero recuerden que se trata de unos momentos muy duros para la señora Malone y su familia y espero que le brinden el respeto que merece.

Para sorpresa de Kett, ninguno de los periodistas entonó una pregunta. Clare tenía cierto aire autoritario, como un director que podía castigarte con facilidad hasta hacerte recapitular.

—Soy el comisario Colin Clare de la policía de Norfolk y no necesito recordarles que se trata de un caso abierto, así que no podré responderles muchas cuestiones. Nuestro trabajo de hoy aquí es ofrecer a la señora Malone la oportunidad de dirigirse a su hija y pedirle que vuelva a casa. ¿Ha quedado claro?

De nuevo, solo se produjeron asentimientos y murmullos. Comparada con la prensa londinense, casi se podía decir que estos periodistas eran unos santos. El comisario se colocó a un lado y posó una de sus manazas sobre el hombro de la mujer y la animó a adelantarse un par de pasos.

—Señora Malone.

La madre de Maisie parecía tan frágil como el cristal, como si fuera a romperse en mil añicos en cuanto abriera la boca. Estaba ahí, de pie, encorvada y doblada como si cargara con el peso del mundo sobre los hombros, con las manos agarradas y la cabeza inclinada, mirando al hombre a su lado. Este le ofreció una sonrisa amable y ella se volvió hacia los periodistas.

—¿Maisie? —empezó, con voz temblorosa. De nuevo, volvió a mirar al comisario y este le dio un apretón en el hombro. Pareció infundirle fuerzas—. Maisie, no sé si puedes oírme, si oirás esto. Nunca te ha gustado ver las noticias, eso es cierto. —Logró proferir una risa tenue y triste que se convirtió en una tos entrecortada y luego un sollozo—. Pero quiero que sepas que te quiero, más que nada en el mundo. Siento haberte hecho salir con la lluvia. —Soltó un ruido que parecía una mujer ahogándose—. No debería haberte obligado a salir. Pero te quiero y si… Si estás enfadada conmigo, si por eso te has ido, entonces, por favor, vuelve a casa. No me enfadaré. No me enfado nunca. Te quiero.

Kett inspiró hondo, pero el aire se le atravesó. Miró a Moira mientras pensaba en ella, y en Alice y en Evie, y se preguntó qué haría si una de ellas desapareciera. No. Si la secuestraran. Perder a tu mujer era una cosa (espantosa, claro), pero perder a una hija era mil veces peor.

La señora Malone parecía un juguete que se había quedado sin cuerda y permaneció quieta y callada. Clare no retiró la mano de su hombro mientras se dirigía de nuevo a los periodistas.

—Responderé a algunas preguntas —anunció—. Hasta que oiga algo que no me guste. Entonces, lo daremos por terminado. Así que haced buenas preguntas. Alan.

Señaló con la cabeza a un hombre de mediana edad que llevaba un traje marrón y que levantó el iPhone.

—¿Cree usted que las niñas desaparecidas han sido secuestradas por el mismo hombre? —preguntó.

—No sabemos si han sido secuestradas y, en tal caso, no sabemos si fue un hombre, menos aún si fue el mismo —respondió Clare—. Sarah.

—Hace años que hay quejas sobre el reducido número de agentes uniformados que patrullan las calles de la ciudad —dijo una joven que llevaba vaqueros y una blusa amarilla—. ¿Los recortes en el cuerpo de policía nos están dejando sin seguridad?

—Esa no la voy a contestar —gruñó Clare—. Sobre todo porque un niño pequeño podría responderla. Una más. Doug.

—¿Yo? —inquirió un hombre de la primera línea, señalándose—. Me llamo Jim.

—Doug, Jim, qué más da, haga la pregunta.

—Eh, de acuerdo, ambas niñas trabajaban para el mismo quiosquero, eh… —Hizo una comprobación en la libreta—. Walker. ¿Es sospechoso David Walker?

—¿Qué parte de «ca-so a-bier-to» no habéis entendido? Última oportunidad.

Una mujer de la parte trasera del grupo alzó la mano, casi saltaba en su sitio, como si necesitara que le dieran permiso para ir al baño. Clare le dedicó un gruñido.

—Dice usted que no se trata necesariamente de un secuestro —empezó la mujer—. Pero ha pedido refuerzos a la policía metropolitana de Londres. Ese de ahí es Robert Kett.

Señaló al otro lado de la calle, a Kett directamente, y todos los ojos se centraron en él.

—Encontró a los gemelos Miller cuando fueron secuestrados, hace dos años. Y atrapó a Albert Shipton después de que asesinara a un muchacho de la familia Khan, en el año 2015. Si está aquí, sin duda se trata de un caso más grave que dos personas desaparecidas. Debe ser secuestro o asesinato.

Una expresión de indignación se apoderó del rostro de Clare.

—Joder —soltó. Parecía dirigir su rabia tanto a la periodista como a Kett—. Ahora sí que sí: se acabó. Lo volveremos a intentar mañana.

Y con eso, hizo dar media vuelta sobre los talones a la señora Malone y la condujo al interior de la casa. Los periodistas prorrumpieron en un nuevo enjambre de preguntas, pero sabían que la comparecencia ya se había acabado y los del final empezaron a recoger.

Kett bajó la vista hacia Moira, casi soltó un «¡hurra!» al darse cuenta de que se había dormido durante la rueda de prensa (sus manos pegajosas sostenían el silbato frente a los labios). Sacudió suavemente el cochecito para asegurarse.

—Te he dicho que traía buena suerte —dijo la agente Cruel mientras se dirigía hacia él. Con cuidado, liberó el silbato y se lo guardó en el bolsillo.

—Esa última pregunta no me ha parecido buena suerte —repuso él—. Quizá no debería haber venido.

—Iban a descubrirlo tarde o temprano —observó ella—. El equipo de investigación quiere hablar contigo.

Kett suspiró mientras se preguntaba cómo iba a ser capaz de mantener al bebé dormido en un lugar tan pequeño. Cruel pareció leerle el pensamiento:

—Déjame, yo me ocupo —se ofreció.

—¿De verdad? —Kett sonrió—. Sería fantástico, ¿seguro que no te importa?

—Para nada —le aseguró—. Aunque disfrutaría viendo cómo Clare te arranca la cabeza por haber traído a un bebé a la escena del crimen, creo que has tenido suficientes broncas por hoy. No voy a dejar que le dé el sol.

Kett dio un beso a Moira en la cabeza antes de echar la capota del cochecito. Luego, se dirigió a la entrada de la casa de los Malone con la esperanza de que Cruel tuviera razón y que las broncas hubieran terminado por hoy.

Capítulo 5

—¿Crees que se lo podrías haber puesto todavía más en bandeja?

Era una bronca, de las de verdad. El comisario Colin Clare estaba de pie en medio del microscópico pasillo de entrada de la casa, un espacio tan pequeño que su pecho casi rozaba el de Kett. Si se acercaba un poco más, en vez de hablar, se estarían besando.

Claro que tampoco es que Kett hablara demasiado.

—Suficiente tenemos ya con que te hayan mandado aquí para que encima te contonees delante de la prensa, algo completamente innecesario. Solo habrá que ver los puñeteros titulares mañana: traen a un pez gordo de Londres para ayudar a encontrar a las niñas desaparecidas.

El jefe inspiró hondo mientras negaba con la cabeza.

—Yo no diría que me estuviera contoneando —terció Kett—. No tengo suficientes caderas.

Clare soltó un gruñido y se abrió paso hacia el interior a empellones, pero se detuvo un momento para volver la vista atrás.

—Es nuestro caso, Kett —anunció—. Puedes sumarte, si quieres, pero no te olvides de dónde estás. ¿Queda claro?

Kett asintió con las manos alzadas en señal de rendición.

—Úsame y explótame como quieras, comisario —dijo, con lo que se ganó otra mirada indignada.

Siguió al comisario y atravesaron otra puerta estrecha que conducía a un salón de tamaño reducido. Daba la sensación de que todo era demasiado pequeño. Parecía que un gigante hubiera cogido la hilera entera de casas para comprimirlas como si fueran un acordeón. Seguramente se debía al hecho de que había tres polis de pie en el salón, un agente uniformado y dos detectives, un hombre y una mujer. El agente y la mujer dedicaron una mirada rápida a Kett antes de dirigir su atención a otro lado.

—La sargento detective Spalding, el agente Turner y el agente detective Figg, nuestro agente de enlace con la familia —los presentó Clare—. Este es el inspector jefe Kett.

El otro hombre, el agente de enlace con la familia, saludó a Kett con un gesto con la cabeza. Tenía el rostro redondo y una mirada cálida. Había algo en él que le resultaba familiar, quizá la perilla bien recortada y el cabello blanquecino con entradas. Llevaba una camisa de cuadros inofensiva bajo una americana azul marino (a pesar de que afuera debía de haber una temperatura de unos treinta grados). Se vestía como un hombre mayor, pero no debía de tener más de treinta y cinco años. Le ofreció la mano y Kett se la estrechó.

—Kett —lo saludó Figg—. Madre mía. Me alegro de volver a verte.

—¿Volver? —preguntó Kett.

—Perdón, sí. Ya nos conocemos. Estaba de segundo en Londres, seguía a otro agente de enlace con la familia, para el caso del secuestro Khan. Hará dos, no, tres años ya.

—El asesinato Khan, querrás decir —corrigió Kett, negando con la cabeza, como si así pudiera evitar que el recuerdo se apoderara de su mente.

—Sí —repuso Figg—, pero todavía no era un asesinato cuando yo trabajé allí. La madre y el muchacho solo estaban desaparecidos. He seguido todos tus casos desde entonces. Eres el mejor detective de personas desaparecidas que he conocido en este trabajo.

«Y aun así no ha sido suficiente como para encontrar a Billie», pensó Kett, y logró forzar una leve sonrisa.

—Me alegro de que estés aquí —dijo Figg y le volvió a ofrecer la mano. Kett se la estrechó de nuevo y, a estas alturas, Clare ya estaba al borde de la apoplejía. Cubrió los cinco o seis pasos que separaban el salón de la cocina atestada de humo de tabaco. Había otro detective de pie junto al fregadero, una figura descomunal que hablaba en voz baja con la señora

Malone mientras esta fumaba junto a la ventana abierta. Incluso de espaldas, Kett lo reconoció: era imposible no hacerlo con un físico como ese y no pudo reprimir la sonrisa.

—Y este es el inspector Porter —anunció Clare, que parecía sumamente incómodo en medio de la estancia pequeña y cargada de humo. El otro detective se dio la vuelta, sonrió y les dio la espalda, y entonces su cabeza volvió a girar de golpe con tanto ímpetu que Kett pensó que se iba a romper el cuello.

—¡Robbie! —exclamó Porter, con una sonrisa—. He oído que te mandaban aquí.

—Por Dios —gruñó Clare, refiriéndose a Kett—. ¿Hay alguien a quien no conozcas?

—Pete —respondió Kett mientras le estrechaba la mano al inspector Porter, grande como una chuleta de cordero—. Me alegro de verte. Lo último que supe es que te habían trasladado a algún lugar del norte.

—Sí, pero yo no diría que Cornualles está en el norte, precisamente —se rio Porter y Kett se encogió de hombros—. Estuve una temporadita ahí abajo, mi mujer recibió una oferta de trabajo en Norwich el año pasado, así que pedí el traslado. ¿Cómo estás tú? ¿Cómo está…?

La pregunta murió en sus labios y sumió la estancia en el silencio con la misma rapidez con la que desapareció la sonrisa de Porter de su rostro. Kett puso fin a su sufrimiento:

—¿Las niñas? Están estupendas.

Porter asintió, agradecido. De veras que se alegraba de verlo. Kett había ido ascendiendo junto con Porter, desde su primera ronda, y se habían graduado como inspectores juntos. Ambos habían encontrado su lugar en la policía judicial. Solo se habían separado después de que Porter se mudara fuera de la ciudad, debido a algo relacionado con la salud de su madre. Kett estaba a punto de preguntarle por ella cuando el comisario se aclaró la garganta. No parecía hacerle gracia que los dos hombres compartieran un pasado.

—Señora Malone, le presento al inspector jefe Robert Kett. Ha venido aquí desde Londres y pertenece a la policía metropolitana.

Su voz logró que la mujer volviera en sí y giró la cabeza como un caracol que saca las antenas. Pestañeó mirando a Kett, con la sombra de una sonrisa cincelada en la cara.

—¿Es verdad? —preguntó la señora Malone—. ¿Usted encontró a aquellas dos gemelas desaparecidas?

—No, eran mellizos: un niño y una niña —apuntó Kett, con la voz más grave de la que fue capaz—. Joshua y Bethany Miller. Pero sí.

—Kett ha encontrado a muchos niños desaparecidos —anunció Clare—. Es uno de los mejores detectives del país. Cuando le dije que no íbamos a dejar piedra sobre piedra, Jade, lo decía en serio.

Clare tan solo lo ponía por las nubes para que el departamento diera buena imagen, Kett lo sabía, pero agradecía las palabras de todos modos.

—¿Y encontrará a mi Maisie? —preguntó la mujer. Su rostro se había marchitado y contraído, como si estuviera dibujado en cartulina mojada, pero la expresión de esperanza que reflejaba era tan evidente que daba pena.

—Haremos todo lo posible para traerla de vuelta a casa, señora Malone. Tiene mi palabra.

Jade asintió mientras daba otra larga calada al cigarrillo antes de volver a retraerse en sí misma.

—Bien —dijo Clare—. Tenemos todo lo que necesitamos en la comisaría. Vamos a...

—Me gustaría hablar con la señora Malone un poco más, si no os importa —pidió Kett.

Parecía que Clare iba a discutírselo, pero la mujer asintió. Kett se frotó las manos y dedicó una sonrisa al comisario:

—Pero si quiere ser de utilidad, comisario, ponga en marcha el hervidor.

No había demasiado espacio en la cocina, así que Kett despejó el salón de policías. Figg, el agente de enlace con la familia, se ofreció para quedarse y Kett le señaló con la cabeza un rincón en el que no iba a molestar. La señora Malone se dejó caer en un sillón que parecía diez veces más grande que ella y Kett se tomó un momento para inspeccionar la habitación: un sofá que no iba a juego con el sillón; una chimenea de gas de los setenta, de nogal sintético y latón completada con un juego decorativo de atizador, cepillo y pala; papel de pared con virutas de madera incorporadas que se había pintado de un amarillo girasol en algunos lugares y magnolia en otros; líneas irregulares de gotelé en el techo que solo habían servido para acumular telarañas. Además del televisor y la televisión por cable, lo único que había en el salón era una estantería Billy del Ikea cargada de DVD y fotografías con marcos baratos.

—Se llama Jade, ¿verdad? —preguntó Kett mientras cruzaba la estancia en dirección a la estantería. Ya había visto una de esas fotografías: la imagen de Maisie con el uniforme escolar que alguien había fotocopiado para la ficha. Levantó el marco. Maisie le devolvía la sonrisa, con los brazos abiertos de par en par y los pulgares mirando al cielo.

—Sí —dijo Jade mientras buscaba a tientas otro cigarrillo. Tuvo que intentarlo unas cuantas veces antes de lograr encenderlo—. Me llamo Jade.

—Maisie y usted están muy unidas —dijo Kett, devolviendo el marco a su sitio y agarrando otro. En este, Maisie y su madre se abrazaban delante de una carpa de circo gigante, como las del parque de atracciones Butlin's. Jade se sorbió la nariz y se pasó el brazo por la cara.

—Sí, lo era todo para mí. —Pareció darse cuenta de lo que acababa de decir y ahogó un grito—. Lo es todo. Lo es todo para mí. Su padre murió cuando era muy pequeña, tenía cáncer de páncreas. Menudo cabrón, solo él podía tener cáncer de páncreas a los veintitrés. Desde entonces, hemos estado siempre las dos solas.

—Podrían ser gemelas —observó Kett—. Tienen la misma sonrisa.

Se lo mostró, o, al menos, algo que se asemejaba. Kett se sentó en el sofá y se rascó la barba incipiente que no se había molestado en afeitarse desde que se había ido de Londres.

—Voy a ser tan sincero con usted como pueda, Jade —empezó—. La mayor parte de los casos de niños desaparecidos suelen resolverse enseguida. Los niños se enfadan y huyen, a los niños les encanta demostrar que son independientes. Sobre todo, las niñas. Créame, yo tengo tres.

Echó un vistazo por la ventana, tratando de vislumbrar a la agente Cruel entre los serpenteos de los visillos. Si estaba ahí fuera, no la veía, y tuvo que reprimir una oleada de ansiedad. «¿Y si Kate Cruel no es una agente de verdad?» «¿Y si se ha llevado a Moira?». Estaba acostumbrado, así era como funcionaba la mente de un policía. No podría desempeñar su trabajo si no fuera capaz de plantearse también los peores escenarios.

—Pero con Maisie es diferente —continuó—. El hecho de que hayan desaparecido dos niñas en las mismas circunstancias sugiere que esta vez no es tan sencillo.

Parecía que Jade fuera a romper a llorar.

—Ya lo sé —respondió, mirando a Figg—. Ya me lo ha explicado. Ha sido muy amable y muy sincero.

Figg ofreció una sonrisa compasiva a la mujer.

—Aunque eso tampoco significa que Maisie no esté a salvo —apuntó Kett—. Y tampoco significa que no vayamos a encontrarla. Solo significa que tenemos que ser listos y darnos prisa, ¿de acuerdo?

Jade asintió, casi le cayó la cabeza entre las rodillas mientras daba otra calada al cigarrillo.

—¿Maisie conocía a la otra chica? —Trató de recordar—. ¿Connie Byrne? Hacían rutas similares.

—Ya se lo he explicado a los demás —murmuró Jade, de forma que Kett tuvo que inclinarse para tratar de entenderla—. La conocía de vista, pero no hablaban la una con la otra. Iban a escuelas diferentes.

Kett buscó la libreta, y luego se acordó de que no tenía ninguna. Se sacó el teléfono del bolsillo y abrió la aplicación de Notas, sus dedos desgarbados escribieron algo a lo que ni siquiera el autocorrector fue capaz de darle un sentido.

—Eh… Y su jefe, el señor Walker. ¿Habló Maisie alguna vez de él?

—Claro, por supuesto —respondió Jade mientras expulsaba humo hacia la moqueta—. Le caía bien. David es un buen hombre. Viejo. No haría daño ni a una mosca. Pagaba bien a las niñas y siempre se aseguraba de que tuvieran, como mínimo, diez años. No dejaba que trabajaran para él niñas más pequeñas.

—¿Y Maisie siempre seguía su ruta? ¿Nunca se desviaba para visitar a alguna amiga o comprarse unas patatas?

—Es una buena niña. Siempre obedece y hace su ruta, siempre rápido, siempre regresa en menos de dos horas. Le preparé palitos de pescado. Y se… se enfriaron.

Se incorporó, se frotó la cara con la mano que tenía libre con tanta fuerza como si quisiera arrancársela.

—No debería haberla obligado a salir. Hacía un tiempo horrible. Es culpa mía que fuera, es culpa mía que alguien se la llevara.

—¿Dijo algo poco habitual antes de irse? —preguntó Kett cuando la mujer se calmó—. ¿Habló de algo nuevo, de alguien nuevo?

Jade sacudió la cabeza.

—Ya he hablado de esto. Se lo dije a Raymond y al otro policía, el grandote, Peter.

—¿Y su móvil? —preguntó Kett.

—Lo llevaba encima. —Esa fue la respuesta. Porter entró en el salón, cargado con dos tazas de té con una cantidad de leche espantosa. Las colocó en la mesilla y el té se derramó hacia el borde de la mesilla—. Lo encontramos en el lugar de los hechos, los forenses lo están examinando.

Kett agarró la taza e inspeccionó sus profundidades lechosas antes de mirar a Porter con expresión de repugnancia y articuló: «¿Esto es té?». Porter se encogió de hombros y regresó al umbral de la puerta, desde donde el comisario Clare contemplaba la escena.

—De acuerdo —dijo Kett. Tomó un sorbo de aquella cosa, que solo sabía a leche caliente, y sonrió—. Siento hacerla pasar por esto otra vez, pero es importante que conozcamos todos los detalles. ¿Cuánto tiempo llevaba Maisie repartiendo periódicos?

—Un año —respondió Jade—. Un poco menos. Quería el dinero y no es que nos sobre. Tres libras la hora no parece demasiado, pero son tres horas a la semana y eso son diez libras. Y diez libras no es moco de pavo y menos para una niña de once años.

—¿Ha mencionado Maisie alguna vez que alguien la siguiera o ha hablado de algún coche que haya visto más de una vez? ¿Algo que la pusiera nerviosa?

Jade negó con la cabeza.

—Por aquí solo hay gente mayor, no hay más que viejos en todas estas casitas y casi no salen a la calle. Conocía a un par de personas, pero eran muy reservadas.

Kett asintió.

—De acuerdo, gracias —le dijo. Se acabó el té asqueroso y se levantó—. Acabo de llegar, así que deje que me instale y me ponga al día. Volveré a ponerme en contacto con usted si se me ocurre algo más.

Se volvió y dirigió un gesto de asentimiento al comisario, pero frunció el ceño.

—Jade —dijo—, ha mencionado que Maisie ganaba diez libras. Tenía entendido que la ruta le llevaba dos horas. ¿A tres libras la hora, eso no serían seis libras a la semana?

—Exacto —dijo Jade y echó el cigarrillo dentro de su taza de té, que no había tocado—. Pero los sábados hace otra ruta, va hasta Mousehold, por allí junto al bosque. Es corta.

Kett lo apuntó en el bloc de notas y su teléfono alteró el topónimo *Mousehold*.

—¿Para el mismo quiosco? —preguntó él—. ¿El de Walker?

Jade asintió y de inmediato se puso a buscar otro cigarrillo.

—¿Solo hacía estas dos rutas? —inquirió Kett—. ¿Ninguna más?

—No —respondió ella. Parecía extenuada, como un castillo hinchable que se había deshinchado del todo.

—Trate de descansar algo, Jade —le aconsejó Kett—. Nosotros nos ocuparemos.

Se metió el teléfono en el bolsillo mientras se encaminaba hacia la puerta, luego titubeó, consciente de que no debía decir lo que estaba a punto de decir y siendo plenamente consciente también de que se lo iba a decir de todos modos:

—La encontraremos.

Capítulo 6

—Tan difícil como el primer día.

El inspector Porter lo dijo en voz baja mientras cerraba la puerta principal a sus espaldas. Kett se frotó los ojos e inspiró hondo el aire caliente del verano mientras le entraban unas ganas repentinas de fumarse un cigarrillo. Le volvía a doler la cabeza, seguramente porque solo había dormido unas pocas horas. Nunca descansaba bien en una cama nueva y la noche anterior había sido incluso peor porque, de alguna forma, no sabía dónde, había perdido la bolsa donde había guardado toda la ropa de cama. Había suficientes toallas para tapar a las niñas, pero él se había pasado la noche tumbado en una cama doble sin sábanas con nada más que la luz de la luna para cubrirse. Tampoco tenían cortinas todavía, así que el sol lo había apuñalado en los ojos en cuanto se había asomado al amanecer.

—¿Eh? —le dijo, al percatarse de que Porter había dicho algo.

—Esto —dijo el otro, mientras se estiraba las solapas de la americana. Sus bíceps parecían a punto de desgarrarle las mangas del traje Tom Forde—. Hablar con las madres y los padres.

Kett asintió. Había conocido a muchos padres cuyos hijos habían desaparecido y demasiados cuyos hijos habían muerto. Jade Malone había mantenido la compostura sorprendentemente bien, pero tan solo habían pasado un par de días. En casos de personas desaparecidas, los primeros días se caracterizaban por una insensibilidad fruto de la conmoción y nublada por la esperanza. A medida que el tiempo pasaba, sin embargo, empezabas a notar el frío y a hundirte, a toda velocidad, como si alguien cortara las amarras que te mantenían a flote en medio de un océano oscuro y profundo. Kett lo sabía muy bien debido a su trabajo con otras familias.

Y también lo sabía por experiencia propia.

Lo invadió un escalofrío, tuvo la sensación de haber vuelto a la segunda y la tercera y la cuarta semana tras la desaparición de Billie, en las que se sintió como si estuviera ante el filo de un precipicio, tambaleándose.

La puerta se abrió a sus espaldas, una distracción que agradeció, aunque no aparecieran más que las peludas fosas nasales de Clare.

—Menudo sinsentido, Kett —le susurró—. Ya hemos hablado con la señora Malone y varias veces. No había necesidad de volver a angustiarla. No quiero que te acerques a ella.

Kett asintió, con las manos alzadas en señal de rendición, y el comisario desapareció de nuevo en el interior de la casa.

—Es… —empezó Kett, pero la puerta volvió a abrirse.

—Y tampoco quiero que hables con la familia de Connie, ¿queda claro? —dijo el jefe—. Ya nos hemos ocupado nosotros.

Clare cerró la puerta de golpe, pero solo duró un segundo. Volvió a abrirse y la cara enfadada del comisario apareció por tercera vez.

—Y ya que estamos, tampoco hay necesidad de que te presentes en las escenas del crimen. Los forenses ya están en ello y lo último que necesitan es que les pisoteen las pruebas. ¿Queda claro?

No aguardó una respuesta antes de volver a esfumarse y el crujido de la puerta al cerrarse resonó por toda la calle.

—Es un encanto de jefe —comentó Kett, con una mueca—. Solo quería echarle un ojo. A la madre.

—Tiene sentido —admitió Porter—. Con los niños desaparecidos, la mayoría de las veces acaba siendo alguien de la familia. ¿Crees que sabe algo?

—No —contestó Kett—. No a menos que sea la actriz más buena del mundo. Y sé que no es la mejor actriz del mundo, porque la actriz más buena del mundo no estaría viviendo en una caja de cerillas en el culo del mundo.

—También es verdad —repuso Porter mientras se encaminaba por el sendero. La mayor parte de los periodistas se habían ido, pero aún quedaban algunos que pululaban como perros a la espera de las sobras. Observaron a Kett y a Porter con ojos abiertos y ávidos. Kett los miró con cara de pocos amigos.

—¿Crees que vale la pena que me pase por los lugares de los hechos, de todas formas? —le preguntó—. Las casas donde raptaron a Maisie y a Connie. ¿Tal vez también debería hablar con la madre de Connie?

—Yo no lo haría —respondió Porter—. Ya hemos hecho todo lo que podíamos y no vale la pena cabrear al jefe más de lo necesario.

—Es la única razón por la que quiero hacerlo —dijo Kett. Porter se rio mientras negaba con la cabeza.

—Norwich, eh… ¿Quién lo habría dicho?

—¿Eh?

—Que nosotros, tú y yo, dos de los mejores que había en la policía metropolitana de Londres, hayamos acabado en Norwich. Qué raro todo.

—¿No te gusta estar aquí? —le preguntó Kett.

Porter se encogió de hombros.

—De la ciudad no digo nada, lo que no me gusta es que como salgas cinco minutos en cualquier dirección te metes de lleno en el puto campo. Tantos árboles, campos y vacas… Me ponen los pelos de punta.

—Pete Porter, miedo a las vacas —anunció Kett con una sonrisa—. Casi me engañas, con la cantidad de leche que le has echado al té.

Porter frunció el ceño.

—Mi té está perfecto, perdona —le soltó—. Venga, anda, volvamos a la comisaría. Te pondré al día de camino.

Kett inspeccionó la calle y divisó el cochecito iCandy naranja chillón que estaba en mitad de la calzada. La agente Cruel dio unos cuantos pasos, giró sobre sus talones y luego inició el camino de vuelta, los saludó con la mano y les ofreció una sonrisa.

—Perfecto —dijo Kett—. Pero quizá habrá que esperar un poco. La peque está durmiendo y si ahora intento meterla en el coche, hará que toda la calle se entere. Es una pesadilla, jopeta.

Porter no respondió y cuando Kett se volvió hacia él, vio que el rostro del inspector estaba contraído en una mueca de repugnancia.

—¿Qué? —preguntó Kett.

—Has dicho «jopeta».

—¿Qué dices? —repitió de nuevo Kett.

—«Una pesadilla, jopeta» acabas de decir —insistió Porter.

—No —le contestó Kett.

—Que sí. Ibas a decir «joder» y te ha salido «jopeta». ¿Qué coño te pasa? ¿Esto es lo que te ocurre cuando tienes hijos?

Kett rompió en carcajadas.

—Necesitas ir al otorrino, Pete —le dijo—. Anda, vete ya, jopeta.

Esta vez fue Pete quien se echó a reír con una carcajada grave y estruendosa que Kett recordaba muy bien de la época que pasaron en la academia. El inspector logró ponerle fin al cabo de un par de segundos y ambos se volvieron hacia la casa de los Malone, esperando que Clare apareciera para echarles otra bronca. Por suerte, debía de estar ocupado haciendo alguna otra cosa. Para cuando Kett volvió a centrarse en la calle, Cruel casi los había alcanzado ya.

—Una que está fuera de combate —anunció—. ¿Todo bien, Porter?

—Cruel —saludó Porter, con un asentimiento—. Te han puesto de niñera hoy, ¿no?

—Estoy desempeñando un importante trabajo policial —replicó ella, sin perder ni un segundo—. Trabajar contigo también es hacer de niñera.

—¿Queréis que me vaya a otra parte? —les preguntó Kett y cuando pareció que Porter iba a soltar otra de sus risotadas capaz de despertar al bebé, lo único que tuvo tiempo de hacer fue ponerle una mano sobre la boca al grandullón. Porter se reprimió justo a tiempo.

—Entonces, ¿os veo en la jefatura? —les dijo—. Cuando la pequeña decida despertarse.

—Sí —repuso Kett—, pero como voy a pie, ya que estoy, me pasaré por el quiosco. Cruel, acompáñame, puedes ponerme al día de camino.

—Por supuesto —respondió esta—. Yo llevo el carrito.

Fue un trayecto más largo de lo esperado, pero había muchos temas que tratar.

—Cuéntame lo que sepas de la otra niña desaparecida —le pidió Kett cuando llegaban al final de la calle en la que vivía Maisie. Un puñado de periodistas sacaban fotografías y Kett no los culpaba. No se veía a menudo un inspector jefe, una agente y un bebé juntos de camino al centro de la localidad. Cruel empujó el cochecito hacia la izquierda y Kett entendió que se dirigían a la carretera principal, que descendía de la colina.

—Connie Byrne —empezó Cruel—. Uno pensaría que es el diminutivo de Constance, pero en realidad es de Conífera.

—¿Como el árbol? —preguntó Kett.

Cruel asintió.

—Desapareció un día antes que Maisie, mientras repartía el periódico. Su familia no informó de la desaparición hasta la mañana siguiente.

—¡¿Por qué?! —espetó Kett a un volumen lo bastante alto como para molestar al bebé. Cruel sacudió el cochecito mientras hacía chitón hasta que Moira se tranquilizó.

—Conocemos a la familia —explicó Cruel—. Y los servicios sociales también. Tienen antecedentes de consumo de droga, el padre entra y sale de prisión, la madre está en rehabilitación, pero en realidad pasa bastante. Connie hacía su ruta por la tarde y salió a las cinco y media. A la hora en la que se suponía que llegaba a casa, su padre había salido y la madre estaba hasta las cejas de ginebra barata del Aldi. No se les ocurrió comprobar que hubiera llegado a casa hasta el día siguiente, cuando no apareció para desayunar.

—Por el amor de Dios —soltó Kett. La carretera hacía una pendiente muy pronunciada. Para ser una ciudad que tenía fama de ser plana como una tabla, Norwich tenía una cantidad infinita de colinas. Los coches y los camiones retumbaban cuando los rebasaban, pero había poco tráfico y, en comparación con Londres, era una carretera de una tranquilidad desconcertante—. ¿Alguna razón por la que pudiera haberse ido? Aparte de la familia, me refiero.

—Sí —contestó Cruel—. Ya lo había hecho antes, solo dos veces el trimestre pasado. En ambas ocasiones, la escuela informó de su desaparición y la encontraron con sus amigos. Pero esta vez nadie sabe dónde está. Hemos comprobado todos los lugares donde podría estar, yo misma formé parte del equipo de búsqueda. Y nada. Así que se notificó como persona desaparecida, pero no nos tomamos el caso lo suficiente en serio al principio.

—Porque unas doscientas cincuenta mil personas desaparecen cada año —dijo Kett, mientras asentía—. Es razonable. Pero cuando Maisie desapareció repartiendo periódicos para el mismo quiosco, las cosas cambiaron. Había un patrón.

Cruel asintió. Se detuvo en un cruce hasta que pasó un autobús cuyo tubo de escape no dejaba de escupir humo. Levantó una mano, dividiendo el tráfico como Moisés en el mar Rojo hasta que terminaron de cruzar.

—Connie no tenía teléfono y no había ni rastro de la bolsa ni de sus pertenencias. Ni testigos, ni cámaras de circuito cerrado. Desapareció sin dejar rastro.

—Pero es evidente en qué casa estaba cuando se la llevaron, ¿verdad? —dijo Kett—. La primera que no tenía periódico.

—Claro —repuso Cruel—. Ahora te lo iba a contar. Fue otro punto muerto. Hacía poco que el propietario de la casa había fallecido y estaba pendiente de que la vaciaran. Cuando entramos, encontramos su bolsa de periódicos.

El cochecito chocó contra una losa suelta del pavimento y dio un salto y Cruel soltó una maldición entre dientes.

—Es una bestia, ¿quieres que la lleve yo? —se ofreció Kett, pero la agente negó con la cabeza.

—Es un buen entrenamiento de cuádriceps y tríceps —repuso ella.

—¿Cómo crees que he logrado el cuerpo que tengo? —replicó Kett, con una sonrisa—. Músculos de papá. Vale, entonces, tenemos un *modus operandi*. El autor estudia las rutas, encuentra una casa vacía, se esconde ahí y espera a que la repartidora de periódicos llegue. ¿Hay alguna prueba de que el autor…, de que ocurriera algo ahí dentro?

—Los forenses siguen inspeccionándolo —dijo Cruel—. Pero, por ahora, nada. El hombre es muy meticuloso.

—Y paciente —añadió Kett—. Las personas no mueren tan a menudo, ni siquiera los viejos. Tuvo que esperar a que la persona correcta estirara la pata, luego colarse en su casa y aguardar a la repartidora. El tipo piensa mucho, y eso lo vuelve peligroso.

A pesar del calor que hacía, a Kett lo recorrió un escalofrío que le puso los pelos de punta por todo el cuerpo y le erizó el cabello de la nuca. En tan solo una conversación, el caso había derivado de un atacante oportunista a un secuestrador en serie frío y calculador y aún había posibilidades de que pudiera empeorar incluso más.

—Sabes mucho del caso —observó Kett—. Para ser una agente, me refiero. Estoy impresionado.

—Gracias, señor. Pronto me presentaré al examen de detective.

—Algo me dice que será pan comido.

Sonrió por toda respuesta y luego detuvo el cochecito. Habían llegado a una plazoleta llena de tiendas que se extendían en ambas direcciones de la calle principal. En un lado había una pescadería, una farmacia, una copia del KFC que se llamaba CFK y dos tiendas de artículos de segunda mano para la beneficencia; todas ellas apiñadas alrededor de un *pub* achaparrado y medio muerto que se llamaba el Albion. En el otro lado no había gran cosa, solo dos tiendas de vinos y licores, una agencia de apuestas y, cómo no, un quiosco grande con parte de colmado con el cartel *WALKER* escrito en letras azules y cursivas por encima de las ventanas, acompañadas de franjas de velocidad.

—Las niñas no son las únicas que han desaparecido —dijo Kett, señalando la cabeza el cartel—. ¿Qué le ha pasado al apóstrofe?

Había un grupo de cinco niños ante el quiosco, que parecían presentarse a una audición de la versión de Norwich de *Bajo sospecha*. Todos llevaban la capucha puesta y pantalones caídos. Dos de ellos tenían botellas metidas en bolsas de papel. Ya habían visto la chaqueta amarilla de policía que llevaba Cruel y caminaban de un lado para otro como tigres enjaulados.

Bueno, más bien, ardillas enjauladas.

Kett contempló el resto de la hilera. Todo tenía un aspecto muy desmejorado: la pintura se desconchaba en las ventanas, los canalones estaban repletos de basura, al menos tres tristes montículos de mierda de perro. Dos de las ventanas de la licorería más cercana estaban rotas, una de ellas cubierta por un tablón. Por encima de las tiendas había una hilera de pisos de una planta que no parecían hallarse en mejores condiciones. Todo apestaba a orina y a gasolina.

—¿Cómo quieres hacerlo? —le preguntó Cruel—. ¿Me quedo yo con la niña?

—No —dijo Kett, negando con la cabeza—. Me la llevaré dentro, pero quizá necesite que me ayudes antes con las ardillas.

No se percató de la expresión confundida de Cruel porque ya había agarrado el cochecito y estaba cruzando la calle.

Capítulo 7

Kett no entró directamente, sobre todo porque uno de los montoncitos de mierda de perro estaba situado justo enfrente de la puerta de entrada al quiosco (y bien pisoteada, a juzgar por su estado lamentable) y esquivarla con el cochecito sería complicado.

Así pues, dirigió a Moira hacia la puerta pequeña que había a la izquierda de la ventana. Supuso que conducía al piso de arriba y parecía tan desatendida como el resto de la zona. Escamas de pintura rosa salmón se desconchaban igual que se despelleja la piel quemada y las ventanas de un cuarto de círculo estaban amarillas debido a la suciedad y el paso del tiempo.

Para acercarse más, Kett tenía que pasar por delante de los adolescentes (ahora eran seis muchachos, ya que otro había salido del callejón salpicado de malas hierbas que había junto al quiosco y todavía se estaban subiendo los pantalones grises de chándal). Lo miró con una expresión tan insolente que en ese momento a Kett le entraron ganas de borrársela de una bofetada, por mucho que llevara al bebé.

—Este tiene un crío *pa'* vender —dijo uno de los chavales, y el resto se puso a reír aunque la broma no tenía ninguna gracia. Eran todo miraditas y fanfarronería. Apestaban a alcohol barato, aunque era imposible que ni uno solo tuviera más de quince años. Pero no dejaban de ser muchachos de Norwich, tampoco es que hubieran salido de un barrio marginal. Kett echó la vista atrás y vio que Cruel estaba justo detrás.

—Si tienes un crío *pa'* vender, has venido al sitio adecuado —intervino otro de los chavales mientras se acercaba un par de pasos a Kett. Su cojera falsa era tan exagerada que parecía que se hubiera cagado encima y tratara de evitar que se le cayera la caca por la pernera del pantalón—. El viejo pedófilo de Walker te dará cinco de los verdes.

Se produjo otra ronda de carcajadas, pero no había ni una pizca de calidez.

—¿Tiene esa fama? —preguntó Kett, echando el cochecito hacia delante y hacia atrás para mantener dormida a Moira—. ¿Walker?

—¡Joder, que sí que ha venido para vender al crío! —bramó un muchacho.

—¿Por qué preguntas? —espetó otro—. ¿Eres de la pasma?

Kett casi se echó a reír. «Pasma». No había oído esa palabra desde los ochenta.

—Claro —le respondió—. Sí. Soy de la pasma del trullo, inspector jefe Robert Kett. Y aquí, en el cochecito, llevo a la inspectora jefe Kett Júnior.

Los muchachos fruncieron el ceño, su fanfarronería se coartó unos segundos. Kett se había enfrentado a suficientes adolescentes como para saber que una confrontación directa era la forma más segura de encender la chispa de su agresividad. Sin embargo, ninguno de esos imbéciles sabía cómo responder ante un poco de ironía.

—Tiene que echarse una siesta entre un arresto y otro o se pone de mal humor, pero no la subestiméis, es una superpoli. Bueno, volviendo al tema de David Walker, ¿habéis oído cosas sobre él?

Cruel se abstenía de intervenir y Kett no pudo evitar sentirse impresionado. La mayor parte de los agentes que conocía, los tíos, sobre todo, se habrían metido a piñón. Los muchachos miraron a la agente, luego a Kett, y lo poco que les quedaba de chulería pareció esfumarse.

—Qué va —dijo un chaval que llevaba una sudadera roja y que se encogió de hombros—. Solo que las dos niñas esas han desaparecido. Walker no está mal, nos deja…

Eso le hizo ganarse un golpetazo en el brazo por parte de otro de los muchachos. Kett no insistió, por ahora.

—¿No deberíais estar todos en la escuela?

Se revolvieron y siguieron caminando arrastrando los pies; de pronto, todos aparentaban la edad que tenían.

—Venga, marchaos —les dijo Kett y empezaron a alejarse—. Pero tú no.

Kett señaló con un dedo al joven de la sudadera roja. Este gruñó, pero se quedó en su sitio, mirando con tristeza cómo todos sus amigos se dispersaban.

—¿Qué ibas a decir? —le preguntó Kett. El muchacho se rascó la pelusilla incipiente y rubia que le crecía en la barbilla, mirando a todos lados menos al inspector jefe—. Walker os deja…

—Nada, tío —repuso el chico—. Solo, bueno, ya sabes, cigarrillos y eso. Nos deja comprarlos.

—¿Os deja comprar cigarrillos? ¿En la tienda?

—Qué va —dijo el chaval, negando con la cabeza. Se tiró de la capucha roja hacia la frente llena de granos, como si pudiera cubrirse por completo, hacerse invisible—. En el monte, tienes que ir allí.

—¿A Mousehold? —preguntó Cruel y el chico asintió mientras sus ojos empezaban a humedecérsele. Quizá eran imaginaciones de Kett, pero le dio la sensación de que lo oía lloriqueando como un bebé en voz muy baja.

—Manda a las niñas, ¿verdad? —dijo Kett—. Las repartidoras de periódicos.

El muchacho asintió y el lloriqueo aumentó de volumen.

—Los sábados por la mañana —reconoció el joven—. Puedes conseguir cigarrillos, alcohol, lo que quieras.

—¿Drogas? —preguntó Kett.

—No, tío, de eso no tomamos. Lo digo en serio.

Parecía que fuera a estallar en un arranque de sollozos y Kett se apiadó de él.

—Venga, vete —le dijo—. Y como te pille por aquí cuando tendrías que estar en la escuela, la inspectora jefe Kett Júnior te va a fichar tan rápido que te vas a marear. ¿Ha quedado claro?

El chico miró el cochecito y frunció el ceño, confundido a más no poder.

—Vete —insistió Kett, con más firmeza esta vez. El chiquillo giró sobre sus talones y salió disparado a tal velocidad que las zapatillas resbalaron y tuvo que dar un brinco extraño para no caerse. Kett se rio entre dientes mientras el muchacho doblaba la esquina y luego se dio la vuelta para hablar con Cruel.

—¿Lo sabíais? ¿Que las niñas también repartían cigarrillos?

—Teníamos un presentimiento. Siempre pasa por aquí. Quioscos, furgonetas de helados, unos cuantos de esos venden cigarrillos y alcohol a menores.

Kett apretó con el pie el freno del cochecito y se encaminó a la puerta que conducía al piso superior, abrió el buzón y miró dentro. Una vaharada de aire frío y húmedo le dio en la cara, pero las escaleras estaban desiertas.

—No estoy segura de si Maisie o Connie estaban metidas en eso —añadió Cruel—. Sus padres no parecían saber nada al respecto.

—Bueno —dijo Kett mientras soltaba el freno del cochecito y esquivaba la caca de perro—, solo hay una forma de descubrirlo.

En cuanto entró en la tienda y el sensor que había bajo la alfombra activó una campana, Kett supo por qué no se consideraba en serio la posibilidad de que David Walker fuera un sospechoso.

Para empezar, debía de tener ochenta años por lo menos. Era un hombre menudo, en estatura y complexión, con cuatro canas ralas pegadas a una calva llena de manchas. Llevaba una camisa blanca con una corbata marrón y unas gafas de montura dorada sobre una nariz chata.

También estaba el hecho de que se movía como un robot mal hecho y mal engrasado de una competición de ciencias de instituto. Justo estaba atendiendo a un par de jóvenes y a la velocidad a la que se movía, se habrían hecho mayores para cuando hubiera terminado. Crujía y se movía por la caja, contaba las monedas con una lentitud exasperante mientras devolvía el cambio a sus clientes y entonces les decía adiós con una voz hecha de mil retales de pergamino antiguo.

Kett dirigió el cochecito hacia el pasillo más próximo y se encontró con el surtido habitual de patatas chips, chocolate y alimentos demasiado caros y poco nutritivos. La tienda era antigua, pero estaba bien provista. Había dos cámaras de grabación por circuito cerrado sobre la caja, una hacia delante y la otra hacia atrás y una tercera colocada en la parte trasera, junto a la puerta del personal. La policía judicial ya debía de tener todo lo que necesitaba, que no debía de ser demasiado.

Kett echó un vistazo por la ventana para ver a Cruel. Le había pedido que se quedara fuera, al menos durante unos minutos. A veces, el uniforme amarillo fluorescente ayudaba, otras, no, y Kett supuso que el quiosquero había visto a muchos policías durante los últimos días.

Se detuvo en el pasillo de productos de bebés para coger un puré de manzana y plátano y luego se dirigió hacia la caja. Desde este ángulo podía ver todo lo que había en la parte de atrás y se sorprendió al darse cuenta de que el señor Walker estaba de pie encima de una caja. Debía de medir metro y medio y ser unos treinta kilos de sudor. El anciano agachaba la cabeza, recordaba a Penfold, esos viejos dibujos animados. Sus cejas parecían flotar por encima de su cabeza cuando asentía al saludar.

—La pequeña está durmiendo, ¿eh? —dijo, con voz ronca y con mucho acento de la zona—. Echo de menos cuando son así de pequeños y tranquilos.

—No siempre está tan tranquila —replicó Kett mientras colocaba el puré sobre el mostrador—. Créame.

—¿Solo esto? —preguntó Walker mientras escaneaba el bote y, por error, lo pasó otra vez por el escáner—. Ay, perdone. Maldita máquina. No funciona nunca. ¿Algo más?

«Un paquete de Marlboro rojo, por favor» era lo que quería decir. Pero le había prometido a Billie cuando trataron de concebir por primera vez que dejaría de fumar y aunque ella no estaba ahora mismo, no iba a faltar a su palabra.

—Solo el puré, señor Walker, gracias.

Al llamarlo por su apellido, el señor alzó la mirada, cansado.

—Le preguntaría si es policía o periodista —comentó y sus ojos se fijaron en la mancha amarilla que había al otro lado del escaparate—. Pero soy viejo, no ciego.

—Lo siento —se disculpó Kett mientras rebuscaba un billete de cinco en la cartera y se lo entregaba. También sacó la placa mientras se presentaba—: Inspector jefe Robert Kett.

—Tiene pinta de ser poli —le dijo Walker, pero era evidente que no pretendía ser ofensivo, solo era una afirmación—. Aunque más agotado.

—Soy más papá que poli ahora mismo —repuso, con una sonrisa—. Si le soy sincero, ser policía es mucho más fácil.

—Dígamelo a mí. Yo tuve cuatro bribones. —Sonrió mientras tragaba: abría la caja usando una mano que estaba deformada por unos nudillos hinchados—. Y yo era mucho más joven que usted cuando empecé.

—Me costó un poco ponerme —explicó Kett—. Así que… Cuatro hijos. ¿Por eso todavía trabaja a sus… qué, ochenta? ¿Ochenta y cinco?

—Noventa y dos —replicó este con una sonrisa—. Una manzana al día, con el corazón y todo. Es la única razón por la que sigo por aquí. Debería probarlo.

La campanilla sonó cuando entró un hombre en pantalones cortos secándose el sudor de la frente. Kett se inclinó hacia el quiosquero.

—Lo probaré —le aseguró—. Gracias por el consejo. Mire, sé de buena tinta que la policía de Norfolk ha hablado ya con usted. Yo solo los estoy ayudando. Tengo algo de experiencia con niños desaparecidos.

«Y esposas desaparecidas», pensó sin poder evitarlo.

—Hay incógnitas que sin duda necesitan respuestas. Espero que pueda colaborar.

—En lo que sea —dijo el anciano, con sinceridad genuina—. Adoro a Maisie y también a Connie. Son buenas niñas, muy listas. No merecían lo que les ha ocurrido.

—Ambas repartían periódicos entre semana, ¿no es cierto? —preguntó Kett.

Walker asintió.

—Connie los lunes y los viernes, Maisie los martes.

—¿Y también hacían ruta los fines de semana?

El anciano volvió a tragar saliva y dio la sensación de que palidecía un tono mientras sus ojos se paseaban por el techo.

—Creo que sí, sí.

—¿Pasaban por la colina Mousehold?

Asintió y volvió a mirar a Kett.

—¿Vendiendo cigarrillos? —preguntó Kett.

Parecía imposible que un hombre tan pequeño se encogiera todavía más, pero eso hizo, tanto que su cabecita solo asomaba por detrás del mostrador.

—¿Fue a instancias suyas? —preguntó Kett—. ¿Para ganarse un sobresueldo?

—Eh… —empezó el anciano, negando con la cabeza. Miró a Kett, volvió a alzar la vista al techo, a la cámara colocada justo encima de la cabeza del inspector jefe. Poco a poco, la negación se convirtió en afirmación—. Sí, fue por mi culpa.

—¿Una estupidez, no le parece? —observó Kett—. ¿Durante cuánto tiempo?

—No mucho —respondió, sorbiéndose la nariz. Kett miró a un lado y vio que el otro cliente se acercaba con un periódico en la mano y una lata de Coca-Cola.

—Llévatelos —le indicó Kett—. Invito yo.

El hombre le hizo un gesto sorprendido y luego salió de la tienda. Se detuvo al llegar a la puerta, mirando los DVD que había en un estante.

—No abuses —le advirtió Kett y, con eso, lo mandó fuera. Se volvió hacia Walker, que temblaba tanto que parecía que se fuera a hacer añicos—. ¿No mucho en qué sentido? ¿Un año? ¿Dos?

—Un año, sí —reconoció el anciano—. Lo siento, fue una estupidez. No dejo de decirme… Sabía que era una estupidez.

Volvió a alzar la vista al techo y algo en ese gesto hizo saltar la alarma del olfato policial de Kett. Levantó la mirada y vio la camarita observándolos.

—¿Alguna de las niñas mencionó algo sobre las personas a quienes vendían cigarrillos allí arriba? ¿A alguno de los padres le parecía mal? ¿Alguien las había perseguido?

Walker sacudió la cabeza.

—La mitad de esos críos compraban tabaco barato para sus padres —contestó, sorbiéndose la nariz—. Nunca han tenido ningún problema.

Kett suspiró y movió el cochecito. Moira seguía durmiendo como un lirón, sus ronquidos aterciopelados eran el sonido más alto de la tienda después del zumbido constante de las viejas neveras. Existía la posibilidad de que la operación ilícita de Walker no tuviera nada que ver con la desaparición de las niñas, pero, aun así, tendría que ir a comisaría a prestar declaración.

—¿Cuánto le debo? —preguntó, pero Walker respondió con un ademán.

—No se preocupe —le dijo—. No voy a seguir mucho tiempo más aquí, no después de esto. No entra nadie, todos creen que soy un… un…

Se dobló sobre sí mismo, la frente casi tocó el mostrador.

—Es una forma espantosa de acabar, ¿no le parece?

Kett no supo cómo responder, así que se limitó a describir un pequeño círculo con el cochecito mientras echaba otro vistazo a la cámara. ¿Qué era lo que no veía? La sensación seguía carcomiéndolo y se detuvo a pensar. Walker había alzado los ojos cada vez que le había planteado una pregunta difícil. Era una mala manía, casi tanto como la costumbre que tenía Bingo de mesarse el bigote. ¿Sería porque alguien lo estaba observando, tal vez?

O porque había alguien por encima.

—Señor Walker, ¿usted tiene alquilado este local? —preguntó Kett, siguiendo su corazonada.

—No, lo compré en el año 73, cuando toda la hilera tenía solo diez años, acabé de pagar la hipoteca veinte años después, puntualmente cada mes.

—¿Solo la tienda? ¿Y no el apartamento?

Walker volvió a tragar saliva y los ojos se le fueron al techo. «Otra vez».

—Todo, todo —contestó—. Un par de pisos de arriba son míos, pero vivo en otro lado, en Costessey.

—¿Hay alguien aquí arriba ahora?

—No —respondió Walker, con demasiada rapidez—. Está cerrado. Por amianto, creo. Nadie ha vivido aquí desde hace años. Debería hacer algo al respecto, en realidad.

—Sí que debería —dijo Kett mientras empujaba el cochecito hacia la puerta. Cruel lo estaba esperando y le sostuvo la puerta abierta mientras él la atravesaba. La campanilla sonó de nuevo y, esta vez, Moira se removió. Kett volvió la vista atrás, casi con lástima por la sombra de hombre ajado que había tras el mostrador—. Cuídese, señor Walker. Seguiremos en contacto.

—¿Algo útil? —preguntó Cruel cuando la puerta se hubo cerrado.

—No estoy seguro —repuso Kett.

Se asomó al cochecito y vio que un par de ojos brillantes en un rostro malhumorado le devolvían la mirada.

—Hola, preciosa, buenos días.

Dejó a la pequeña gruñona y retrocedió hacia la puerta que conducía al apartamento que había encima de la tienda. Volvió a mirar por el hueco del buzón, solo para confirmar lo que había visto antes y regresó hasta el cochecito. Desabrochó las correas y cogió a Moira en brazos, que se puso a chillar en un tono que le perforó el oído.

—¿Has visto alguna vez un apartamento que esté vacío y que no tenga una montaña de cartas en el buzón? —preguntó a la agente Cruel. Esta negó con la cabeza—. Yo tampoco. Lo que significa que David Walker miente.

Capítulo 8

Kett miró por el retrovisor y, acto seguido, desvió el Volvo hacia la doble calzada y pisó el freno a medida que se acercaba a la rotonda que había a los pies de la colina. Enfrente se alzaba la impresionante mole que constituía la jefatura policial de Norfolk, que no formaba parte de la comisaría central de Norwich, sino que se encontraba a diez minutos, en un pueblo del extrarradio que tenía un nombre impronunciable.

—¡Pu-ré! —chilló Moira desde el asiento de atrás, mientras asestaba pataditas a la silla—. ¡Pu-ré!

—Sí, lo sé —respondió su padre—. Te cogeré algo en cuanto pueda.

Había sobornado a la niña para ir en coche con el puré de manzana y plátano, pero Moira se lo había terminado en menos de un minuto y estaba pidiendo más a gritos desde entonces. Kett consultó la hora cuando aparcó el coche y vio que eran cerca de las once. Se sintió mal por no haber ido a recoger a Evie a la guardería tan pronto como le había prometido, pero técnicamente, podía dejarla allí hasta la una y lo más probable era que lo estuviera disfrutando.

—Será mejor espabilarse, ¿eh? —le dijo mientras se bajaba del coche y sacaba a Moira por la puerta de atrás. Esta le lanzó el paquete de puré vacío y él se agachó para esquivarlo, de forma que acabó en el suelo del coche—. Te van a multar por ensuciar, ya lo sabes. Aunque seas una superpolicía. La ley es la ley, Moira.

—¡No! —le espetó ella.

—Tú misma.

Se encaminó hacia el vestíbulo y enseñó la placa a la mujer que había tras el mostrador. Esperaba que lo dejara entrar, pero no fue así, sino que señaló con la cabeza una hilera de sillas que había en un extremo.

—Alguien vendrá a buscarlo enseguida —le informó y miró con expresión desconcertada a Moira. Kett no abrió la boca, mejor eso que decir algo de lo que pudiera arrepentirse y esperó algo más que «enseguida» hasta que el inspector Porter apareció de la parte trasera.

«Lo siento», articuló el hombretón mientras abría la puerta y los dejaba pasar. Habían recorrido la mitad del austero pasillo que se extendía al otro lado de las puertas hasta que pudo hablar con seguridad.

—Es una arpía, esa. La he visto hacer llorar a policías hechos y derechos. —Se rio, pero de una forma que hizo pensar a Kett que no era ninguna broma—. ¿Estás bien? ¿Has conseguido sacarle algo al viejo?

—No creo que lo hiciera él, si te refieres a eso —repuso Kett mientras se colocaba a Moira en el otro brazo—. Pero creo que esconde algo. He dejado a Cruel ahí, le he dicho que vigile los pisos que hay encima de la tienda.

—¿Ah, sí? —dijo Porter. Llegaron ante una puerta doble y este las abrió con el hombro y guio a Kett a través de la concurrida central—. Esto es una locura. Tenemos algunos agentes ayudando con el caso. Estamos aquí.

Abrió la puerta que conducía al centro de investigaciones. Una larga mesa ocupaba el centro de la habitación y la pared opuesta crujía bajo el peso de lo que debían de ser un centenar de fotografías, documentos y pizarras blancas pintarrajeadas. Hubo quienes alzaron la vista, algunos tuvieron la habitual reacción tardía al darse cuenta de la presencia de Moira, que se retorcía y emitía chillidos.

—Sí —respondió Kett, que los saludó con un gesto de cabeza—. Es propietario de algunos pisos, dice que hace años que no vive nadie, pero te digo yo que alguien ha estado allí. Y hace poco. ¿Qué sabéis sobre él? ¿Habéis comprobado referencias de amigos y familiares?

—Es padre de cuatro hijos —señaló Porter—. Todos tienen entre cincuenta o sesenta años. El más joven ha estado en la cárcel un par de veces, por robo, sobre todo. Y también hemos hablado con algunos nietos y amigos, pero nadie ha hecho saltar la alarma.

—El que tiene antecedentes, ¿vive aquí?

—Según Walker, no. Nos está costando localizarlo. ¿Por qué?

—Déjame darle un par de vueltas —le pidió Kett—. Te lo diré si es importante.

Porter asintió y dio unas palmadas con las manazas que tenía. La estancia se quedó en silencio.

—Bien, todo el mundo: algunos ya habéis conocido al inspector jefe Robert Kett en la casa de la familia Malone. Para los que no, os lo presento. —Porter hizo un gesto señalando a Kett y a Moira, que había vuelto a iniciar la ascensión hacia la cabeza de su padre. Kett trató de ofrecerles una sonrisa entre las piernas de la pequeña—. Robbie es el mayorcito, la peque es su hija.

—¡A-rriba! —soltó Moira, acompañándolo de una bofetada en la frente de Kett.

—Conozco a Robbie desde hace mucho tiempo, veinte años hará ya —explicó Porter—. Es un buen hombre y un excelente detective. No ha venido de forma oficial.

—¿Sí? No jodas —espetó una agente que estaba sentada a la mesa. Rondaría los treinta, llevaba un traje pantalón negro que parecía nuevo y el pelo rubio tan repeinado hacia atrás que le hacía una frente enorme. Lucía una sonrisa forzada. Sargento detective Spalding, recordó Kett, ya que Clare se la había presentado antes—. ¿Está permitido que haya niños aquí?

—Sí —contestó Porter—. Siempre y cuando no lo descubra ninguno de los mandamases. En fin, que Kett no ha sido trasladado, técnicamente está de permiso por motivos familiares. Y eh… algunos de vosotros seguro que ya sabéis por qué.

—Hostia, sí —soltó otro policía, a quien Kett todavía no conocía. Debería de tener unos cincuenta años y el pelo tan canoso que parecía que se hubiera metido él mismo en la lavadora con su traje barato y se hubiese desteñido. Hizo chasquear unos dedos amarillentos—. Ya me acuerdo, salió en todas las noticias. Tu mujer, ¿verdad?

—Dunst, ¿tú sabes lo que significa tener tacto? —le dijo Porter—. Es lo contrario a imbécil desconsiderado que no sabe tener la boca cerrada.

Dunst se dejó caer sobre el respaldo de la silla con un gesto de rendición.

—Te presento al inspector Keith Dunst —anunció Porter. Apuntó con la cabeza a la mujer que había hablado antes—: La sargento detective Alison Spalding. Y, por último, pero no por ello menos importante… —Señaló a una mujer mayor que se encontraba en la parte posterior de la sala—. La jefa de operaciones especiales, la inspectora jefe Kate Pearson.

La mujer alzó la mano para saludar sin apartar la vista de lo que estuviera leyendo.

—Ah, y Figg —añadió Porter, con un gesto hacia el agente de enlace con la familia, situado al otro lado de la sala—, a quien ya conoces de Londres.

Figg también saludó.

—Hay más agentes, ya irás conociendo al resto del equipo.

—Gracias —dijo Kett—. Un placer conoceros a todos. Soy consciente de que no es una situación que podríamos considerar «habitual»…

—¡A-rriba ! —gritó Moira. Le dio una bofetada en la oreja con tanta fuerza que le provocó un pitido en el oído. Kett se la sacó de encima y la plantó en el suelo. La niña enseguida trató de llegar al centro de la sala y subirse a la silla que había junto a la de Dunst. Este la ayudó a subir con unos dedos embadurnados de tabaco y Moira le sonrió como si nunca hubiese roto un plato.

—Pero he venido para ayudar en lo que pueda —prosiguió Kett, mientras se masajeaba la oreja—. He trabajado en muchos casos de niños desaparecidos, así que si necesitáis algún consejo, aquí estoy.

La sargento detective Spalding se mofó y centró su atención en sus papeles.

—Y si no necesitáis mis consejos —prosiguió Kett, dirigiéndose directamente a ella—, podéis ignorarme.

—Bien —dijo Porter. Dio una palmada y toda la sala se puso a trabajar—. El comisario Clare llegará pronto. Él es quien está al mando de toda la operación. —Kett hizo una mueca y Porter se echó a reír—. Ya, no es santo de nuestra devoción tampoco. Brusco y desagradable como pocos y te hace temer hasta la ira de Dios cuando se lo propone. Pero sabe lo que se hace. Pasó mucho tiempo en la Brigada Nacional contra el Delito antes de venir aquí, trabajó en muchas operaciones encubiertas y temas de bandas. No es alguien a quien subestimar, a pesar de todo ese pelo en sus fosas nasales. Bueno, este es el equipo. ¿Alguna pregunta?

—Sí —respondió Kett. Moira estaba intentando con todas sus fuerzas caerse de la silla directa al suelo, así que la cogió en brazos. Se volvió hacia Porter—. Por favor, dime que no: ¿eres tú quien se encarga de preparar el té?

—¿Lo ves? Está perfecto.

Porter puso una taza de té sobre el escritorio con tanta fuerza que la bebida se derramó un poco por el borde. Kett colocó la mano antes de que manchara los papeles que tenía delante y luego se quedó mirando el contenido de la taza de un blanco lechoso horripilante.

—Pete —le dijo—. Sabes qué es una bolsita de té, ¿verdad?

—Pero ¿qué dices? —replicó el inspector; parecía ofendido de verdad.

—Sí, hombre, esas bolsitas como de papel, con hierbecillas marrones dentro. Las bolsitas de té.

—Le he puesto ¡dos! —le espetó Porter, metiendo un dedo en el té.

—¿Qué? —soltó Kett—. Pero si el té tiene el mismo tono que la abuela de mi mujer y ha sufrido cuatro infartos. ¿La ubre de una vaca te ha explotado dentro?

—Pues no te lo bebas —le dijo Porter y se cruzó de brazos.

—No es solo cosa mía, ¿verdad? —se preguntó Kett, alzando la vista—. Es imposible que sea solo cosa mía. ¿Alguien más cree que el té que prepara Porter parece, bueno, pis de camello?

—Es lo peor —intervino Dunst—. Te prepara una taza de té y es como si luego le robara su esencia.

—Iros a la mierda —gruñó Porter—. Preparaos vosotros el té, pues, ignorantes.

—Esa boca —le advirtió Kett, señalando con la cabeza al otro lado de la sala. Moira estaba sentada en una esquina con un montón de hojas de papel de la fotocopiadora y un surtido de lápices de colores de un restaurante que la inspectora jefe Pearson había encontrado en el bolso. Entre los dedos sostenía una galleta integral empapada y otra ya amalgamada yacía sobre la fina moqueta. No podría tenerla distraída mucho rato, pero por ahora parecía satisfecha. Porter hizo amago de cerrar la cremallera.

—Vosotros sabréis, *jopeta* —dijo—. No tenéis ni idea, *jopeta*.

La carcajada se contagió por toda la sala, pero no duró mucho. El ambiente era denso y sofocante. El reloj que había justo encima de la pizarra blanca central indicaba que eran las 11:28, lo que significaba que Maisie Malone ya llevaba cuarenta y cuatro horas desaparecida. Y Connie, todavía más. Cada segundo que marcaba ese reloj era un segundo más que las pobres niñas pasaban lejos de casa y de su familia. Cada segundo era un segundo que pasaban sumidas en el terror y el dolor.

Eso contando que todavía estuvieran vivas, claro.

—Ponme al día —le pidió Kett e hizo una mueca tras tomar un sorbo de té—. ¿Habéis buscado otras propiedades vacías cerca de las dos rutas de reparto? Que se hayan quedado vacías hace poco.

—Sí —dijo Porter—. Ha habido algunas muertes en el último par de semanas. La gente mayor no puede con este calor. Pero no hemos encontrado ningún rastro de allanamiento en ninguna propiedad que se haya quedado vacía recientemente más allá de esas dos casas.

—¿Y las grabaciones de circuito cerrado?

—A Maisie la grabaron por tres cámaras distintas cuando empezaba la ruta, además de las que hay en la tienda. Las hemos revisado todas, pero llovía tanto que casi no sirven para nada. Y Connie solo aparece en las grabaciones de la tienda y en las de la cámara de tráfico que hay en la carretera de circunvalación. Nada sospechoso. Hemos hecho un llamamiento público para que nos envíen imágenes de cámaras de coches y posibles testigos, pero nadie ha dicho nada por ahora.

—¿Hay alguien que conociera a ambas niñas? —preguntó Kett—. ¿Algún amigo en común que tuvieran?

—Excepto Walker, nadie —respondió Porter—. Oye, Figg, ¿tú descubriste algo a partir de las visitas con las familias?

Al otro lado de la sala, el agente de enlace con las familias negó con la cabeza.

—Nada que hiciera saltar la alarma —explicó Figg—. La familia Byrne tenía problemas graves, pero nada que nos indujera a creer que pusieran a Connie en peligro de forma deliberada.

—De acuerdo —dijo Kett—. ¿Delincuentes habituales?

Porter miró a la sargento detective Spalding, quien, sin duda, tenía la oreja puesta en la conversación. Suspiró de forma dramática mientras dejaba una carpeta delante de ella.

—He estado revisando los peores delincuentes que ahora mismo están en libertad o de permiso —explicó—. La mayor parte de los fichados son el típico imbécil violador de familia corriente y moliente.

Kett se aclaró la garganta y señaló con la cabeza a la pequeña.

—¿En serio? —dijo Spalding.

—Spalding —le advirtió Pearson y la sargento detective puso los ojos en blanco.

—In… decente —se corrigió—. Pero el sistema escupió a un par de sospechosos que son más peligrosos. Ambos tienen antecedentes por secuestro. —Colocó un dossier sobre el escritorio y Kett se descubrió mirando los ojos negros de un hombre que cumplía con la clásica descripción del villano de una novela de Charles Dickens—. Neil Dorey. Le cayeron dieciocho años en 1992 por el secuestro y la violación de su sobrina de seis años. La secuestró en la escuela y se la llevó a un cobertizo para barcas que había en los estuarios de Norfolk donde la retuvo ahí tres días hasta que la niña logró escapar.

—¿Y dónde está él ahora? —preguntó Kett, examinando la ficha para ver una ristra de cargos menores junto al peor.

—En un centro de acogida —respondió—. Ha estado tranquilito desde que lo soltaron, pero un monstruo es un monstruo hasta el día en que muere, ¿verdad? Ya lo hemos interrogado, pero tiene coartada: ha estado en el hospital por un cálculo biliar. Espera un momento. —Se puso a rebuscar entre los papeles y sacó una segunda ficha. Un hombre guapo de veintitantos le ofrecía una sonrisa de depredador sociópata a Kett—. Este es más listo y casi demasiado bueno para ser verdad. Christian Stillwater.

—¿Christian Stillwater? —se extrañó Kett—. ¿Qué pasa, es un cantante de góspel del corazón de los Estados Unidos o qué?

—No. Lo arrestaron en 2014 por secuestrar a una niña en un parque.

—¿Y ya está en libertad? —preguntó Kett, conmocionado.

—Tuvo un buen abogado. Argumentaron que creía que la niña estaba en peligro, que había visto cómo la madre se pinchaba y creía que estaba haciendo lo correcto al llevársela de allí. La niña tenía ocho años, leves dificultades de aprendizaje y, técnicamente, Stillwater tenía razón. Cuando hablaron con la madre, iba hasta las cejas de heroína. Ni siquiera se había dado cuenta de la ausencia de su hija. Fue la abuela quien denunció la desaparición. Además, justo había pasado todo el embrollo de Lochy Percival.

—¿Lucky Percival? ¿Como Lucky Luke? —preguntó Kett. El nombre le sonaba, pero no sabía de qué. Estaba casi seguro de que había oído a Spalding chasquear la lengua con disimulo. La mujer se sacó el móvil del bolsillo y dedicó unos segundos a buscar algo. Cuando lo encontró, se lo pasó por encima de la mesa. Kett vio una fotografía de prensa en la que aparecía un hombre de treinta y tantos a quien se llevaba la policía, con los ojos llenos de lágrimas y la boca deformada en una mueca de dolor.

—No, no, es Lochy —lo corrigió Figg, que estaba aguzando el oído—. Ya te digo yo que de Lucky Luke no tiene nada.

Spalding recuperó su teléfono y empezó su explicación:

—Percival era un vecino de la zona acusado del asesinato de una turista de Liverpool, Jenny O'Rourke, a finales de 2013. Tenía catorce años. Los testigos lo describieron a la perfección, dijeron que habían visto cómo la raptaba en pleno día en Wroxham Barns, una especie de granja turística. Para cuando a alguien le dio por actuar, la chica y él ya habían desaparecido. La encontraron una semana después, o al menos, lo que quedaba de ella, bajo una barca medio podrida que había en la orilla a menos de un kilómetro de la casa de Percival. También encontraron su ADN en la barca.

—Me acuerdo —repuso Kett—. Nos dieron una charla informativa sobre el caso en la Metropolitana. Porque no era culpable, ¿verdad?

Spalding suspiró.

—No pudimos demostrarlo.

—Para nada —terció Pearson y le lanzó otra mirada de advertencia a Spalding—. Tenía una coartada sólida para cuando secuestraron a la muchacha. Estaba en un partido de fútbol, en Norwich. Aparece en las grabaciones de circuito cerrado durante todo el partido e incluso salió en el programa *Match of the Day* tras la portería.

—¿Y el ADN? —preguntó Kett, devanándose los sesos—. Dijo que era excursionista, ¿verdad?

—Así es —dijo Pearson—. Se encontró su ADN en el bosque, donde se había enganchado con las ramas mientras exploraba. Usó la barca para descansar después de la caminata. Se sentó ahí mientras Jenny estaba justo debajo, sangrando por todas partes, y ni se dio cuenta.

—Por Dios —soltó Kett.

—Es una de esas casualidades —intervino Dunst—. Completamente impredecibles. Sin las grabaciones de circuito cerrado, Percival habría terminado entre rejas de por vida por algo que no había hecho. Pillaron al asesino unos meses después, tras haber encerrado a Percival. Se parecía mucho a Percival: misma complexión, mismo pelo, mismo color de coche, aunque de distinta marca. Había toda una lista de coincidencias.

—Y le jod… Eh… ¿Jorobó? Le jorobó la vida. —Spalding suspiró—. Lo echaron del trabajo y le incendiaron la casa.

—Y lo apuñalaron en prisión —añadió Figg mientras negaba con la cabeza—. Alguien se tomó muy mal su supuesto delito y lo acuchilló en el muslo. Trabajé con él poco después de que lo soltaran, cuando era terapeuta, y era un cuerpo hueco, vacío.

—Y por eso demandó —dijo Pearson—. Y por eso ganó. Lo visitamos de vez en cuando y está destrozado. Hizo terapia, acudió a un montón de grupos de apoyo, pero no hay forma de recuperarse de algo así. Y por eso la Prevención de Delitos soltó tan fácilmente a Stillwater, porque no podían arriesgarse a que volviera a pasar lo mismo. Sin pruebas concluyentes, no había caso.

—¿Pero Stillwater sí que era culpable? —preguntó Kett—. Lo planificó, con tiempo, y se aseguró de secuestrar a la niña correcta. Lo confesó. ¿Adónde se la llevó?

—Eso es lo más interesante —contestó Spalding—. El abuelo de Stillwater había muerto hacía poco. Era propietario de un casoplón en Town Close y la casa estaba vacía, se caía a trozos. Stillwater se la llevó allí. Por suerte, uno de los vecinos los vio y se puso a hablar con él y con la niña. Creemos que eso lo asustó, porque al cabo de una hora más o menos llevó a la niña a la comisaría de la ciudad. Se le arrestó, por supuesto, pero entre lo de la madre y que la niña, que se llamaba Emiliy… Coupland, creo, no dijo ni una sola palabra en contra de Stillwater, porque es que incluso le había comprado helado, pudo irse de rositas.

—¿Pero sigue fichado? —preguntó Kett.

Spalding asintió.

—Nadie se creyó una palabra de su versión. Había planeado el secuestro de esa niña y hacerle Dios sabe qué. Lo vigilamos desde entonces, pero está muy limpio. Demasiado. Y esto tampoco es *Minority Report*. No puedes arrestar a alguien por lo que podría hacer en un futuro.

—Pero cuadra con el *modus operandi* de nuestro caso, eso seguro —observó Kett—. Listo, paciente. ¿A qué se dedica?

Porter sonrió.

—Es agente inmobiliario —anunció—. Tiene acceso más que de sobra a propiedades vacías.

—¿Lo habéis interrogado?

—Eso estamos intentando —dijo Porter—. Ha desaparecido del mapa.

Kett asintió y se le erizó la piel de la nuca. Se rascó la coronilla mientras estudiaba la fotografía de Stillwater. El hombre tenía unos ojos brillantes, una sonrisa afilada como una cuchilla. Había visto esa mirada en otras ocasiones, muy a menudo, en los rostros de hombres que él mismo había traído esposados, hombres que habían dejado un reguero de gritos y lágrimas y sangre a su paso.

—Pues parece que es nuestro sospechoso —dijo Kett—. Encontremos a este cabrón.

—¡Car-bón! —gritó Moira desde su rincón.

Capítulo 9

—Os he dicho mil veces que Christian no está aquí.

La joven, escocesa y con los ojos rojos (Lucy Clarke, según el censo electoral), se erguía en el umbral de la casa de Stillwater como si estuviera dispuesta a atrincherarse dentro, aunque solo medía metro cincuenta y ocho y parecía estar hecha de astillas. Se apartó el pelo rojo cobrizo y enmarañado de la cara y echó de nuevo la vista atrás para mirar a los agentes que estaban registrando la casa. Después, se volvió hacia Kett y Porter.

—No ha pasado por aquí desde hace días, ya se lo dije a los últimos polis que vinieron y a los de antes también. No lo he visto y tampoco tengo ganas.

—¿Han discutido? —le preguntó Kett mientras comprobaba que el Volvo siguiera donde lo había dejado. Moira lo miraba desde el asiento trasero con mala cara. Dejar a un bebé en el coche era un recurso de mierda, pero tampoco es que pudiera presentarse en casa de un aspirante a pederasta potencialmente violento con una niña de dieciocho meses en brazos, ¿no? Además, había bajado un poco las ventanillas.

—Sí —dijo Lucy—. A ver, no, en realidad no, solo fue una de esas discusiones tontas de pareja.

—¿Le importa explicarnos el motivo de la discusión? —inquirió Porter—. Quedará entre nosotros.

—Sí, claro, entre nosotros y entre todos los otros polis que también me lo han preguntado, ¿no? —le espetó ella—. Bebés, discutimos sobre tener un bebé. Yo quería y él, no. Se me fue la olla y le dije que se fuera a tomar por culo. Y, mira tú por dónde, me hizo caso.

—¿Le dijo por qué? —preguntó Kett.

—¿Por qué no quería tener un niño? —le dijo ella e hizo una mueca—. Qué cojones te importa a ti, a ver. ¡Oye, con cuidadín por ahí, eh! —Dirigió este último comentario al interior de la casa, a la serie de golpes y topetazos que salían de la cocina. Luego, inspiró hondo—. No quería tener niños y punto, aunque parece que después fue cambiando de idea. Terminó bajándome los pantalones con ese piquito de oro que tiene, que si una casa en el campo, que si pequeñajos correteando, el puto cabrón terminó bajándome los pantalones, literal.

—¿Cuánto hace que están juntos? —le preguntó Kett.

—Dos años —escupió, toqueteándose el dedo. No había anillo, pero la marca que había dejado seguía ahí—. Me propuso matrimonio en primavera. Puto cabrón.

—¿Conoce su pasado? —preguntó Porter y ella lo fulminó con la mirada.

—Sí, claro que me he enterado, ¿qué se cree? De haberlo sabido antes quizá no le habría dicho ni mu. Puto cabrón.

—Soy consciente que ya ha pasado por esto —empezó Kett—. Pero cualquier cosa que sepa sobre él, cualquier lugar donde acostumbre a ir, cualquier sitio del que le haya hablado, aunque solo fuera una vez… Tómese un momento para pensar. Podría suponer la diferencia entre la vida y la muerte para las niñas. ¿Quiere que le enseñemos sus fotografías otra vez?

Lucy negó con la cabeza. Palideció tanto que las pecas que le salpicaban la nariz y las mejillas parecieron hechas con bolígrafo. Se abrazó mientras se sorbía la nariz. Porter le había mostrado las imágenes de Maisie y Connie cuando habían llegado y no había sido la primera vez que se las habían enseñado.

—De verdad os lo digo —empezó—: quiero que lo pillen tanto como ustedes. Si es…, si realmente es capaz de hacer algo así, quiero que lo encierren de por vida. —Alzó los ojos y se encontró con los de Kett—. ¿De verdad cree que…?

—No lo sabemos —repuso Kett—. Lo haya hecho o no, tenemos que hablar con él. Así que, por favor, piense.

Estuvo dándole vueltas y volvió la vista atrás por enésima vez. Los dos agentes seguían ahí y uno de ellos negó con la cabeza. Lucy suspiró y dio un golpecito en la puerta con el pie desnudo.

—Nunca era del todo sincero conmigo —dijo ella—. ¿Habéis estado alguna vez con alguien así? Se comportan como si fueran la persona más sincera del planeta y te lo crees sin pararte ni a pensar y no es hasta después cuando te empiezas a dar cuenta de que no lo conocías ni por asomo.

—El clásico perfil del sociópata —le explicó Kett—. Todo es planeado, toda su vida es puro teatro. Pueden hacer que uno crea cualquier cosa.

—Exacto —dijo ella, asintiendo—. No hacía mucho más allá de estar aquí o en el trabajo. Se dedica a vender casas, aunque tampoco trabajaba cada día. Hacía un poco lo que quería. Pero, de vez en cuando, se piraba. Siempre me decía que había quedado con unos amigos en un *pub,* pero no tenía amigos, amigos de verdad, al menos que yo los hubiera visto, y luego nunca le olía el aliento a alcohol. Lo único que olía aquí era él.

—¿En qué sentido? —preguntó Kett.

Ella encogió esos hombros huesudos.

—Olía, olía raro, no sé. Era como algo dulzón y a la vez como agrio, como mal. O algo así. ¿A podrido, tal vez? Al principio creía que me estaba poniendo los cuernos, pero no era ese tipo de olor. No sé cómo describirlo.

—¿Ha salido últimamente? —preguntó Porter.

—El fin de semana pasado, el sábado. Creía que nos íbamos a ir a la costa, pero me dijo que él ya tenía planes. Se piró a primera hora de la mañana en el coche, volvió para la hora de cenar: a las seis o así. Estaba cabreadísima con él, porque el cabronazo volvió lleno de arena. Se había ido a la puta playa sin mí. Todo el puto día.

La mirada de Kett se encontró con la de Porter. El sábado. Dos días antes de que Connie desapareciera.

—¿Por casualidad no tendrá esa ropa aquí, verdad? —le pidió Kett—. ¿La de la arena?

La mujer asintió y se esfumó en la oscuridad de la casa.

—Cada vez parece más sospechoso —observó Porter cuando los agentes salían—. ¿Habéis encontrado algo?

—Nada —dijo el agente—. Sus cosas no están.

—¿Ni una sola? —preguntó Kett.

—Aquí la tenéis —dijo la voz de Lucy desde el interior de la casa. Salió de la penumbra cargada con una bolsa de basura negra; sin duda, le costaba cargarla debido al peso. La dejó a los pies de Kett—. Aquí está toda su mierda. Iba a tirarla, pero me ahorráis la molestia. Se piró el domingo, después de que discutiéramos y no se le ha visto el pelo desde entonces.

—Fantástico —comentó Kett mientras agarraba la bolsa—. ¿Por casualidad no sabrá también a qué playa fue?

—Sí —respondió Lucy, con la misma mirada dura—, a una con arena que te cagas.

Hizo el intento de cerrar la puerta, pero Porter colocó una de sus manazas para impedírselo.

—Si apareciera, llámenos de inmediato. A emergencias si es necesario, ¿entendido?

—Como tenga los cojones de aparecer por aquí —espetó Lucy—, es hombre muerto.

Cuando Kett volvió al coche, Moira estaba llorando. No era uno de sus berrinches furiosos, sino que eran sollozos de verdad y oírlos pilló a Kett por sorpresa.

Sin embargo, fueron sus palabras las que le rompieron el corazón:

—¡Mama! ¡Mama! ¡Por-fa!

Ese «porfa» al final fue la gota que colmó el vaso, la palabra que le formó un nudo en la garganta y le llenó los ojos de lágrimas. Entregó a Porter las bolsas de pruebas y abrió la puerta trasera del coche. Asomó la cabeza más de lo necesario, sobre todo para que Porter no advirtiera la emoción cincelada en su rostro. Pero el grandullón no habría sido tan buen detective si no se hubiera dado ya cuenta.

—No puedo imaginar por lo que estás pasando —dijo Porter cuando hubo sacado a Moira del sillín del coche. El primero anudó la bolsa de basura y se la entregó a un agente uniformado, que se la llevó al coche.

Kett se colocó al bebé sobre el hombro y notó cómo sus brazos regordetes le rodeaban el cuello y le dio unas palmaditas sobre la piel.

—Porfa, porfa.

—Eh, preciosa —empezó—, papá está aquí, no pasa nada.

Podía ir de una forma u otra, era consciente de ello. A veces, el esfuerzo de calmarla salía por la culata y Moira tenía una pataleta de proporciones bíblicas, una de esas que a veces duraba horas, incluso. Billie había sido la única capaz de calmarla, en parte porque poseía un aura natural de paz y serenidad y, en parte, porque tenía pechos. Kett no poseía ninguna de esas dos cosas. Lo único que podía ofrecerle eran mimos, besos y palabras amables y no siempre bastaban para aplacar la tormenta.

Por suerte, no se trató de una de esas veces. Lo notó en la forma en la que se movía el bebé, en los gestos sutiles. No se alejó de él, se acomodó sobre su hombro y se puso a parlotear sobre su cuello. Kett dirigió una mirada de disculpa a Porter, quien le restó importancia con un ademán.

—Robbie, te agradecemos que hayas venido y más en estas circunstancias —le dijo—. Si tienes que irte, vete. Ya te veremos cuando sea posible, y mientras tanto, tenemos tu teléfono.

—No pasa nada —replicó él, en voz baja y tranquilizadora—. Solo echa de menos a mamá. Todos la echamos de menos.

—Seguramente, Billie… —empezó Porter, y chasqueó los labios—. Mira, eres policía, así que ya conoces la realidad de casos como el suyo. Pero no te des por vencido, ¿vale? Recuerdo que te vi en las noticias, con los mellizos. Recuerdo que dijiste esto mismo, que no ibas a perder la esperanza hasta que no los encontraran. Nunca te diste por vencido, ni siquiera una vez, en todas las semanas que pasaron.

—Meses —lo corrigió Kett—. Estuvieron desaparecidos siete meses.

Y sí que había perdido la fe. Había perdido la fe más veces de las que podía contar.

—Eres un buen padre —dijo Porter—. Nadie diría lo contrario. Te quiere mucho. Es evidente lo mucho que te quiere, a juzgar por el reguero de babas y mocos que te está dejando en el collar de la camisa ahora mismo.

Kett se echó a reír y Moira se apartó con una sonrisa que dirigió a Porter.

—Qué asco, de verdad —siguió Porter—. Es como un río de baba.

—Podría ser peor —le aseguró Kett, olisqueando. Hizo una mueca—. Ay, espera. Ya es peor.

Sostuvo al bebé delante de Porter.

—¿Quieres hacer tú los honores?

—¿Que si quiero limpiar una explosión de caca radioactiva igual que la de Chernóbil? —observó Porter y negó con la cabeza—. No, te aseguro que no.

Kett atrajo Moira hacia sí y le alisó los rizos elásticos tan bien como pudo.

—Tendré que hacerlo yo, pues —le dijo.

—Si alguna vez quieres hablar del tema —empezó Porter—, aquí estoy.

—¿Si alguna vez quiero hablar de caca de bebé? —dijo Kett.

—No, idiota, si alguna vez quieres hablar de Billie.

Kett le dedicó un gesto de agradecimiento con la cabeza.

—Te lo diré —le aseguró.

—Inspector jefe Kett —dijo uno de los agentes. Kett miró hacia donde estos se encontraban, junto al coche patrulla. El hombre sostenía un móvil en la mano—. Una llamada para usted, de la agente Cruel.

—Toma —dijo Kett y le dio la bebé a Porter. No estaba seguro de quién de los dos protestó más por ese cambio de manos. Se acercó al coche patrulla y se llevó el teléfono a la oreja—. ¿Cruel?

—Sí, señor —respondió la voz de la agente, distorsionada por la mala cobertura—. Sigo delante de Walker's y hay algo que tienes que ver.

Capítulo 10

El tráfico había aumentado y llegar al otro lado de la ciudad fue una pesadilla. Christian Stillwater vivía en lo que se conocía como el Triángulo de Oro, un área de casas pequeñas y caras para la clase media justo en las afueras del centro, y llegar desde allí hasta el norte de la ciudad fue una pesadilla protagonizada por autobuses, bicicletas y camiones. Ojalá el viejo Volvo tuviera luces y una sirena, pero lo único de lo que disponía era un claxon chirriante y no servía de una mierda para apartar a la gente de su camino.

Claro que también le habían ofrecido una sirena. Porter había indicado a los agentes que lo escoltaran, pero Kett se había negado. No parecía que lo de Cruel fuera una urgencia y los agentes uniformados resultaban de más utilidad si participaban en la búsqueda de su sospechoso más prometedor. Porter también se había ofrecido a acompañarlo, pero Kett le había pedido que llevara la bolsa al equipo forense enseguida. Si podían descubrir en qué playa había estado Christian Stillwater, tendrían más oportunidades de encontrar a las niñas.

—Además —había dicho Kett mientras cambiaba a toda prisa el pañal de Moira en el asiento del copiloto del Volvo—, Cruel parece más que capaz de cuidarse si surgen problemas.

—Y aunque no lo sea —había repuesto Porter con una sonrisa—. Se llama Cruel. Solo tienes que gritar: «¡A por ellos, Cruel!» y echarán a correr como alma que lleva el diablo.

Las plazas de aparcamiento que había junto a las tiendas estaban ocupadas y Kett no quería bloquear la calle, así que siguió conduciendo casi medio kilómetro y encontró una Co-op que tenía aparcamiento en la parte trasera. Se suponía que solo era para clientes, así que entró en la tienda y compró una caja de galletas duras para bebés como soborno para lograr que

Moira quisiera meterse en el cochecito. Por suerte, no tuvo tiempo de sentirse culpable, porque cuando llegó a la hilera de tiendas y pasó por delante del *pub* destartalado oyó unos golpes sobre el cristal y al volverse vio a la agente Cruel que lo miraba desde el otro lado de las ventanas sucias del Albion.

Empujó y chocó con el cochecito contra la puerta doble. Al entrar, se estremeció a causa de la ráfaga repentina de aire acondicionado. El *pub* era mucho más agradable por dentro que por fuera: suelos de madera pulida con mesas y sillas elegantes y modernas. Más allá del hombre de expresión agria que se erguía detrás de la barra, no había ni un alma en el bar y no hacía falta pensar mucho para conocer el motivo.

—Gracias por venir, señor —dijo Cruel, recortada por la luz que entraba por la ventana. Se había quitado la chaqueta y el gorro, pero seguía siendo una policía de pies a cabeza y por aquella zona, los policías no eran buena compañía para ir de copas—. ¿No habéis encontrado a Stillwater, entonces?

—No —respondió Kett mientras orientaba el cochecito hacia la ventana. Desde ahí se veía perfectamente el quiosco y el apartamento que había encima. Incluso podía distinguir la diminuta forma de David Walker detrás de la caja registradora—. Ha desaparecido, por lo que es más probable que sea culpable. Ahora cuéntame tú, ¿qué te ha llamado la atención?

Cruel sonrió, parecía muy satisfecha consigo misma.

—Para empezar, he investigado un poco —le explicó, pero Kett alzó una mano.

—Un momento —le dijo y se volvió hacia la barra—. No podría tomarme un té aquí, ¿no?

—No lo sé —murmuró el hombre en un tono sarcástico—. ¿Podría usted? —Pero se dirigió a la máquina y la encendió.

—Y un zumo —pidió Kett—. Para la jovencita.

—Oh, no hace falta, estoy bien, gracias —terció Cruel. Kett frunció el ceño señalando al cochecito en el que Moira estaba comiéndose las galletas duras.

—Esta jovencita.

—Oh, vaya… Lo siento —farfulló Cruel, ruborizada—. Bueno, he estado investigando mientras estaba aquí. Walker tiene cuatro hijos.

—Sí —coincidió Kett—. Uno ha estado en prisión, ¿verdad?

—Por robo con fuerza, dos veces —le informó mientras asentía. Agarró el teléfono, que tenía encima de la mesa, y mostró a Kett la fotografía de un hombre que debía de tener unos cincuenta años. Se estaba quedando calvo y el pelo era canoso, tenía la piel morena y estaba gordo (era tan corpulento como menudo era David Walker), pero era la viva imagen de su padre en lo que atañía a ojos y nariz—. Se llama Brandon Walker. Tiene cincuenta y seis años. La última vez que lo arrestaron fue por un gran golpe en la región central del país, él y unos cuantos más trataron de robar en una casa de empeños. Resultó que los propietarios pertenecían a la mafia albanesa y les dieron una buena tunda y encima los pillaron. Dos años por robo con fuerza con agravantes.

—¿Y ya está?

—El agravante fue un mazo —le explicó ella—. Un mazo de goma. Creo que era más por aparentar que por otra cosa. Si te soy sincera, tampoco es que sea el más listo del pueblo. Cumplió sentencia en Oakwood.

—¿Y sigue en Wolverhampton? —preguntó Kett.

—Eso dice su padre. David Walker afirma que no ha hablado con su hijo desde que lo encerraron por segunda vez. Sostiene que ya le ha dado demasiadas oportunidades. Según el viejo, Brandon todavía merodea por la región central del país y lo he comprobado. Tenía trabajo en esa zona, en una granja. Castrando ovejas, aunque cueste de creer.

Kett se estremeció.

—Alquiló un piso pequeño y no socializaba. Hasta hace un año y medio, cuando un día no se presentó a trabajar. Dejó de pagar el alquiler y fue desahuciado de la propiedad de forma oficial.

—¿Y? —preguntó Kett.

—Ha desaparecido del mapa —replicó ella—. No consta trabajo, ni casa, no hay rastro de él.

—¿Y me has pedido que viniera para contármelo? —le dijo Kett.

Cruel negó con la cabeza y señaló al otro lado de la calle.

—Te he pedido que vinieras porque el muy idiota acaba de asomar la cabeza justo por ahí.

Kett examinó la hilera de ventanas que había encima de la tienda de Walker. Estaban bañadas por el sol. Podría haber habido un desfile nudista dentro del apartamento que Kett no habría sido capaz de verlo.

—¿Estás segura?

—En un ochenta por ciento, señor —afirmó Cruel—. Hará unos treinta minutos una nube ha tapado el sol y toda la calle se ha quedado a oscuras y he visto una cara ahí. Estoy segura de que era él, no pasa desapercibido.

—Tiene sentido —observó Kett mientras el camarero colocaba las bebidas en la mesa junto a la ventana. A pesar del humor de perros que había demostrado el hombre, forzó una sonrisa y saludó a Moira. Esta le hizo una pedorreta y él recuperó su mala cara mientras murmuraba de regreso a la barra—. Era evidente que Walker mentía cuando había dicho que el piso estaba vacío. Pero ¿por qué mintió sobre que su hijo estuviera ahí?

—¿Por vergüenza? —propuso la agente—. Es un exconvicto. No es que ayude mucho a la reputación de una familia que tiene un quiosco.

—Solo hay una forma de averiguarlo —propuso Kett. Tomó un buen sorbo del té rancio y lechoso e hizo una mueca—. Por el amor de Dios, ¿qué pasa en esta ciudad con los tés?

Dejó la taza en la mesa bruscamente y se dirigió hacia la puerta, luego el corazón le dio un vuelco al acordarse de Moira. Volvió sobre sus pasos.

—Tenemos que entrar en el piso —señaló.

—¿Crees que tiene a las niñas allí? —preguntó Cruel—. Es un salto bastante grande, señor, no creo que la teoría se sostenga ante un juez.

—Es una de las pocas personas que habría tenido algún tipo de acceso a ambas niñas —replicó Kett—. Podría haber descubierto sus rutas, podría haber sabido dónde vivían y haberse enterado de más información personal que apareciera en sus fichas y que podría haber usado para hacerse amigo de ellas.

Cruel se lo planteó, no estaba convencida.

—Sigue siendo un salto bastante grande pasar del robo al secuestro —dijo, al cabo de unos segundos.

—Sí, pero Brandon jodió a los albaneses y ya sabes lo despiadados que son. Esas bandas llevan a cabo una gran proporción del tráfico humano del país, así que quizá tienen a Brandon entre la espada y la pared y lo han obligado a raptar a las niñas como forma de devolverles lo que creen que les debe.

—A ver, tiene sentido —observó Cruel—. ¿Pedimos una orden? ¿Para ir a hablar con él?

Kett volvió a mirar a los apartamentos.

—Creo que veo a otra persona ahí —dijo, consciente de lo evidente que resultaba que mentía y consciente también de que Cruel lo sabía—. Quizá dos personas. Podrían ser niñas.

—¿En serio quieres ir por ahí? —preguntó Cruel, con expresión muy seria.

—Sí —replicó él—. Y algún día te explicaré por qué. No te preocupes, lo haré yo, no tendrás que ensuciarte las manos. Necesito que te quedes aquí para asegurarnos de que no sale corriendo. Y también para asegurarnos de que esta no se bebe una botella entera de ron.

Al bebé pareció antojársele graciosísimo, porque se echó a reír de una forma que se asemejaba a un dibujo animado.

—Pediré refuerzos —dijo Cruel—. Podemos esperar. Podemos tener a media docena de agentes aquí en diez minutos.

Diez minutos. Había sido el lapso que había esperado en el primer caso del que se había ocupado.

Y esos diez minutos le habían costado la vida a un niño.

—Walker padre es listo, seguro que ya sabe que estamos aquí y si sabe que estamos aquí, cabe la posibilidad de que Brandon también lo sepa. Y si, y ya sé que es un si muy hipotético, las niñas están ahí arriba, podría estar haciéndoles cualquier cosa.

Cruel asintió con una expresión plagada de preocupación.

—Informa a comisaría —le dijo Kett—. Pero solo para que sepan que estoy dentro.

Se empezó a dirigir hacia la puerta, pero Cruel lo llamó. Tiró de un aro que tenía en el cinturón y sacó la porra extensible.

—Llévate esto —le ofreció.

Kett se lo agradeció con un gesto de la cabeza y luego salió del *pub* a grandes zancadas.

Capítulo 11

Una nueva masa de nubes atravesó el sol y la temperatura descendió en picado mientras Kett cerraba la puerta del *pub* a sus espaldas. La calle estaba llena de tráfico, pero casi no había transeúntes, la hilera de tiendas estaba prácticamente desierta.

Se metió la pesada porra en el bolsillo interior de la americana y alzó la mirada a los pisos del otro lado de la calle, pero solo durante unos segundos, porque no quería delatarse. Ignoró el paso de peatones, acortó entre dos coches aparcados y se dirigió a la tienda de vinos y licores que colindaba con Walker's. Ahí abajo era casi imposible que quien estuviera en el piso lo viera y se mantuvo cerca del enorme escaparate cuando pasó por delante del quiosco. David Walker seguía ahí, pero estaba de cara a las estanterías de atrás, reponiendo los cigarrillos.

Kett llegó a la puerta del piso y volvió a mirar por la rendija del buzón y, luego, colocó la oreja delante. Sin duda, había corriente de aire y era extraño porque ninguna de las ventanas estaba abierta. Kett sabía cuándo una casa estaba vacía y no le daba esa sensación en absoluto. La forma en la que corría el aire, los sonidos quedos que traía, le hicieron pensar que había alguien ahí arriba.

Alguien que aguantaba la respiración.

Dejó que el buzón se cerrara despacio, y entonces se dirigió hacia el callejón que había al otro lado de la tienda. Estaba plagado de hierbajos, había botellas vacías desparramadas por doquier y apestaba a orina. Conducía a la parte posterior de la hilera de tiendas, compuesta por una pequeña área adoquinada y un puñado de aparcabicicletas, en los que había tres ruedas cortadas y solitarias atadas a las barras de metal. Enfrente había toda una colección de vallas destartaladas y llenas de grafitis coronadas por un alambre de púas que protegía la fila de casas que había al otro lado.

Había dos puertas más ahí detrás, ambas conducían a otros apartamentos encima de las tiendas y ambas estaban cerradas y tapiadas con paneles de metal. Kett se sorprendió al ver que Walker le había dicho la verdad: había señales a ambos lados de la puerta que hacían referencia a sustancias peligrosas. Kett se protegió los ojos ante la reaparición del sol y se fijó en que las ventanas de ambos pisos estaban tapiadas por este lado también. Solo el que se encontraba justo encima del quiosco de Walker's parecía mínimamente habitable.

Regresó a la puerta delantera. No había pomo, solo una cerradura Yale, pero Kett ya se había enfrentado a puertas como esa miles de veces. Volvió a abrir la tapa del buzón y metió la mano; gruñó cuando el metal le arañó la piel.

—Venga —dijo, forcejeando. Tocó algo metálico con las yemas de los dedos—. Ven aquí, joder.

Lo encontró, giró el pasador y empujó con el hombro al mismo tiempo. La puerta se abrió, las bisagras estaban frescas como una rosa. Sigiloso, Kett se metió dentro y la cerró al entrar. Luego, sacó la porra del bolsillo y la extendió al máximo. Hacía años que no usaba una, desde que era agente uniformado, pero le transmitió una buena sensación. Alivió un poco la tensión de haberse colado en casa de un criminal convicto.

Subió los peldaños con la máxima parsimonia con la que se atrevió, cada crujido era ensordecedor en ese espacio reducido y silencioso. El corazón se le aceleró tras las costillas y todo el té que se había tomado esa mañana le borboteaba en el estómago vacío. Lo que estaba haciendo no era legal *per se*, evidentemente, pero llevaba el tiempo suficiente en ese trabajo como para saber que era mejor confiar en los instintos y verse en la tesitura de calmar las aguas después, que…

«¡Pum!».

Kett se quedó sin aliento. El ruido se había producido cerca, junto al rellano de las escaleras. Titubeó, sosteniendo la porra a la altura del hombro, listo para hacerla bajar con toda su fuerza.

«Pum-pum».

No había ninguna duda: un piso vacío no sonaba así.

Inspiró hondo, se lanzó a subir los peldaños que quedaban y atravesó la puerta que había en el rellano.

—¡Policía! —rugió.

No hubo respuesta.

El pasillo oscuro y estrecho estaba vacío, pero no llevaba así mucho tiempo. Olisqueó el aire y detectó el inconfundible y desagradable olor corporal de un hombre que no se había duchado.

—¿Brandon? —dijo Kett—. ¿Brandon Walker? Si estás aquí, sal. Llevo una porra que te aseguro que no es para jugar al escondite.

Nada.

Kett atravesó la puerta más cercana y se topó con un salón vacío, con tan solo un colchón cubierto de un fardo de sábanas sucias y un cenicero colmado. Si le quedaba alguna duda sobre si el piso estaba ocupado o no, desaparecieron de inmediato en cuanto vio las volutas de humo que aún flotaban de las colillas que había en el cenicero.

—Brandon —lo llamó Kett—. He visto tu fotografía y sé que no hay muchos sitios en los que te puedas esconder.

Salió del salón, recorrió el pasillo y vio una cocina que era casi demasiado pequeña para que él mismo cupiera dentro. No había absolutamente nada en los armarios y solo un cuarto de litro de leche en la nevera.

—Te estás quedando sin sitios en los que esconderte, Brandon —dijo Kett, reajustando su forma de agarrar la porra debido al sudor—. Y a mí se me está acabando la paciencia.

No había nadie en el baño de color verde lima ni en el armario del termo, lo que dejaba como única opción el dormitorio. Kett se asomó por la puerta entreabierta con el ceño fruncido, luego entró. Estaba vacío, solo había una pequeña cómoda contra la pared opuesta y un espejo roto mirando a la ventana. Se estremeció al notar una brisa repentina.

—¿Qué demo…? —musitó Kett. Se dirigió hacia la ventana y probó el tirador, pero estaba bien cerrada. Ahuecó una mano sobre el cristal y divisó el *pub* que había enfrente, donde estaba Cruel, sentada ante la ventana, con Moira saltando en su regazo. La agente pareció aliviada al verlo y luego confundida, cuando Kett se encogió de hombros en un gesto exagerado.

Se alejó de la ventana y realizó otra rápida búsqueda en el piso. Nada de nada. Con todo, era evidente que alguien había estado ahí. ¿Cómo demonios había logrado salir? Debía de haber sido justo antes de que él llegara, tal vez incluso mientras hablaba con Cruel en el *pub*. Kett soltó una maldición. No solo se había saltado las normas de una búsqueda, sino que encima se las había apañado para perder al sospechoso y no había ni rastro de que las niñas del periódico hubiesen estado ahí.

Plegó la porra, se la guardó en el bolsillo y se preguntó si podría salir antes de que llegaran los refuerzos. Así, podía dejar que entraran los agentes uniformados y estos descubrirían, «oficialmente», que el piso estaba vacío. Empezó a recorrer el pasillo hacia la salida, pero se detuvo en cuanto oyó de nuevo el ruido:

«¡Pum!».

No había visto ninguna trampilla que condujera a un desván y tampoco es que hubiera espacio para que existiera, dado lo bajo que era el techo. Los suelos también eran de laminado de madera falsa y estaban colocados justo por encima de la tienda que había debajo. Quizás fueran aves rascando el tejado, supuso. Quizá una furgoneta de reparto estaba dejando cosas abajo en la calle. Pero había sonado demasiado cerca.

Había sonado como si procediera de la habitación contigua.

Kett volvió sobre sus pasos al dormitorio y se fijó en la cómoda. Era demasiado pequeña para que cupiera una persona, y menos un cabrón gordo como Brandon, y cuando Kett abrió un cajón, vio que estaba vacío.

Volvió a notar esa brisa, se le coló por las mangas y le erizó la piel.

De pronto, cayó en la cuenta. Agarró la cómoda por las esquinas y la arrastró por el suelo.

—Joder.

Había un agujero en la pared, de poco más de medio metro de ancho y bordeado por dientes irregulares de ladrillo y cemento. Estaba vacío, solo se veía una oscuridad insondable y esa misma corriente de frío aire fantasmagórico.

Kett inspiró hondo mientras se frotaba el rostro. En circunstancias normales, ni de lejos iba a introducir cualquier parte de su anatomía en un agujero como ese, pero no se encontraba en circunstancias normales en absoluto y, por lo que sabía, podía haber dos niñas de once años atadas y amordazadas al otro lado de la pared. Dos niñas sobre quienes quizás estuviera encorvado Brandon Walker en esos mismos momentos e inspiraran su último aliento mientras el hombre las empezaba a estrangular...

—Joder —gruñó otra vez y extendió la porra al máximo: con la otra mano, activó la linterna del teléfono móvil. Se inclinó para iluminar el agujero y descubrió un dormitorio igual que en el que se encontraba, aunque plagado de sombras—. Brandon Walker, si estás aquí te voy a dar hasta que cuente tres. Si llego a tres, te juro por Dios que vas a salir de aquí sobre una camilla. Uno.

Reprimiendo un grito, metió un brazo por el agujero, luego la cabeza y entró a trompicones. Los ladrillos se le clavaron en la piel, le arañaron el cinturón y durante un segundo atroz creyó que se iba a quedar atrapado. Dejándose llevar por el pánico, blandió el teléfono de acá para allá, esperando que una silueta brotara de la oscuridad. Se retorció, gruñó y, al final, el pie tocó la cómoda del otro dormitorio y le brindó el apoyo suficiente para terminar de pasar. Cayó al suelo con un quejido, se puso en pie como pudo y se secó el sudor de la frente.

—Dos —anunció, agarrando con fuerza la porra con ganas de agitarla. En serio, el tío ese lo estaba cabreando que daba gusto.

El dormitorio estaba vacío, así que Kett avanzó hacia el pasillo, que era exactamente igual al que había en el apartamento contiguo. Todo estaba muy oscuro, no había ni una rendija de luz que se colara entre los tablones de las ventanas. La linterna hacía lo que podía para compensar, pero no servía de nada contra la insoportable asfixia de la negrura.

No encontró nada en el baño. Nada en el armario para secar la ropa. Nada en la cocina.

Eso solo dejaba un lugar en el que Walker podía estar escondiéndose.

—Tres —dijo Kett mientras se colocaba junto a la puerta del salón—. Pues nada, te tocará salir en camilla.

Alzó la bota y dio una fuerte patada a la puerta. No tenía posibilidad de resistir, casi se desintegró ante ese ataque. Solo tuvo que dar tres pasos para llegar al centro del salón, con la porra alzada y la linterna barriendo de un lado al otro: una enorme mesa de madera llena de cosas, una silla de escritorio y ahí, en un rincón…

«No».

Dos bolsas de basura, bien atadas con cinta aislante, ambas del tamaño de un cuerpecito delgado y destrozado.

—No —soltó Kett en voz alta y echó a correr hacia las bolsas. Se dejó caer sobre las rodillas, soltó el móvil y la porra en el suelo para tratar de desatar el plástico con ambas manos—. Venga, vamos, por favor, que no estén…

Demasiado tarde, oyó las pisadas y volvió la cabeza justo a tiempo para ver un hombre que salía corriendo de detrás de la mesa. Era grande, enorme, de hecho, pero se movía con rapidez, el halo de la linterna solo le reveló el martillo de hierro que llevaba en una mano.

Kett lo esquivó justo cuando el hombre lo blandió, la adrenalina lo gobernaba. No lo hizo con la velocidad suficiente y la cabeza pesada del martillo le rozó la cabeza en la parte superior. La estancia se llenó de un fogonazo de luz durante un instante y las orejas le pitaron como si se encontrara dentro de la campana de una catedral. Se agachó, o esa fue la sensación que tuvo, aunque ya no estaba seguro de en qué dirección quedaba el suelo, buscando, desesperado, entre las bolsas de basura.

El hombre soltó un rugido y el dolor estalló en el hombro de Kett al recibir otro golpe de martillo.

«¡Levántate!» se gritó a sí mismo. Si no lo hacía, iba a morir apaleado allí mismo. Pensó en Moira, en Evie, en Alice, consciente de que si moría, se quedarían huérfanas. Fue como recibir una inyección de óxido nitroso directo al motor de su furia.

—¡No! —Encontró la pared, la usó para levantarse y se volvió justo a tiempo para ver cómo el martillo descendía directo a su cara. Dio un paso hacia la izquierda y el martillo se hundió en la pared con la fuerza necesaria para dejar un agujero en el yeso.

Kett cerró el puño y lo arrojó directo al plexo solar del hombre. Brandon era un tipo corpulento, con mucha grasa, pero el golpe fue certero y emitió un ruido similar a una arcada. Retrocedió mientras trataba de arrancar el martillo de la pared y Kett le asestó un segundo puñetazo directo a la papada fofa que le rodeaba el cuello.

Brandon trató de respirar mientras trastabillaba, pero el doble revés, primero al estómago y luego a la tráquea, se lo imposibilitaba. Su pie terminó sobre el teléfono móvil de Kett, rompió la linterna y, de repente, el salón se sumió en la oscuridad.

—¡De rodillas! —rugió Kett y buscó a tientas la porra con el pie—. ¡Ahora mismo!

Se oyó un ruido sordo y, durante un segundo, Kett creyó que el hombre había obedecido la orden. Pero entonces, una sombra más profunda salió disparada de la negrura y de repente Brandon se le echó encima. Sus brazos inmensos constreñían el rostro de Kett contra su pecho. Encajó un puñetazo en las costillas, pero fue un puñetazo tan mal asestado que no le hizo mucho daño. Lo siguió otro, esta vez más fuerte. Kett trató de respirar, pero tenía la boca saturada del hedor corporal de su contrincante. Le propinó un puñetazo a Brandon en el estómago, pero pareció que este ni lo notaba.

Recibió un tercer puñetazo, esta vez en la espalda, y Kett reaccionó incluso antes de darse cuenta de lo que estaba haciendo: sus dientes se cerraron alrededor de lo que solo podía ser el pezón del otro hombre. Apretó y oyó que Brandon soltaba un alarido tan agudo que podía haber roto un cristal. Pero funcionó. Se había liberado. Buscó a tientas la pared, encontró el martillo y lo blandió a ciegas en la oscuridad. Algo crujió y, esta vez, el ruido de carne al caer al suelo fue inconfundible.

—Joder —soltó Kett en un susurro. Le palpitaba la cabeza como si alguien le estuviera amartillando el cerebro. Con cada latido el salón se desdibujaba en un fogonazo de luz blanca y se sentía como si estuviera en el mar, como si todo el edificio se balanceara. Se llevó una mano a la coronilla y cuando apartó los dedos, los notó cálidos y húmedos de sangre.

Sin embargo, Brandon Walker se había llevado la peor parte. Estaba rodando por el suelo mientras emitía ruiditos húmedos acompañados de sollozos. Kett se agachó y lo encontró.

—Quédate aquí —le dijo, luchando para pronunciar las palabras—. No me des una excusa para clavarte el martillo en la cara.

«Crac».

El ruido de una puerta derribada y luego el estruendo de pisadas y voces en el piso contiguo.

—¡Aquí! —gritó Kett, y el esfuerzo que le supuso hizo que el dolor de cabeza aumentara—. Por el agujero que hay en la pared.

Se puso de rodillas y, a tientas, volvió a la esquina de la habitación. Las bolsas de basura eran resistentes y no fue capaz de romperlas con los dedos. Sin embargo, no dejó de intentarlo, porque cabía la posibilidad de que las niñas que había dentro todavía estuviesen vivas. Siempre cabía la posibilidad.

Luz, de pronto el salón se inundó de luz.

—¿Kett? ¿Inspector?

Cinco agentes uniformados entraron en tropel en el salón y tres se tropezaron y se amontonaron sobre el cuerpo de Brandon Walker, que no dejaba de retorcerse. Cruel también había entrado y se agachó a su lado.

—Inspector, estás herido.

—Las bolsas —dijo Kett con voz ronca—. Las niñas.

Cruel se sacó una navaja del cinturón y la clavó, con mucho cuidado, en la bolsa que quedaba más cerca y abrió el plástico hasta formar un agujero. Kett tuvo que usar hasta la última gota de energía que le quedaba para inclinarse y ver qué había dentro.

Pastillas. Cientos de bolsitas de pastillas blancas.

Y no estaba seguro de si fue el esfuerzo de la pelea, el golpe con el martillo o el alivio de no haber encontrado dos cadáveres en las bolsas lo que lo sumió en la inconsciencia.

Capítulo 12

—¿Robbie?

La voz sonaba apagada, lejana, como si estuviera dentro de un ataúd enterrado bajo tierra. Kett gruñó y trató de abrir los ojos. No fue capaz y, de repente, lo embargó el miedo de haberse quedado ciego, o algo incluso peor: que se estuviera muriendo. Rebuscó entre sus recuerdos, pero no encontró nada ahí.

Nada aparte de Billie.

De pronto, vio a su esposa, su sonrisa generosa y esos grandes ojos azules que habían heredado todas sus hijas. Se inclinó hacia él y lo rodeó con los brazos y lo atrajo hacia su pecho. Algo estalló en el corazón de Kett, una oleada de calidez y felicidad que era abrumadora.

«Has vuelto a casa», pensó, pero no pudo verbalizarlo. «Has vuelto con nosotros».

—Se pondrá bien —le dijo Billie, estrechándolo con fuerza—. No se mueva, todo saldrá bien, señor.

«¿Señor?».

Kett trató de usar los ojos, y esta vez logró abrir un párpado. Lo cerró de inmediato en cuanto un haz de luz lo atravesó directo a la cabeza palpitante. Pero lo volvió a intentar.

Un salón lleno de policías, luces y la agente Kate Cruel de rodillas a su lado.

«No era Billie, pues».

La decepción casi lo sobrepasó y solo se vio un tanto atenuada por el alivio de saber que seguía vivo.

Trató de incorporarse y el salón empezó a dar vueltas.

—Con cuidado —le advirtió Cruel—. Walker te ha espachurrado bien el coco. La ambulancia está de camino.

Intentó pronunciar una sola palabra:

—¿Moira?

—Está bien —dijo Cruel—. A salvo. Ahora mismo está con dos agentes que le están enseñando a usar la pistola eléctrica.

Kett casi consiguió soltar una carcajada. Se llevó una mano a la cabeza y se notó una costra pegajosa en el pelo. Parecía que la sangre había dejado de manar, pero dolía un montón.

—¿Cuánto tiempo llevo inconsciente? —preguntó.

—Eh… —Cruel consultó el reloj—. Noventa segundos, más o menos. ¿Cómo te encuentras?

—Como si un gordo enfadado me hubiera pegado en la cabeza con un martillo de hierro —contestó.

—Tienes suerte de que no te haya llegado al cráneo —replicó Cruel—. Quería matarte.

—¿Dónde está? —preguntó Kett. Intentó incorporarse de nuevo y esta vez Cruel lo ayudó; los brazos delgados de la agente demostraron poseer una fuerza sorprendente. Kett cerró los ojos ante la oleada de luces fuertes y náuseas, la boca se le llenó de ácido de batería.

—Bajando las escaleras —le comunicó Cruel—. Y, luego, irá al hospital. Le has dado justo en la barbilla, no es que diga muchas cosas con sentido. Y… —Se inclinó hacia él—. Eh… ¿puede que le hayas arrancado un pezón?

—Se lo he mordido —respondió Kett, con una mueca, solo de acordarse (tanto de la acción como del sabor)—. No sé si se lo he arrancado.

—Bueno, da igual. Al parecer, tenía toda una empresa farmacéutica aquí montada.

—¿Y las niñas? —preguntó Kett, mirándola con los ojos entrecerrados. La agente negó con la cabeza.

—Pero ha sido una buena redada. Las bolsas estaban llenas de éxtasis y MDMA, miles de pastillas. Y chungas, también, mezcladas con todo tipo de venenos. Brandon Walker era un cabrón desgraciado y estará encerrado mucho tiempo.

—¿Y su padre? —preguntó Kett.

—A él también lo han arrestado, por cómplice —le informó Cruel—. Brandon se encargaba de las drogas y también obligaba a las niñas a vender cigarrillos, pero David Walker estaba al tanto de todo. Es imposible que no lo supiera. Creo que le tenía miedo a su propio hijo.

Kett empezó a asentir, pero se lo pensó mejor. Se agarró del hombro de Cruel, se impulsó hasta quedar de rodillas y, de alguna forma, logró ponerse en pie. Durante unos instantes, creyó que iba a vomitar, pero tragó con fuerza hasta que la sensación desapareció.

—Señor, por favor —le dijo Cruel mientras se ponía en pie a su lado—. Necesitas que te vea un médico.

—No me pasará nada —repuso él—. Solo ha sido una consecuencia del golpe. ¿Qué hora es?

—Justo acaba de dar la una —contestó la agente.

Kett soltó una maldición.

—Mira, me tengo que ir. Evie se estará preguntando dónde estoy.

—No puedes irte —replicó Cruel—. El jefe viene para acá. A pesar de las detenciones, parecía cabreado.

—Ya, razón de más para largarme de aquí.

Empezó a caminar y Cruel le cortó el paso y le colocó las yemas de los dedos sobre el pecho, como si fuera un gorila de discoteca.

—Señor, tengo órdenes —le comunicó.

—Sí, y yo tengo hijas —replicó él—. Lo siento. Será culpa de la conmoción cerebral. Dile a Clare que me he puesto como loco y que no has podido detenerme.

La esquivó por un lado, se abrió paso entre los agentes hacia el pasillo y bajó las escaleras haciendo ruido. Alguien había arrancado el marco de metal de la puerta y la ráfaga de aire fresco fue como un regalo del cielo. El calor y el sol no tanto, pero se sobrepuso y para cuando llegó al cúmulo de vehículos policiales que bloqueaban la entrada a la hilera de tiendas, empezaba a sentirse mejor.

Con un dolor horroroso, claro, pero mejor.

—¡Papi!

Moira lo había visto antes de que él la descubriera. Se encontraba en el asiento trasero de un coche patrulla, mordiendo un silbato de plata que Kett reconoció al instante. La niña lo tiró al suelo del coche y estiró ambas manos hacia él. Los dos agentes que había junto al coche siguieron la dirección de sus deditos y le ofrecieron una sonrisa a Kett.

—Es adorable —dijo la mujer, una agente mayor que empezaba a canear, pero que tenía una sonrisa llena de vida—. Ojalá nos dejaran traer los niños al trabajo más a menudo.

La sonrisa se le congeló en los labios al ver las heridas de Kett.

—Querrás que alguien te eche un vistazo —sugirió. Kett lo desechó con un ademán.

—Hola, preciosa —le dijo a Moira—. ¿Estás lista para que nos marchemos?

La agarró y la sacó del asiento.

—¿Podéis hacerme un favor y aseguraros de que la agente Cruel recupera su silbato? —les pidió—. Se lo llevaría yo mismo, pero tengo que irme, llego tarde a recoger a las otras.

—¿A la escuela? —se escandalizó la agente mientras alzaba una ceja y le examinaba la cabeza—. Por favor, dime que primero te vas a lavar todo esto.

—Solo es un rasguño de nada —le dijo, con una mueca de dolor—. Nadie se va a dar cuenta.

—¡Por Dios! Pero ¿qué demonios ha pasado?

La empleada de la guardería parecía a punto de desmayarse ahí mismo, en el suelo del guardarropa. Tenía ambas manos sobre las mejillas y sus ojos parecían dos huevos encurtidos. Miró al inspector jefe Kett de arriba abajo y luego se centró en el bebé que llevaba en brazos.

—¿Y ella? ¿Ella está bien? —preguntó.

Moira bostezó y saludó a la mujer con la mano. Kett entrecerró los ojos, debido al dolor de cabeza, para leer la identificación que la mujer llevaba colgando de un cordón con los colores de Hufflepuff.

—Betty, no ha pasado nada, todo va bien —le aseguró.

—Debbie —lo corrigió, con el ceño fruncido. Kett se inclinó hacia delante y dejó de ver doble por unos instantes.

—Debbie —leyó—. Lo siento. He tenido una mañana muy larga, pero estoy bien, se lo prometo. Solo he venido a buscar a Evie.

—Hace un buen rato que lo espera —lo informó Debbie y se le marcaron las arrugas que se le habían formado en la frente—. Estaba bastante disgustada.

Kett asintió y empezó a adelantarla, pero la mujer no se movió del sitio.

—No voy a dejar que pase por esa puerta hasta que no se haya lavado —le dijo, con una rotundidad sorprendente—. Hay un baño para discapacitados en el edificio principal de la escuela, al otro lado del patio.

—Lo siento —empezó el inspector—. Soy policía y ha habido…

—No me importa —lo interrumpió Debbie—. Aquí es un padre más y no voy a permitir que dé un susto de muerte a los niños.

Abrió los brazos para agarrar a Moira y, aunque Kett vaciló, el bebé se lanzó directo a los brazos de la mujer sin dudarlo. Dejó ir a su hija, musitando otra disculpa mientras se dirigía al patio. El personal de recepción de la escuela demostró la misma sorpresa al verlo y lo guiaron hacia el baño de discapacitados con tanto disimulo como fueron capaces.

En cuanto se vio en el espejo, entendió por qué habían demostrado tanta cautela. Tenía una pinta horrible, como si acabara de salir arrastrándose de una tumba. La herida que tenía en la cabeza era peor de lo que había creído, le bajaban regueros de sangre por las mejillas y se le acumulaba en el cuello. Tenía los ojos inyectados en sangre y plagados de sombras. La americana estaba rota por debajo de la axila derecha y llena de suciedad y sangre y solo Dios sabe qué más que hubiera en el suelo del apartamento de Brandon Walker. Además, también estaba cubierto por una fina capa de polvo blanco. Si tratara de pasar por la terminal de un aeropuerto ahora mismo, sabía que la unidad canina antidroga lo destrozaría a mordiscos.

El reflejo le hizo comprender, también, lo cerca que había estado de no salir vivo de allí.

—Qué estúpido —se dijo. No pudo evitar imaginárselo: un policía que llegaba a la escuela (quizá Porter o Cruel o, Dios no quisiera, Colin Clare) y pedía hablar con Evie y Alice Kett. Una clase tranquila, un silencio terrible y doloroso y, luego, la frase: «Niñas, lo siento mucho, vuestro padre ha sufrido un accidente. No volverá a casa».

¿Y luego qué? ¿Qué iba a ser de ellas tras las lágrimas y los gritos? Toda la familia de Billie vivía en los Estados Unidos y aparte de la madre de Kett (quien prácticamente lo había desheredado hacía casi dos décadas), no tenían a nadie más. Servicios sociales, casas de acogida, adopción y separación. Y así de fácil, la familia habría desaparecido. Al cabo de un tiempo, ni Evie ni Moira se acordarían de él, siquiera.

—Qué estúpido, estúpido, estúpido —repitió, aferrándose al lavamanos.

Entrar solo en el piso de los Walker había sido una imprudencia, además de un acto egoísta. No podía permitirse volver a cometer este error.

Abrió el grifo, se quitó la americana y luego la camisa. Tenía el hombro repleto de vetas amarillas y negras, donde Walker le había asestado el segundo martillazo, y no era capaz de levantar el brazo más de noventa grados. Con todo, no creía que hubiera nada roto. Se inclinó, se echó agua por la cabeza y reprimió un gruñido apretando los dientes cuando el dolor le aguijoneó el cuero cabelludo. Ya no sangraba y, tras pasarse los dedos entre el pelo unas cuantas veces, el agua empezó a salir limpia. Frotó para quitarse Se quitó frotando la peor parte de la cara y el cuello y también de las manos, y luego se secó tan bien como pudo bajo el estridente secamanos.

El resultado no era perfecto, pero sí aceptable. Parecía un poco menos policía y un poco más padre.

Un padre medio desnudo.

Se colocó la camisa otra vez y ya iba por el botón del medio cuando alguien llamó a la puerta.

—Un momento —dijo él—. Ya casi estoy.

—Soy Carol, de recepción —respondió una voz—. Le he contado al director lo ocurrido y me ha dado ropa en caso de que le haga falta.

Cuando Kett abrió la puerta, la mujer estaba ahí con una camiseta en la mano.

—Solo es una camiseta de educación física —le explicó—. Pero es mejor que…

Señaló con la cabeza a la carnicería que llevaba puesta.

—Sabe que es policía. Ha dicho que si necesita algo, solo tiene que pedirlo.

—Qué amable —repuso Kett. Se sacó la camisa y se puso la camiseta. Se le ajustaba un poco demasiado alrededor del pecho, pero no quedaba mal. El logotipo de la escuela se exhibía orgulloso y Kett le dio unas palmaditas—. Gracias.

—No hay de qué —dijo ella.

Lavarse y cambiarse de ropa le había sentado a las mil maravillas, incluso el dolor de cabeza parecía remitir. Al menos, empezó a disminuir hasta que la mujer se aclaró la garganta y retomó la palabra:

—Mire, ya que está aquí, ¿tal vez podría hablar con la señorita Gardner?

Kett necesitó unos segundos para acordarse.

—Es la profesora de Alice, ¿verdad? —preguntó—. ¿Va todo bien?

—Alice está bien, pero ha habido un pequeño conflicto a la hora de la comida. Frances se lo explicará todo.

—¿Puedo recoger a mis otras hijas primero? —dijo, preguntándose por qué sentía la necesidad de pedir permiso—. Evie me está esperando y la pequeña también.

—Solo será un momentito —respondió Carol y le sostuvo la puerta para que pasara. Kett suspiró y tiró la camisa a la papelera. No había detergente en polvo en este planeta que pudiera eliminar el hedor de Brandon Walker. Siguió a Carol por el mismo pasillo por el que había venido, pasaron por delante de recepción y acabaron ante la puerta de una clase. La imagen de una tortuga flotaba en el cristal y al otro lado vio a treinta niños sentados en sillitas mientras garabateaban en papel borrador. Tardó unos segundos en encontrar a Alice y verla ahí, tan mayor y a la vez tan pequeña. Fue como si le hubiesen dado un puñetazo en las entrañas.

Carol llamó dos veces a la puerta y la abrió.

—¿Frances? El señor Kett.

—¡Papá! —gritó Alice con el rostro iluminado. Se levantó de la silla en un momento y se abrió paso a empellones entre los demás niños para llegar hasta él. El abrazo que le dio le provocó una mueca de dolor, pero valió la pena.

—Eh, peque, ¿cómo va? —le preguntó Kett mientras le acariciaba el pelo.

—Le va muy bien —respondió Frances mientras atravesaba la clase. Le señaló el pasillo y todos salieron, Frances cerró la puerta—. Una niña fantástica, se ve de inmediato.

La sonrisa de Alice dio paso a una de sus malas caras legendarias y enterró el rostro en el costado de Kett.

—¿Pero…? —predijo Kett.

—Pero ha habido un problema a la hora del recreo. Alice ha dado un empujón a un niño y lo ha tirado al suelo.

—Se estaba portando como un estúpido —ladró Alice—. Lo odio.

—Eh, eh, no digas esas cosas —le indicó Kett—. ¿Ha sido por algún motivo?

Alice no respondió y Frances suspiró.

—No estamos seguros, no quiere decirnos nada, pero no es el tipo de comportamiento que esperamos de nuestros alumnos. Le he pedido que se disculpe y se ha negado.

—Lo siento —se disculpó Kett, como había hecho millones de veces en la antigua escuela de su hija—. De vez en cuando, tiene dificultades para entender ciertas convenciones sociales, a veces tiene problemas para descifrar sus emociones. ¿Verdad, Alice?

Alice gruñó algo.

—Es solo que está viviendo una época muy complicada, todas mis hijas en realidad —prosiguió el detective—. Necesitará un tiempo para adaptarse, pero lo hará. ¿Verdad, peque?

Alice volvió a gruñir algo, pero el enfado se le iba pasando.

—Es culpa mía —añadió Kett—. No debería haberla traído tan pronto. La idea era dejar pasar un tiempo para habituarse primero a la casa nueva y a la ciudad antes de empezar en una escuela nueva. Pero… Pero me ha surgido algo.

Como si tratara de darle la razón, el teléfono móvil de Kett empezó a sonar. Lo hacía muy fuerte y con una versión horrible de *El Jarabe Tapatío* que Alice le había instalado y que él no sabía cambiar.

—Eh… —dijo—. Discúlpeme un momento.

Lo sacó del bolsillo y vio que era un número con prefijo de Norwich. Seguro que era Clare o alguien más del Superequipo de Investigación. Colgó la llamada y se volvió a meter el teléfono en el bolsillo.

—Hablaremos de esto por la noche —le comunicó a su hija mientras le acariciaba el pelo—. ¿Pero quizá lo mejor por ahora sería que nos marchemos a casa?

Alice asintió y le agarró la mano.

—Podemos volver a intentarlo mañana —añadió el inspector y Frances sonrió.

—Ha sido un placer conocerte, Alice —le dijo, agachándose a la misma altura que la niña—. Nos veremos mañana por la mañana. Ahora ve a casa, relájate y tómate tu tiempo para estar tranquila con mamá y papá. Y todo irá bien.

Capítulo 13

Nada iba bien.

Durante todo el trayecto de regreso a casa, los asientos traseros del Volvo fueron una miríada de ojos enfadados, todos clavados en Kett. Se había encontrado a Evie furiosa porque había llegado tarde a recogerla, aunque la niña ni siquiera sabía cómo consultar la hora en un reloj. Al parecer, estar en la guardería había sido horrible, todo el mundo era un «cara de caca» y habían tratado de obligarla a comer bollos para el almuerzo. Con mantequilla, encima. A juzgar por su expresión, que se asemejaba a la de un perrito que se hubiera comido un avispero, había llegado el Apocalipsis.

Alice, por su parte, estaba enfadada con él por lo que había dicho la profesora: «Tómate tu tiempo para estar tranquila con mamá y papá». Era, con toda probabilidad, lo peor que podría haber salido de la boca de Frances Gardner. Alice no había dicho nada al respecto cuando se habían dirigido hacia el coche, pero su padre podía leerle la mente con bastante exactitud y sabía lo que debía de estar pensando ahora.

«¿Por qué no puedo ver a mamá?»

«¿Dónde está?»

«¿Está muerta?»

«¿Por qué no la salvaste?»

Sabía que serían estos pensamientos porque eran los mismos que tenía él.

Moira era la única que no lo fulminaba con la mirada y solo porque se sentaba en la sillita para bebé del coche, que estaba orientada hacia atrás. Esta dirigía sus chillidos hacia la ventana, mientras sus piernas aporreaban el asiento y pellizcaba con las manos el brazo a Alice, lo que la hacía gritar a su vez.

Para cuando encontró dónde aparcar en la calle nueva, las tres estaban berreando una banda sonora que habría sido perfecta para Guantánamo.

—¡De acuerdo, basta ya! —les dijo; abrió la puerta del coche y salió. Se tomó unos segundos para respirar hondo, consultar el reloj y preguntarse cómo demonios iba a sobrevivir a seis horas más de aquello antes de que llegara la hora de acostarlas.

«Prefiero una pelea con Brandon Walker al día», pensó. «Tiene que ser más fácil que tres niñas pequeñas».

Abrió la puerta de Evie y le desabrochó el cinturón del sillín. Acto seguido, se dirigió al otro lado del coche y liberó al kraken. Se dirigieron a trompicones a la casa todos juntos y el interior frío y oscuro pareció limar un poco el enfado.

—Ve a buscar el iPad —le indicó a Alice—. Pon algo que os guste a todas y así podéis tiraros en el sofá un rato, ¿de acuerdo?

Alice corrió a la planta de arriba y Kett colocó a Moira sobre la moqueta del salón. El bebé continuó chillando, rodando sobre su espalda y dando patadas al suelo. Evie se dejó caer en el sofá y se cruzó de brazos sin dejar de fulminarlo con la mirada. Su expresión de enfado era tan exagerada que resultaba graciosa y Kett no pudo evitar sonreír.

—Sí, Evie, yo también te quiero —le dijo.

Se fue a la cocina y abrió el grifo. Una taza de té como Dios manda, quizá una galleta y todo, podría estar bien. Siempre y cuando no hubiera más sorpresas.

Justo estaba agarrando una taza del escurreplatos cuando sonó el timbre. Suspiró y se preguntó si valía la pena siquiera responder. Pero Alice le arrebató la opción de decidir.

—¡Ha venido alguien! —gritó y bajó corriendo las escaleras con un gran estrépito. Kett oyó cómo toqueteaba la cerradura—. ¡Papá! ¡Ha venido alguien!

Había una silueta alta y de pelo rizado recortada al otro lado del cristal esmerilado que solo podía pertenecer a una persona.

«Perfecto».

—Sal de aquí —le dijo a Alice mientras giraba la cerradura Yale nueva y abría la puerta. El comisario Colin Clare estaba en el umbral con una expresión que casi era la copia exacta de la de Evie. Llevaba una carpeta en una mano y una bolsa de plástico enorme en la otra.

—Señor —lo saludó Kett—, no hacía falta que viniera hasta aquí.

—Sí que hacía falta —replicó él—. Porque no respondías al teléfono.

—¿Quién eres? —le preguntó Alice, indignada.

—Alice, no seas maleducada —le ordenó Kett—. Te presento a Colin, es mi jefe.

Clare le dirigió un gruñido a Alice y Alice respondió de la misma forma.

—¿Por qué tienes tantos pelos en la nariz? —preguntó Alice, estirando el cuello de puntillas para verlo mejor. Kett no sabía si echarse a reír o a llorar, así que se limitó a quedarse quieto, aguardando la reacción de Clare. Para su absoluta sorpresa, el jefe sonrió.

—Es para cuando voy de incógnito —le explicó—. Todos estos pelos salen y se convierten en un bigote y una barba, de forma que nadie sabe quién soy.

Alice puso una expresión desconfiada y miró a su padre.

—Es verdad —coincidió Kett—. Y el pelo de las orejas sale y se convierte en una peluca también.

Clare le lanzó una mirada: «Tampoco te pases».

—Entra —lo invitó Kett—. Justo estaba preparando un poco de té.

—¿Lo preparas mejor que Porter? —preguntó el jefe cuando se detuvo bajo el dintel.

—Madre mía, y tanto. Ese hombre no sabría qué es el té ni aunque tuviera que identificarlo en una rueda de reconocimiento.

Clare soltó una carcajada por la nariz y se asomó al salón. Moira seguía berreando en el suelo, pero se detuvo cuando vio a ese gigante encima.

—¡Mi-a! —dijo el bebé, señalándolo—. ¡I-I, mi-a!

Evie hizo lo que la otra le pedía: mirar. Agarró un cojín y se lo puso delante de la cara. Era su respuesta habitual ante cualquier desconocido.

—Jefe, te presento a Moira y a Evie, la del sofá. Y a Alice, claro.

—Un placer conoceros a todas —repuso el otro—. Espero que no te moleste. Porter me ha comentado que no habías tenido la oportunidad de comprar ropa de cama, y que los de la mudanza no vendrán hasta el fin de semana. Me he tomado la libertad.

Dejó la bolsa de plástico sobre el sillón y la abrió: quedaron al descubierto juegos de sábanas de colores brillantes, fundas de almohada y de edredón. Alice y Evie se lanzaron de lleno a las sábanas, como si hubiera llegado la Navidad, mientras Moira trataba con todas sus fuerzas de trepar para meterse en medio del meollo.

—Todas están lavadas. Mis hijos ya no las necesitan.

Kett se lo agradeció con un gesto de cabeza y condujo a Clare hacia la cocina. Agarró otra taza del escurridor, la enjuagó y luego llenó la tetera.

—Ha sido todo un detalle, muchas gracias —le dijo, mientras Clare se sentaba junto a la pequeña mesa—. ¿Tienes hijos?

—Seis —replicó, sonriendo ante la expresión consternada de Kett—. Queríamos cuatro. Pero los últimos fueron trillizos. Hay unos cuantos en la familia de Fiona. Deberíamos haber ido con más cuidado.

—¿Cuántos años tienen?

—Los tres pequeños, catorce, y el mayor, veintiuno. —Clare miró a Kett con compasión—. Fue muy complicado, una pesadilla, y eso que éramos nosotros dos y un montón de manos más. En cambio…, ¿cómo lo llevas?

Esta no era la conversación que Kett se esperaba.

—Bien —respondió mientras metía dentro las bolsas de té—. Tan bien como puede esperarse, supongo. —Hizo una pausa y aguzó el oído para escuchar a las niñas, que estaban en el salón—. Es difícil, si te soy sincero. Cada día, cuando me despierto, lo primero que pienso es que no puedo.

—Y cada día demuestras que sí —repuso Clare—. Lo sé, a mí también me ha pasado. No hay nada en este planeta que sea más difícil que ser padre. Con la sola excepción, quizá, de ser familia monoparental. Con la sola excepción, quizá, de ser familia monoparental con tres niñas.

—Es solo…, solo hasta que Billie regrese.

Había llamado a Bingo la noche anterior, evidentemente, aunque había tratado de no hacerlo. Había sido una llamada rápida, con una respuesta aún más rápida: «No hay ninguna novedad, lo siento, Robbie».

—La secuestraron, ¿verdad? —preguntó Clare—. Recuerdo ver las imágenes de las cámaras de seguridad en las noticias.

Kett asintió. Se conocía de memoria las imágenes del circuito cerrado de grabación. Un vídeo granulado en el que aparecía Billie dirigiéndose al barrio de Gospel Oak tras haber quedado con una amiga. Moira en el cochecito. Entonces, una furgoneta blanca sin matrícula, dos hombres que llevaban máscaras infantiles de animales, los neumáticos que quemaban el asfalto cuando se iban a toda velocidad. Tres segundos y ya está: ni rastro de Billie, solo la expresión fantasmagórica de Moira en el cochecito, chillando y chillando y chillando.

Y eso había ocurrido hacía tres meses y medio.

—Buscamos por todos lados, investigamos todas las pistas. Estaba convencido de que era la banda de Otley, ¿sabes quiénes son? —Kett miró a Clare y este asintió—. Los que secuestraron al hijo de ese político. Trabajé también en ese caso, encerramos a tres de ellos: dos eran Jonus y Philip Otley, los hermanos. Salvamos al niño. Le pusieron un precio a mi cabeza, trataron de matarme y no lo lograron. Creí que entonces habían ido a por Billie.

—¿Y?

Kett vertió el agua en las tazas y dejó que infusionara.

—Los despedazamos enteros, todas sus guaridas, todos sus burdeles, todos los pisos francos. Para cuando terminamos, no quedaba piedra sobre piedra bajo la que pudieran esconderse. Pero no encontramos a Billie. Investigamos todas las pistas y rastros, pero nadie relacionado conmigo ni con ninguno de mis casos sabía nada. Parecía… Parecía un ataque al azar.

Oyó el ruido de pisadas y, al volverse, vio que Evie corría por el pasillo. Se quedó mirando con cautela a Clare y, acto seguido, levantó una funda de edredón de Spiderman.

—Quiero esta. ¿Me la puedo quedar?

Moira le iba a la zaga, tratando de arrastrar una funda de *Trolls,* aunque no dejaba de pisarla.

—Puedes quedártela —le dijo Kett—. Pero solo si vuelves al salón. Mira el iPad con tus hermanas.

Salió disparada y Kett sacó las bolsitas de té y añadió un chorrito de leche a ambas tazas.

—¿Con azúcar?

Clare negó con la cabeza y movió la carpeta para que Kett pudiera dejar las tazas en la mesa.

—Bueno —empezó Kett, agarró a Moira y se la colocó sobre el regazo—. Sigue siendo un caso abierto y lo llevan algunos de los mejores policías de la metropolitana. La vamos a encontrar.

—No lo dudo —admitió Clare mientras observaba la herida que Kett tenía en la cabeza—. Benson me dijo que eras meticuloso, que lo dabas todo en cada caso. Ahora veo que no solo trataba de convencerme.

Kett empezó a responder, pero Clare alzó una mano.

—Llevas el tiempo suficiente en este mundo como para saber lo que voy a decirte, pero déjame decírtelo de todas formas, solo para que conste en acta. Tu decisión de entrar en la propiedad de Walker se basaba en unas pruebas muy poco fundadas. Por suerte para ti, la agente Cruel respalda tu versión. Afirma haber visto a Brandon Walker dentro y me ha explicado tu justificación para iniciar un registro inmediato. Yo no la llamaría sólida, precisamente, pero se aceptará.

Se inclinó hacia delante y señaló a Kett con una uña agrietada.

—Lo que no se acepta es que te creas que eres Errol Flynn y entres allí por tu cuenta y riesgo, sin un plan y sin refuerzos. Quizá no eres de los míos, Kett, pero tengo el deber de cuidar de todos los que trabajan bajo mi comandancia, ya seas tú o incluso ella.

Señaló a Moira con la cabeza, que estaba usando la funda de almohada para jugar al escondite.

—No puedes utilizar a mis oficiales como servicio de guardería, ¿queda claro?

Kett asintió y Clare se recostó en la silla.

—Brandon Walker estará en prisión mucho tiempo —le explicó—. Y ha sido gracias a ti. Ha sido un buen trabajo. Y lo que es más importante, nos ha dado acceso a todo lo que hay en la tienda de Walker. Lo hemos registrado a conciencia después de que te fueras y hemos encontrado un montón de documentos que detallaban a qué se dedicaban en Mousehold. Las repartidoras del periódico distribuían las pastillas dentro de las cajas de cigarrillos.

—¿Maisie y Connie también? —inquirió Kett.

—Maisie sí, aunque dudo que supiera que lo hacía. Seguimos investigando si Connie también las repartía. Mousehold era su territorio, si prefieres decirlo así. David Walker sabía que su hijo se traía algo entre manos, pero le creo cuando asegura que no sabía nada de las drogas. Me parece que no se atrevía siquiera a preguntárselo.

—¿Podría tratarse de algún ajuste de cuentas entre bandas? —preguntó Kett—. ¿Podrían haber secuestrado a las niñas debido a alguna disputa territorial? ¿A modo de advertencia? Brandon Walker tenía lazos con los albaneses.

—Es una teoría que estamos investigando —explicó Clare—. Es poco probable, pero es cierto que ha habido un aumento de la violencia organizada en la ciudad en los últimos años y, si este fuera el caso, seguiría esa misma línea. También ha habido tráfico de drogas, aunque este caso no tiene ninguno de los distintivos del tráfico de drogas. Cada vez hay más bandas organizadas que suben por la A11 desde tu parte del país, inspector Kett, y me están dando muchos quebraderos de cabeza.

Miró a Kett como si insinuara que todo esto era por su culpa, pero le duró poco. Suspiró y abrió la carpeta.

—Nuestra principal línea de investigación sigue siendo la misma —anunció—. Que el caso no está relacionado con el crimen organizado y que las niñas fueron secuestradas por un mismo individuo peligroso. Por supuesto, cuando hayan terminado de inmovilizarle la mandíbula a Brandon Walker y se acuerde de cómo se agarra un bolígrafo, puede que la cosa cambie.

Volvió a dirigir una mirada acusadora a Kett.

—Pero el objetivo sigue siendo encontrar a Christian Stillwater. Porter me ha puesto al corriente de la visita a Lucy Clarke, la novia, y los resultados de la forense han llegado hace una hora con un informe sobre la arena que se encontró en la ropa.

—¡Paaaaaaaapi!

El grito de Evie procedente del salón coincidió con la marcha de Alice por el pasillo con el iPad en la mano.

—Evie quiere ver *Peppa Pig* —se quejó y dio una patada en el suelo—. Pero es mi iPad.

—Pon algo que os guste a todas —ordenó Kett.

—No, no es jus...

—Alice —dijo Kett con brusquedad—. Hasta que no llegue el televisor, tienes que aprender a compartir. Busca algo o decidiré yo.

La niña gruñó como si fuera un hombre lobo y regresó al salón furiosa. Moira resbaló hasta el suelo desde la rodilla de Kett y salió corriendo detrás de su hermana.

—Lo siento —dijo Kett—. La arena. Lucy nos comentó que creía que se había ido a una playa.

—No fue a ninguna playa —explicó Clare—. Había capas de arcilla y hierro en la arena. Es arena de construcción.

—¿De una obra? —preguntó Kett, y Clare asintió—. Bien, esto cuadra con su *modus operandi,* ¿verdad? El secuestrador opta por lugares abandonados, o, como mínimo, lugares en los que no hay demasiada gente. Stillwater se llenó la ropa de arena el sábado, según su pareja. No se suele trabajar en construcciones comerciales en fin de semana, pero sí estaría lleno de trabajadores el lunes, cuando Connie desapareció, así que no tiene sentido que estuviera preparando algo en el lugar. Alguien podría verle y ya cometió ese error la última vez, ¿verdad? Con la otra niña, eh...

—Emily Coupland —lo ayudó Clare y tomó un sorbo de té.

—Eso, Emily. Así que no elegiría cualquier lugar en el que exista la posibilidad de que alguien lo descubra. A menos que haya ido a unas obras que estén paradas. Deberíamos comprobar si hay alguna construcción paralizada en la ciudad, algún lugar en el que ahora no se esté trabajando.

—Spalding ya lo está investigando —respondió Clare—. Trabajamos con la teoría de que Stillwater secuestró a ambas niñas y las llevó a un sitio planificado de antemano, algún lugar que hubiera acondicionado para dejarlas.

—Un sitio que ya hubiera preparado —coincidió Kett, asintiendo. Tragó un sorbo de té caliente e hizo una mueca cuando el líquido le quemó el esófago hasta el estómago vacío. Entonces, negó con la cabeza.

—¿Qué ocurre? —preguntó Clare.

—No lo sé —replicó el inspector—. No termino de ver todo esto de las obras. Stillwater es un hombre a quien le gusta tenerlo todo controlado, lo planifica todo. Hay demasiadas variables en una zona de construcción grande y abierta. Si yo fuera él, buscaría un lugar más pequeño y privado. Creo que tenemos que buscar un proyecto de reforma, una casa a la que se le haga una ampliación, tal vez obra nueva.

—Espero que no, por Dios —musitó Clare—. La ciudad vive una fiebre de la construcción. Hay cinco o seis casas haciendo ampliaciones solo en mi calle y, como mínimo, un centenar de obras nuevas por todo el condado.

—Pues crucemos datos de tantas como podamos con personas que hayan muerto recientemente —dijo Kett—. Creo que estamos buscando una propiedad vacía en la que se estaba realizando una reforma importante.

Clare asintió.

—¿Hemos recibido alguna carta? ¿Algún tipo de comunicación?

—Ninguna. ¿Por qué?

—En casos como este, suele recibirse algo. Las personas como Stillwater quieren que el mundo sepa lo inteligentes que son. Disfrutan sabiendo que son más listos que los que los estamos buscando. Stillwater es listo, ha optado por desaparecer, sabe que vamos a sospechar de él. Me parece raro que no nos haya dicho nada.

—Quizá está esperando hasta que sea demasiado tarde para que podamos hacer algo al respecto.

—Quizá —accedió Kett y tomó otro sorbo de té—. Pero estad alerta, puede que sea sutil. Los psicópatas son unos hijos de puta.

—Hay mucho que depende de tu teoría de que Stillwater es un psicópata —observó Clare.

—Hay mucho que depende de su teoría de que él es el culpable —replicó Kett.

Clare asintió y se terminó el té en tres largos tragos. Se levantó, pero dejó la carpeta sobre la mesa.

—Está todo ahí, échale un vistazo cuando puedas —le indicó—. Y, por cierto, Kett, ya sé que puedo parecer un maniático…

—De verdad, señor, no me había dado ni cuenta —comentó Kett, poniéndose en pie a su vez.

—Pero nos alegramos de tenerte aquí con nosotros. Solo quiero encontrar a las niñas sanas y salvas, ¿de acuerdo? Estaremos trabajando toda la tarde y toda la noche, así que si se te ocurre cualquier cosa, llámanos.

—Comisario —dijo Kett mientras asentía, lo que le provocó un dolor que le constriñó la cabeza—. Si quiere, puedo encontrar una canguro y venir a comisaría.

Clare se detuvo ante la puerta principal y volvió la cabeza.

—Por hoy ya has hecho suficiente —repuso—. Pasa la tarde con tus hijas y deja que nos ocupemos del trabajo duro.

Salió por su cuenta, sin que nadie le abriera la puerta. Kett se quedó mirando el salón, donde sus tres hijas se estaban golpeando con los cojines del sofá, medio riendo y medio chillando.

«Claro», pensó el detective, casi anhelando la tranquilidad y el silencio de la sala de investigaciones. «Porque esto no es trabajo duro, qué va».

Capítulo 14

En su defensa hay que reconocer que las niñas se tranquilizaron después de que Clare se marchara. Alice encontró *Vaiana* en Amazon Prime y las tres se acurrucaron una junto a la otra en el sofá, cautivadas y con los ojos saturados de azules, verdes y naranjas reflejados en la pantalla. Kett las tapó con un par de fundas de edredón, abrió una bolsa de tamaño familiar de patatas fritas y las dejó a lo suyo.

Primero hizo una foto, para enseñársela a Billie cuando apareciera. Tenía el teléfono móvil lleno de este tipo de fotos.

Cuando subió a la primera planta, no estaba seguro de qué crujía más, si las escaleras o sus articulaciones. Enjuagó la bañera, persiguiendo a las arañas desde un rincón del baño, y luego dejó que el agua corriera. Se había olvidado un millón de cosas cuando había empaquetado sus pertenencias de la antigua casa, pero se había acordado de los artículos de aseo personal y tras una rápida búsqueda, echó un chorro de jabón al agua para crear un baño de espuma.

Mientras la bañera se iba llenando, volvió a bajar, puso a hervir la tetera y se cogió una bolsa de patatas para él. Se sentó a la mesa con su bebida mientras hojeaba la carpeta que le había dejado Clare. La mayor parte era información sobre las dos niñas, copias de sus Instagrams, mensajes de sus teléfonos, sus rutas de reparto, imágenes de la cámara de circuito cerrado, incluso informes de la escuela. Kett se fijó en un par de publicaciones de Maisie que dejaban entrever el dinero extra que se ganaba pasando cigarrillos de contrabando (y, sin saberlo, narcóticos de clase A) con su bolsa de periódicos, pero, salvo eso, era la típica niña preadolescente. Era difícil no imaginarse que eran sus propias hijas, sobre todo en el caso de Connie, quien, con esos ojos grandes y azules y las mejillas mofletudas, tenía cierto parecido a una Evie mayor.

El informe forense de la arena también estaba incluido y Kett le echó un vistazo antes de ponerlo a un lado. Después, encontró todo lo que hasta el momento tenían sobre Christian Stillwater. Por fuera, el tipo parecía estar tan limpio como una patena, con la única excepción del incidente que hizo que lo arrestaran en el año 2014, pero por dentro, Kett sabía que los de su calaña estaban podridos. No habían encontrado su ordenador, seguramente se lo había llevado consigo a donde fuera que estuviera escondido, pero si la experiencia de Kett con hombres como él servía de algo, sabía que estaría lleno hasta los topes de «cosas malas».

Los últimos documentos de la carpeta eran las fichas de otros sospechosos, incluido el neandertal de Niel Dorey y, para sorpresa de Kett, Lochy Percival, el hombre a quien se acusó, por equivocación, del asesinato de una turista en el año 2013. Kett se leyó el expediente y no vio absolutamente nada que lo convirtiera en un sospechoso. Y los cálculos biliares de Dorey y su estancia en el hospital lo descartaban por completo.

Ya estaba. Esto era todo lo que tenían.

Clare había garabateado el teléfono de la unidad de crímenes mayores en el extremo superior de la carpeta, además de su número de móvil y el de Porter. Kett se sacó el teléfono del bolsillo, marcó el de Porter y se dirigió arriba mientras esperaba a que respondiera.

—Inspector Porter —contestó.

—Pete.

—Eh, Robbie, ¿cómo estás? Cruel me ha contado que te han dado una buena tunda.

—Sí, la verdad es que sí. ¿Alguna novedad?

Oyó que Porter hacía burla.

—No. Espera, sí. La arena es de una zona de construcción.

—Sí, de eso ya me he enterado —le dijo Kett—. Clare se ha pasado por casa.

—Ostras, ¿te ha echado la bronca?

—De hecho, no. —Kett metió una mano en el agua y la sacó a toda velocidad. Debía de estar a casi cien grados. Se dijo mentalmente que después tenía que comprobar que el calentador no se hubiera incendiado.

—Robbie —le pidió Pete—. Por favor, necesito que me asegures una cosa.

—Dime —repuso Kett.

—Es solo que…, de verdad que no quiero tener esta imagen, pero, por el eco de tu voz y el chapoteo de agua que oigo… No estarás dándote un baño, ¿verdad?

Kett se echó a reír y abrió el grifo del agua fría.

—Ya te digo, desnudo de arriba abajo, me estoy limpiando la raja del culo mientras hablo contigo.

Porter profirió un ruido como si vomitara.

—Se acabó. Renuncio.

Los dos soltaron una carcajada y le sentó bien al detective.

—Tenemos a todos los oficiales disponibles recorriendo la ciudad —dijo Porter, al cabo de unos segundos—. Clare ha tomado la decisión de hacer público lo de Stillwater, se ha comunicado a los medios que es un presunto implicado, aunque no un sospechoso.

—Qué arriesgado —comentó Kett, preguntándose por qué el jefe no se lo había comentado—. Podría hacerlo entrar en pánico y podría querer deshacerse de las niñas.

—Exacto —coincidió Porter.

—Pero si Stillwater es un psicópata de verdad, quizá así haremos que salga —continuó Kett—. Y, si no ha sido Stillwater, nos hará ganar un poco más de tiempo. El culpable creerá que está a salvo y libre de sospecha.

—Crucemos los dedos —comentó Porter.

—Y oye, ¿por qué estaba incluida la ficha de Lochy Percival en el informe de la investigación? —preguntó Kett mientras se sentaba en el borde de la bañera.

—Ah, sí, es cosa del algoritmo —le explicó Porter—. No era culpable, pero el sistema escupe su nombre como posible sospechoso en cualquier caso relacionado. Pobre desgraciado.

—¿No crees que vale la pena comprobarlo, aunque solo sea para descartarlo?

—¡No! —gritó Porter—. No sigas por ahí.

Kett oyó una voz de fondo, quizá la de Kate Pearson.

—Kett quiere ir a por Percival —explicó Porter.

—¡No! —gritó Pearson.

—¿Ves? Mala elección. Estoy bastante seguro de que Stillwater es el culpable, solo tenemos que encontrarlo.

—En esas estoy —repuso Kett.

Estuvo a punto de colgar, pero, entonces, dudó.

—Una cosa, Pete, ¿recuerdas que Lucy dijo que Stillwater solía salir con los amigos? Pero que, en realidad, no tenía amigos.

—Sí —respondió Porter—. También dijo que cuando volvía a casa solía oler raro. Dulzón y agrio, así lo describió, ¿no?

—Raro —añadió Kett—. No lo sé. Es extraño que mencionara algo así. Si Stillwater lleva planeando esto mucho tiempo, puede que sea relevante. ¿Sabes si hay algún sitio de la ciudad que huela como a dulzón y a agrio, a algo raro?

—Pues supongo que tu bañera —dijo Porter—. Pero sí, voy a darle un par de vueltas. Va, vete, y lávate. Te veo mañana.

Colgó. Kett cerró el grifo del agua fría y la puerta del baño al salir para bajar las escaleras y comprobar si le ocurría algo distinto a Vaiana la quingentésima vez que la veían.

Kett se estiraba en la cama. El nuevo edredón ya estaba arrugado y suelto dentro de la funda de la Patrulla Canina. Era consciente de cada ruido, de cada coche que pasaba por la calle, de cada grito que procedía de la ciudad, de cada crujido de la casa y de cada respiración y quejido apagado que se producía en las habitaciones contiguas a la suya. Siempre llevaba un tiempo acostumbrarse a una casa nueva, pero esta vez era más duro porque sabía que esta nunca le parecería un hogar, en esta nunca se terminaría de sentir en casa. No hasta que tuviera a Billie a su lado.

Por Dios, cuánto la echaba de menos. Lo echaba todo de menos, incluso las cosas que lo sacaban de quicio: que siempre se ponía a limpiar justo después de cenar, incluso cuando él y las niñas aún estaban comiendo; que siempre se cortaba las uñas de los pies mirando el televisor; incluso cómo acaparaba la cama entera cuando dormía, hasta las veces que se le sacudían las rodillas y codos con tanta violencia que él terminaba yéndose al sofá a pasar el resto de la noche.

La echaba de menos, a toda ella, y añoraba tener a alguien alrededor de quien orbitar. Sin su fuerza de gravedad, Kett se sentía como si él y las niñas fueran cometas que flotaban en medio de un espacio gélido y sumido en el silencio.

Por supuesto, también la echaba de menos a un nivel más funcional. Después de haber bañado a las niñas y ponerles ropa limpia, las había metido en el coche y las había llevado hasta un parque comercial. Tras una vuelta rápida por Dunelm, había conseguido todos los edredones y las almohadas que necesitaban y luego se habían puesto las botas en el Pizza Hut. Pero el trayecto había sido extenuante porque las niñas eran como imanes de polo positivo, se repelían unas a otras, así que cuando una corría hacia un lado, seguro que las otras dos tiraban en dirección contraria y él no hacía más que dar vueltas en círculos. Cuando estaban los dos, Billie y él habían sido capaces de llevarlas sin ningún problema. Pero tres contra uno era una desventaja insuperable.

Kett se dio la vuelta y miró la hora en el teléfono móvil. Las 23:43. Llevaba dos horas estirado en la cama, después de que Moira por fin se tranquilizara en la cama plegable que había en la habitación de Evie justo a las nueve y media. Era la que más le costaba acostar porque aún pedía teta cada noche. Y estaría despierta otra vez a medianoche.

Con todo, Kett no podía dormir. No era raro, no había dormido una sola noche seguida desde que Billie había desaparecido. Su cerebro no le dejaba. En cuanto la cabeza tocaba la almohada, en cuanto se producía un mínimo de silencio, su mente se ponía a trabajar a mil por hora en el caso de Billie y lo bombardeaba con miles de teorías.

Siempre imaginaba el peor de los escenarios, como no podía ser de otro modo. Billie dentro de un ataúd, dando boqueadas hasta su último aliento. Billie siendo desmembrada por una sombra con una sonrisa perversa. Eran situaciones tan insoportables que a veces, en las peores noches, se alegraba de descubrir que había muerto solo por el alivio que suponía poder dejar de buscar y elucubrar.

No. No era verdad. Incluso cuando imaginaba lo peor, siempre había esperanza. Hasta que no viera el cuerpo sin vida de su mujer con sus propios ojos, hasta que buscara un pulso que ya no latía, siempre habría esperanza.

Al otro lado del pasillo, Evie gimió entre sueños y musitó algo sobre tortitas. Kett se volvió a girar y dio una patada que apartó el edredón. El dolor le atravesó el hombro a pesar de haberse tomado paracetamol para parar un tren, pero la buena noticia es que no había experimentado ningún síntoma de conmoción cerebral desde que había vuelto a casa, así que estaba bastante seguro de que la herida que tenía en la cabeza no era muy grave. Viviría para contarlo.

Solo tenía que sufrir un poco más mientras vivía.

Cerró los ojos y rezó para conciliar el sueño en la oscuridad. Pero lo único que veía era a Billie y, en las sombras que rodeaban a su esposa, a dos niñas. Connie y Maisie lo llamaban, sus voces parecían el susurro del viento.

«Encuéntranos, por favor».

Sus rostros lo torturaban, suplicantes, desesperados. Se preguntó si ellas también estarían dentro de un ataúd, o atadas a una cama, o siendo desmembradas. Podía estar ocurriendo en ese mismo momento y él no estaba ahí, no podía ayudar…

«¡Basta!», se gritó a sí mismo. Y, luego, más calmado: «Basta, Robbie».

Participaba en este caso. Estaba haciendo todo lo que podía. Mañana se despertaría (a una hora intempestiva, evidentemente, cortesía de Moira) y encontraría a esas niñas.

Solo tenía que rezar porque aún estuvieran vivas.

Capítulo 15

Todavía estaba viva.

Tenía que recordárselo continuamente, porque en esa oscuridad asfixiante, en medio de ese silencio ensordecedor, era muy fácil creer que estaba muerta.

Una mosca se posó en la mejilla de Maisie, le hizo cosquillas y, en un acto reflejo, trató de mover la mano para ahuyentarla. Pero tenía los brazos bien atados y el dolor le atenazó las muñecas y le trepó hasta el hombro y el cuello. Gritó y el sonido quedó amortiguado por la mordaza, pero, de todas formas sonó muy alto.

«Que no venga», suplicó. «Por favor, que no me haya oído».

Porque al monstruo no le gustaba el ruido. No soportaba el ruido. Había sido lo primero que le había dicho en la negrura de la horrible casa donde la había atrapado.

«Las niñatas repugnantes que arruinan la fiesta se quedan sin lengua».

Se lo había repetido cuando había hecho una pelota con un periódico y se la había metido en la boca y lo había dicho de nuevo cuando le había atado las manos a la espalda con alambre y otra vez cuando le había puesto una bolsa en la cabeza y la había conducido fuera de la casa por la puerta trasera, bajo la lluvia, hasta el maletero de un coche.

«Las niñatas repugnantes que arruinan la fiesta se quedan sin lengua».

No se oía ruido de pisadas ni el crujido de escaleras viejas, no se produjo una repentina ráfaga de hedor que procedía del exterior cuando se abría la puerta.

Maisie trató de quedarse sentada tan quieta como pudo, pero tenía la sensación de que alguien le estuviera perforando la parte baja de la espalda. Hacía mucho que ya no se sentía las piernas, dormidas, y había perdido la cuenta de las veces que se había hecho pis encima (y algo peor). No era justo que ni siquiera se le permitiera usar el baño. ¡No era justo! Solo quería a mamá, solo quería sentir cómo la abrazaba, olerla, incluso a pesar de los cigarrillos. ¿Dónde estaba? ¿Por qué no trataba de salvarla? ¿Por qué…?

—¡No!

El dolor acuchilló el cuello de Maisie cuando giró la cabeza de golpe. Estaba tan desorientada, tan deshidratada, que al principio creyó que el ruido lo había hecho ella misma. Pero luego se volvió a producir, un grito débil y acongojado:

—¡No!

«¡Cállate!», le gritó Maisie en su cabeza. «¡El monstruo te va a oír!».

—¡No! ¡Quiero ir a casa!

Los gritos eran más altos ahora, cargados de dolor y de furia. Era imposible que el monstruo no oyera…

«Pum». «Pum». «Pum-pum-pum».

Ay, no.

Estaba subiendo las escaleras a toda prisa.

«Pum-pum-pum».

Corría por el pasillo.

«PUM-PUM-PUM».

«Clic».

La puerta se abrió y bien podría haber estado ardiendo el sol al otro lado de la puerta porque un rayo de luz cegó a Maisie. Los cerró de golpe, en parte por el dolor, en parte por el terror. Pero no pudo mantenerlos cerrados mucho rato.

—¿Quién ha sido? —preguntó el monstruo.

Maisie mantuvo la boca cerrada, apretando las mandíbulas con tanta fuerza que parecía que se le fueran a salir los dientes de las encías.

«Yo no, yo no, yo no, yo no».

—Solo quiero irme a casa —dijo una voz desde el otro extremo de la habitación—. Por favor.

Maisie entreabrió los ojos y estos se adaptaron poco a poco al brillo de la bombilla que oscilaba en el pasillo exterior. El monstruo estaba en el umbral, era una silueta negra recortada a contraluz. Llevaba la misma máscara que antes, un saco de patatas con dos cruces negras donde deberían estar los ojos.

En la mano sostenía un bisturí.

—Ay, Connie —dijo el monstruo y dio un paso hacia la otra niña. De alguna forma, esta había logrado quitarse la mordaza de la boca y le temblaba tanto la mandíbula que le castañeteaban los dientes—. Ay, Connie, cariño, ¿no recuerdas las normas?

«¿Cómo podía haberlas olvidado?», pensó Maisie. Eran muy sencillas.

«Las niñatas repugnantes que arruinan la fiesta se quedan sin lengua».

—¡No, por favor! —gritó Connie. Pero el monstruo ya no la escuchaba. Se cernió sobre ella, el bisturí destelló con la luz y Maisie se obligó a apartar la mirada y clavó los ojos en otro rincón de la habitación.

En la tercera niña que estaba ahí sentada, atada a la silla, con los ojos llenos de miedo.

Capítulo 16

Viernes

En un día normal, Kett despertaba al amanecer por cortesía de una de sus hijas. Si era cosa de Evie, solía incluir gritos desde una distancia de unos siete centímetros. Si la culpable era Alice, estaría sentada en la cama a su lado con el brillo del iPad al máximo. En cambio, Moira optaba por un método más efectivo: solía encaramársele al cuello y abofetearlo con fuerza en la mejilla.

Por eso se sorprendió tanto de despertarse al ritmo de *El Jarabe Tapatío*.

—¿Eh? —dijo, preguntándose si Billie había encendido la radio como siempre hacía por las mañanas.

«Pues claro que no», se dijo cuando volvió en sí y a su realidad. «Billie no está».

Le llevó unos segundos acordarse del móvil y un par más recordar cómo se hablaba:

—Kett.

—¿Señor?

—¿Kate? —preguntó, incorporándose. Todo el cuerpo le dolía a causa de la pelea que había tenido con Brandon Walker. Era como si se hubiera pasado todo el día machacándose en el gimnasio—. Lo siento, quería decir Cruel. ¿Va todo bien?

Se apartó el teléfono de la oreja y vio que iban a dar las siete. La sorpresa de haber dormido hasta tan tarde hizo que no prestara atención a la respuesta de la agente.

—Un momento, perdona —le dijo y salió de la cama como pudo. Se tropezó con el edredón que había echado de la cama a patadas durante la noche, salió a trompicones al rellano y se asomó a la habitación de Evie y Moira. Estaba negro como la boca del lobo en ese dormitorio; las cortinas bloqueaban bien la luz, pero logró distinguir la silueta de Evie en la cama.

La cuna estaba vacía.

—Mierda —soltó cuando el corazón le dio un vuelco y estuvo a punto de decirle a Cruel que emitiera una alerta, pero enseguida vio la cabeza extra que reposaba sobre la almohada de Evie. La pequeña debía de haberse subido a la cama de su hermana durante la noche.

«Gracias a Dios», pensó. El corazón le iba a mil por hora, como una máquina vieja. Se colocó la mano libre sobre el pecho.

—¿Estás bien? —le preguntó Cruel.

—Sí —respondió el inspector; salió de la habitación y cerró la puerta. También comprobó que Alice estuviera bien y luego bajó a la planta inferior con tanto sigilo como pudo—. Solo estoy conmocionado. Mis hijas todavía están durmiendo.

—¿Te he despertado? —preguntó ella—. Lo siento, el jefe me ha pedido que confirmara tu situación.

—¿Mi situación? —repitió él, reprimiendo un bostezo. Llenó la tetera y la encendió—. Agotado y falto de té.

—Se refería a si vas a venir esta mañana —le aclaró.

—Sí, pero tengo que llevar a las niñas a la escuela primero.

Su voz se oía tapada mientras hablaba con otra persona.

—¿Puede empezar la escuela a las siete? —le preguntó, al cabo de unos segundos—. Lo ha dicho él, no yo.

—Veré qué puedo hacer. ¿Por qué tanta urgencia?

—Puede que tengamos una pista —repuso Cruel—. Stillwater acaba de aparecer.

—Buenos días, Robbie —lo saludó Porter cuando le abrió la puerta de la sala de investigaciones. Parecía que el inspector grandullón hubiera pasado allí la noche. Llevaba la camisa arrugada y por fuera del pantalón y no se había afeitado—. Me alegro de verte sin tu séquito. ¿Has podido encontrar una canguro?

Kett negó con la cabeza y esperó a que Moira lo alcanzara. Recorría el pasillo con los típicos andares de pato como cualquiera que estuviera destinado a ocupar la celda de borrachos y de camino se iba ganando tantos «ohhhh» como malas caras de los policías que pasaban junto a ella.

—Oh —observó Porter—. Entonces veo que no.

—He encontrado una —le explicó Kett mientras Moira se abría paso entre las piernas de Porter—. Una de las mujeres que trabaja en la guardería tiene una hija que trabaja como cuidadora de niños. La llamó para pedirle el favor, pero no estaba libre hasta las diez.

Había dejado a Alice en el aula matinal de la escuela y Evie se había quedado con ella, aunque eso no cumplía estrictamente con las normas del colegio.

—Hasta entonces, la peque es quien manda —dijo Kett con un suspiro. Moira ya había empezado a ladrar órdenes ininteligibles a los policías que había en la sala—. Espero que no sea un problema.

—Conmigo, no —contestó Porter—. Ahora bien, con el comisario…

Como si le hubiera dado pie, la voz del comisario Clare retumbó en la sala con el nombre de Kett como si fuera una campana. Moira se batió en retirada con rapidez, dando golpes con las piernas y con las manos arriba, esperando un rescate de emergencia. Kett la cogió en brazos a pesar del dolor que le atravesó el hombro lesionado y el bebé hundió la cabeza en el cuello de su padre.

—Ni-no-sa-ro —dijo

—Dinosaurio —tradujo Kett y Porter soltó una sonora carcajada.

—No te falta razón, pequeña —le dijo el inspector—. No te falta razón. Venga.

Porter se hizo a un lado para dejar pasar a Kett. La sala de investigaciones estaba llena de gente, los mismos del día anterior y una plétora de detectives nuevos que lo saludaron con un gesto de cabeza y otro que miraba a Moira como si esta fuera Jack el Destripador. El detective jefe Figg, el agente de enlace con la familia, saludó a Kett con el bolígrafo. Kett vio a Cruel sentada al otro lado de la sala, le dedicó un asentimiento y ella respondió con una sonrisa.

Clare se encontraba en la cabecera de la mesa, ante las pizarras blancas y las fotografías que colgaban expuestas. En el monitor que tenía a su espalda había una fotografía de Christian Stillwater sentado ante su escritorio, vestido con un traje de rayas y corbata ancha mientras lucía esa misma sonrisa malévola.

—Gracias a todos —empezó Clare y dirigió una mirada de advertencia a Kett. Este se cambió a Moira de brazo y articuló: «Lo siento, jefe». El comisario le respondió con otra mirada fulminante—. Como ya sabéis, Stillwater ha aparecido en el radar hace una hora, cuando alguien ha usado su tarjeta de débito en una estación de servicio en Drayton. Ha comprado una lata de Coca-Cola y un sándwich. Tenemos agentes en el lugar y los testigos y las grabaciones de circuito cerrado confirman que Stillwater ha estado ahí, vestido con un peto. Su cara ha aparecido en todas las noticias, así que solo es cuestión de tiempo antes de que alguien lo vea y lo reconozca.

Kett frunció el ceño. Algo no le daba buena espina.

—Por ahora, Stillwater es nuestro principal sospechoso para el secuestro de ambas niñas —prosiguió Clare—. No solo tiene antecedentes en este tipo de delito, recordad que se llevó a una niña de un parque hace unos años, sino que también desapareció al mismo tiempo que lo hicieron las repartidoras y no ha respondido a nuestras peticiones de que se pusiera en contacto con nosotros a pesar de que tiene que ser plenamente consciente de que lo consideramos un presunto implicado.

—Quizá está asustado, señor —sugirió Spalding desde su asiento—. No sería la primera vez que un arresto equivocado le arruina la vida a alguien.

—Lochy Percival —terció Dunst entre supuestas toses, cubriéndose la boca con la mano.

—Sí, puede ser —coincidió Clare—. Por eso tenemos que proceder con mucha cautela. Nuestra prioridad es traer a Stillwater a comisaría con la máxima tranquilidad posible. ¿Ha quedado claro?

Kett alzó la mano y Moira hizo lo propio. Clare lo señaló con la cabeza.

—Stillwater es listo —dijo Kett—. Eso ya lo sabemos. Es lo suficientemente listo como para saber que si usaba su tarjeta de débito sabríamos dónde está de inmediato. No ha usado la tarjeta para comprar artículos esenciales, ni para pagar la gasolina, ni para comprar un billete de avión. La ha usado para pagar un refresco y un sándwich. Y eso solo puede significar…

—Ni-no-sa-ro —chilló Moira, señalando a Clare.

—Eso solo puede significar —retomó la palabra Kett, un poco más alto— que quiere que lo encontremos.

—¿Crees que está dejándose atrapar? —preguntó Raymond Figg desde el otro lado de la mesa, con el bolígrafo en la boca—. ¿Qué tipo de delincuente quiere que lo atrapen?

—Quizá tenga razón y se ha asustado —dijo Kett, dirigiéndose a Clare—. Quizá quiere que vayamos a por él y esta es su forma de ponerse en contacto con nosotros. Pero no me parece el tipo de hombre que se asustaría.

—¿Qué quieres decir? —preguntó Clare.

—Creo que tiene otra cosa en mente —prosiguió Kett—. Creo que lleva planeando este secuestro mucho tiempo, quizá incluso desde 2014, cuando se llevó a Emily Coupland del parque. Sea lo que sea lo que esté intentando, espera que reaccionemos de una forma determinada. Él es quien controla esta situación y eso no me gusta.

—Como ya he dicho —intervino Clare y colocó los nudillos sobre la mesa—, vamos a proceder con mucha cautela. Quiero a todos los equipos trabajando para encontrar a Stillwater… Hoy.

Algo le decía a Kett que eso no supondría un problema.

—Voy contigo —le dijo Kett a Porter cuando los policías empezaron a organizarse—. He perseguido a hombres como él, son…

—Kett —bramó Clare—. Ven aquí.

Kett suspiró, pero hizo lo que se le ordenaba. Levantó a Moira de un tirón y cruzó la sala para terminar delante del jefe.

—Mira, sé que…

—Ni en broma —lo interrumpió Clare—. Ya te lo dije ayer, no podemos ofrecer servicio de canguro y menos a un detective que ni siquiera tenemos en plantilla. Quedas apartado, Kett. Hasta que la niña no esté a salvo en algún otro lugar, no quiero que salgas de esta sala.

No tenía sentido discutir, así que Kett no abrió la boca. Moira habló por él a la vez que dedicaba una sentida pedorreta a Clare.

—Ni-no-sa-ro —insistió.

Clare la ignoró, recogió sus papeles y salió de la sala junto con el resto. Bueno, casi todos. Se quedaron Raymond Figg y la agente Cruel, quien se encontraba en el otro extremo de la mesa con una carpeta en la mano.

—¿Tú también? —le preguntó Kett.

—El jefe está un poco enfadado conmigo por haberte dejado entrar en el piso de los Walker ayer —le explicó—. No es que lo haya dicho con esas palabras, pero es bastante fácil de adivinar.

—Lo siento —dijo Kett, pero ella le restó importancia con un ademán.

—Tengo suerte de estar aquí de todas formas —le comentó mientras dejaba la carpeta sobre la mesa—. Me da la sensación de que finjo ser detective.

—Bienvenida al club —terció Figg, quien, cargado con un montón de documentos, se dirigía a la fotocopiadora—. Yo soy detective y sigo sintiéndome como un impostor.

—No hay nada que fingir —afirmó Kett mientras dejaba a la bebé, que se retorcía, en el suelo—. Eres una policía de primera clase, Cruel. ¿Qué te ha dicho que hagas?

—Llamadas —respondió ella—. Estamos llamando a todas las repartidoras que trabajaban para David Walker para ver si alguna de ellas sabe algo. Si te soy sincera, hemos hablado ya con la mayor parte de las chicas y no hay ni una que sepa nada. Algunas han confesado que vendían cigarrillos en la colina y un par incluso sabía que dentro había drogas. Todas están cagadas de miedo y ninguna sigue repartiendo. Pero el jefe quiere que las llame a todas otra vez, las presione a ver si podrían estar escondiendo algo y quizá también hacer lo mismo con otros quioscos. Figg me está ayudando, ¿verdad, Raymond?

—Lo que sea para pillar a esos cabrones —replicó este mientras aporreaba botones en la fotocopiadora.

—Suena divertido —comentó Kett, y luego apartó una silla y gruñó cuando sentó su cuerpo dolorido—. Bueno, ahora somos tres, ¿qué quieres que haga?

Cruel sonrió y empujó la carpeta.

—¿Se te dan bien hablar por teléfono?

—Sí, sí. De acuerdo, gracias. Y si se le ocurre algo más, asegúrese de ponerse en contacto con nosotros de inmediato.

Kett musitó un «adiós» y colocó el auricular en su sitio. Se frotó los ojos.

—No puedo creer que me hayáis sacado de la cama para esto —dijo.

Solo eran las nueve y media, pero le daba la sensación de que llevaba días sin dormir. Los fluorescentes que zumbaban en esa sala sin ventanas le habían provocado de nuevo dolor de cabeza y no ayudaba que hubiera tenido exactamente la misma conversación con doce padres y madres distintos.

«¿Por qué no estáis haciendo nada?».

«¿Por qué no las habéis encontrado?».

«¿Podría haber sido mi hija, ¿se da cuenta? Está muy afectada».

«¿Se las va a compensar por las horas que no hagan?».

La gente era imbécil.

Cruel alzó una mano para pedir silencio, con la otra sostenía el auricular al oído.

—La mantendremos informada, señora Swain. Gracias.

Terminó la llamada y lo miró.

—¿Qué?

—Que no puedo creer que me hayáis sacado de la cama para esto —repitió, y comprobó que Moira estuviera bien. Cruel le había dado su teléfono móvil y, por mucho que Kett detestara la idea de hacer que su hija se callara viendo sin parar a *Peppa Pig,* agradecía la tregua. La pequeña no se había movido ni hablado desde hacía cuarenta minutos. Era un milagro. Figg también había hecho unas cuantas llamadas, pero se había ido al cabo de un rato a la cafetería porque le rugía el estómago.

—¿Quién te queda? —preguntó Cruel—. Yo ya he terminado mi montón.

Kett hojeó los cuatro documentos que le quedaban.

—¿Prefieres a Delia o a Abi? —Soltó una carcajada—. Delia. Qué nombre. Solo se puede encontrar en Norfolk, ¿eh?

—Ayer no pude contactar con ninguna de estas dos familias —comentó Cruel mientras agarraba la ficha de Abi—. Ojalá haya más suerte hoy.

Kett marcó el número que aparecía en la ficha de Delia y leyó su información mientras esperaba a que alguien respondiera. «Cordelia Patrice Crossan, once años, calle sin salida Drayton, n.º 14, fecha de inicio del empleo: 23/03/18, rutas: zona norte por Drayton, calle Fakenham; los viernes, sábados y domingos».

Al otro lado de la mesa, Cruel hablaba con la familia de Abi, pero el teléfono de Kett seguía sonando y al final la misma línea se interrumpió y se hizo el silencio. Colgó el auricular.

—Gracias —respondió Cruel y terminó su llamada—. ¿Has podido contactar?

Kett negó con la cabeza.

—No han contestado. ¿Y dices que ayer no pudiste contactar con ella tampoco?

—No, aunque quizás otro compañero sí pudiera.

—Trajisteis las fichas que Walker tenía en la tienda, ¿verdad? —preguntó Kett.

Cruel señaló por encima del hombro a una montaña de cajas de pruebas que había en un rincón de la sala.

—Se le daba tan bien llevar un registro como a Porter preparar el té —explicó ella mientras agarraba las últimas dos fichas que había en el lado de Kett y empezó a llamar—. No hemos tenido tiempo de examinarlo todavía, pero eso es todo lo que… Ah, hola, les llamo del Cuerpo de Policía de Norfolk, soy la agente Kate Cruel.

Kett la dejó tranquila para que terminara la llamada y cruzó la sala hacia las cajas. Abrió la tapa de la primera. Cruel tenía razón: estaban repletas de lo que parecían pedazos aleatorios de papeles, recibos, nóminas y libretas llenas de registros sobre las rutas. Agarró un libro y lo abrió y vio entradas del pasado agosto. Lo intentó con otro libro, luego con otro y, al final, encontró el que correspondía al mes actual. En cada página había una lista de clientes, periódicos y en qué ruta estaba cada uno. Grapados en cada esquina de las hojas había una plantilla horaria de cada repartidora. Se le puso la piel de gallina cuando vio el nombre de Maisie en el martes. Retrocedió un par de páginas y encontró el de Connie. Se llevó el libro a la mesa y se encontró con la ficha de Delia otra vez.

—Viernes, sábado… —musitó para sí y releyó, pasando el dedo, las entradas para ambos días. Había una nota al lado del nombre de Delia en el espacio dedicado a la tarde del domingo.

«No se ha presentado. La cubre Eleanor».

—Oye —dijo, cuando Cruel hubo colgado el teléfono—, Delia Crossan, la niña con la que no podemos contactar… No se presentó a trabajar el domingo.

Cruel lo miró con la frente surcada de arrugas.

—Qué raro —comentó—. ¿Vale la pena hacerles una visita?

Kett se miró el reloj. Eran casi las diez.

—Sin duda alguna —repuso él—. Solo tenemos que hacer una parada rápida primero.

Capítulo 17

La parada no fue tan rápida como esperaba. Para cuando hubo encontrado la dirección que le había dado la trabajadora de la guardería (una casa adosada muy mona al sur de la ciudad, con un cartel que rezaba: «¡Bienvenidos al Panal de la Abeja!» encima de la puerta) ya hacía rato que habían dado las diez y, aunque había insistido en que tenía prisa, la chica que le había abierto la puerta llevaba un montón de papeles que tenía que firmar.

La buena noticia era que Moira había estado encantada de quedarse. Había entrado con sus andares de bebé hacia el salón espacioso y aireado y se acercó a otros dos niños pequeños que ya estaban ahí. Ni se fijó en que Kett se despedía. Le había costado mucho dejarla, sus «y si» lo atormentaban mientras se alejaba de la puerta principal. Había tenido que reprimir el impulso de inmovilizar a la cuidadora contra la pared y acribillarla a preguntas sobre si era una asesina en serie o una traficante de niños. Al final, Cruel casi lo había sacado a rastras de la casa y lo había metido en el Volvo.

—Estará bien —le aseguró cuando Kett encendió el motor—. Te lo prometo. Los he buscado en Google mientras firmabas los papeles, tienen una puntuación de 4,8 en Trust Pilot. Moira está en buenas manos.

—Más le vale —gruñó el inspector mientras se reincorporaban a la circunvalación. La ansiedad lo carcomía a medida que avanzaban entre el tráfico, y solo se mitigó cuando entraron en una calle sin salida tranquila y residencial en el otro lado de la ciudad veinticinco minutos más tarde. Avanzó por delante de los edificios, contando los números, antes de detenerse ante una casa no adosada de dos plantas con un 14 pintado en el poste de la verja.

—Esta vez, las normas a rajatabla, ¿de acuerdo? —dijo Cruel mientras abría la puerta y salía del coche.

—Si las normas las puse yo, prácticamente —replicó él, estirándose, hasta que le crujió la columna. Se dirigió hacia la puerta trasera del coche de forma automática hasta que se acordó de que ahora no tenía niñas a su cargo. Era una sensación tan extraña que no estaba seguro de si quería echarse a reír o a llorar.

—Las cortinas están corridas —observó Cruel—. Todas, las de arriba también. Deben de tener habitación en el desván.

—Quizá son de los que se levantan tarde —replicó Kett—. O están de vacaciones.

—Si se hubieran ido de vacaciones, se lo habrían comentado a Walker —reflexionó Cruel mientras abría la puerta de la verja y se adentraba en un caminito de losas desiguales. El jardín no estaba demasiado cuidado, pero lo que había plantado era precioso: grandes montones de lavanda y romero, e incluso un rosal que crecía junto a una de las ventanas. El olor era embriagador—. Walker escribió: «No se ha presentado». Así que no apareció. Además, tienen el coche aquí.

La agente señaló con la cabeza la entrada para coches que había al otro lado del jardín, donde había un viejo Renault 4 azul aparcado.

—Deberías ser detective —le dijo él con una sonrisa.

—En ello estoy, inspector. ¿Quieres hacer los honores?

—No, todo tuyo.

Se apartó mientras Cruel llamaba a la puerta; el ruido hizo que le pitaran los oídos.

—Menudos golpes —comentó.

—Me enseñó mi abuelo —explicó ella—. Tienes que hacerlo de forma que sepan que estás aquí y que eres tú quien manda.

La calle era muy tranquila, solo se oían los ruiditos de las palomas que hacían gorgoritos en los árboles y el leve zumbido del cortacésped de algún vecino. Volvía a hacer calor y parecía que el aire fuera denso y flotara. Cruel volvió a llamar con tanto ímpetu que Kett casi esperaba que el cristal se rompiera en mil pedazos.

—¿Señora Crossan? ¿Delia? Somos agentes de la policía.

Nada. Esa sensación volvió a invadir a Kett, un instinto que le corroía las entrañas. No había nadie dentro de esa casa. Había algo en la quietud del edificio, en el silencio insondable, que lo hacía estar seguro. Avanzó por el jardín, las zarzas se le enganchaban en las perneras de los pantalones y el olor de las hierbas era arrebatador. Había un garaje cerrado y, más allá, un caminito de gravilla lleno de maleza que conducía al jardín trasero. Fue aplastando las malas hierbas hasta llegar a la puerta de la cocina. Había un gato rojo anaranjado y esquelético que, en cuanto lo vio, se le acercó y empezó a restregarse contra su pierna.

—Hola —lo saludó mientras se agachaba para acariciarle la cabeza. Ronroneó como un generador—. ¿Vives aquí?

El gato maulló a modo de respuesta, pero en realidad no hacía falta. Había una portezuela para gatos en la puerta blanca de PVC con un comedero al lado que solo contenía moscas. El ruido que hacían le puso los pelos de punta, porque no era el zumbido de un puñado de moscardas, sino el de centenares.

—Cruel —la llamó—. Será mejor que vengas aquí detrás.

Dio un golpecito suave al gato para apartarlo y se agachó junto a la portezuela. No tenía que abrirla para saber lo que había al otro lado, el hedor lo asaltó como un puñetazo directo a la garganta. Se llevó una mano a la boca y, luego, usó los nudillos para abrir la portezuela. El olor emanó como si tratara de escapar y algunas moscas chocaron contra su mano. Dentro estaba demasiado oscuro como para ver algo, pero, a pesar de la penumbra y las lágrimas que el hedor le había arrancado, estaba bastante seguro de distinguir la silueta de un cuerpo que yacía en medio del suelo de la cocina.

—¿Inspector? —lo llamó Cruel mientras salía del caminito. Olisqueó el aire—. Ay, madre.

—No pasa nada, Cruel —le dijo él—. Creo que es una de esas ocasiones en las que puedes decir «coño» y es aceptable. Da el aviso.

Se llevó una mano al radiotransmisor y empezó a hablar. Kett se levantó, trató de abrir con el pomo y luego agarró una piedra grande de entre los arbustos.

—Apártate —le advirtió.

Se apartó y lanzó la piedra al panel de cristal que había en la puerta. La atravesó sin crear muchos desperfectos y Kett desechó el cristal que quedaba dando una patada al marco antes de meter la mano y encontrar la llave en la cerradura. La giró, abrió la puerta y se topó con un torbellino atronador de moscas.

—¡Policía! —gritó—. ¡Si hay alguien aquí, que salga ahora mismo!

Le llevó unos segundos dar con el interruptor, los fluorescentes se encendieron a regañadientes, parpadeando, como si no quisieran que nadie viera lo que yacía sobre el linóleo rajado.

—Joder —soltó Kett e inspiró hondo por la boca.

Era el cuerpo de una mujer, quizá de una joven, vestida con un peto vaquero y una blusa de color crema, los pies desnudos miraban al fregadero. Era imposible de saber qué edad tenía porque estaba bocabajo, enterrada bajo un manto de cabello manchado de sangre. Era como si alguien la hubiera tapado con una manta de moscas. Estaban por doquier, su zumbido furioso le puso la piel de gallina.

—Mierda —espetó Cruel al entrar tras él mientras agitaba una mano para apartar a los insectos—. La ambulancia ya está de camino y también los refuerzos.

—Ya es un poco tarde para que venga la ambulancia —observó Kett—. Pero Delia podría estar aquí.

—Voy a ello —dijo Cruel, pisando con cuidado alrededor de la mujer hasta que se esfumó entre las sombras del pasillo. Era imposible no tener *flashbacks* del día anterior, una silueta que emergía de la oscuridad, con el martillo agarrado en un puño rollizo.

—Ten cuidado —le gritó, aunque ya se había ido y, por toda respuesta, oyó cómo desplegaba la porra extensible.

Redirigió su atención a la mujer, se sacó un bolígrafo del bolsillo delantero y lo usó para apartarle el pelo de la cara. Un ojo lo miró, inyectado en sangre y rajado como un huevo roto. Tenía la piel manchada y negruzca donde la sangre se había acumulado *post mortem* y las moscas habían puesto huevos en esas zonas, centenares de huevos. No pudo ver demasiado, pero era suficiente para saber que no se trataba de una niña.

No quería alterar la escena del crimen, así que dejó que el pelo cayera y siguió los pasos de Cruel fuera de la cocina. La agente había encontrado el interruptor del pasillo, pero la bombilla no tenía nada que hacer contra la negrura opresiva que se acumulaba como si fuera una bandada de cuervos. Kett se moría por descorrer las cortinas y abrir las ventanas, pero habría pruebas forenses por doquier.

Era consciente de que también podía haber niñas. Quizá tres.

—El comedor está despejado —dijo Cruel, que apareció a su lado—. Voy a mirar arriba.

Subió las escaleras estrechas de madera entre crujidos y Kett se asomó al diminuto cuarto de baño antes de dirigirse al salón. Encendió la luz con el nudillo y vio un espacio acogedor lleno de fotografías, un sofá hundido repleto de cojines hechos a mano y un televisor pequeño colocado de forma precaria en un estante.

—No hay nada aquí arriba —gritó Cruel—. Dos dormitorios y un baño.

La agente bajó por las escaleras con el rostro blanco.

—El salón también está despejado —dijo Kett—. ¿Estás bien?

—Sí —repuso Cruel—. Lo estaré. Es que nunca…, nunca había visto uno en directo hasta ahora.

No tenía que decir a qué se refería, lo lleva escrito en la cara. A él le había pasado lo mismo la primera vez que había visto un cadáver (un accidente de tráfico la segunda semana de trabajo como agente de policía). No había podido dejar de visualizar la cara del joven durante meses, la forma en la que la mandíbula se le había partido contra el parabrisas de la motocicleta. Veía el rostro por todos lados, en cada pensamiento, en cada pesadilla, tanto que por poco no había renunciado al trabajo tres meses después. Había sido un sargento entrecano quien al final había hablado con él y le había enseñado a sacarse de la cabeza esa imagen y mantenerla apartada de sus sueños.

«No pienses en ellos como cadáveres, imagínatelos vivos, riendo. Imagina cómo debían de ser antes de su hora final».

—Yo me ocupo del resto —se ofreció Kett—. Sal y espera a la ambulancia. ¿Lo sabe el jefe?

—No he podido hablar con él, pero lo harán desde la central. He hablado con Porter. —Inspiró hondo y soltó un gruñido leve, pero no perdió la compostura—. Estoy bien, inspector. Si se trata de la madre de Delia, debemos asumir que a Delia le ha pasado lo peor, ¿verdad?

Kett asintió.

—Descubre si se quedaba en casa de algún familiar —le dijo—. No veo ni rastro de un padre, no aparece en ninguna fotografía. Quizá está con él. Busquemos abuelos, tíos y tías, amigos, cualquiera con quien pudiera estar.

Sería una búsqueda inútil, lo sabía. Delia no se había presentado a trabajar el domingo y era evidente que su madre llevaba días muerta.

—Pero estoy bastante seguro de que se trata de un secuestro —admitió mientras volvía al salón.

—¿Crees que se trata del mismo caso? —preguntó Cruel.

—Tiene la misma edad que las otras víctimas y trabajaba para la misma persona. Sí, es el mismo caso. Creo que en esta ocasión salió mal porque fue la primera. El sospechoso la atrapó aquí, mató a la madre y se llevó a Delia. Debió de hacerlo el sábado por la noche o el domingo, porque tenía que trabajar el domingo y no se presentó. Quizá por eso secuestró a las demás en casas vacías que había en su ruta, donde sabía que estarían solas. No quería tener que asesinar a más padres.

—Por Dios —musitó Cruel.

Kett se dirigió a la chimenea y examinó la cuadrícula de fotografías que colgaba encima. En muchas aparecía una niña sonriente y su madre (en París, en la costa, cubiertas con edredones y juntas en la cama) y Kett tuvo la misma horrible sensación de desconexión que siempre lo asaltaba en situaciones como esta, al saber que la mujer que salía en las fotografías era ahora un cadáver frío y rígido que yacía en la habitación contigua. ¿Habría sospechado alguna vez que sería así como su vida llegaría a su fin? ¿Que lo último que vería sería a su asesino llevándose a su hija de casa?

«Nunca lo ves venir», pensó. «Nunca crees que va a ocurrir de esta forma». Billie no lo vio venir. Billie nunca se había imaginado que un día una furgoneta se iba a detener de golpe a su lado y que dos hombres con máscaras de animales la arrancarían del mundo a pesar de sus gritos y sus patadas.

Kett cerró los ojos al notar la oleada de vértigo que lo embargó. Solo cuando hubo pasado el mareo se atrevió a abrirlos de nuevo y, cuando lo hizo, se encontró frente a otra fotografía. No estaba enmarcada, la habían pegado con Blu-Tack justo encima de la repisa de la chimenea junto con unas cuantas más. Una esquina se estaba despegando del papel de la pared. La agarró de esa esquina y la terminó de arrancar.

Salía Delia, con quizá cinco o seis años, y su madre, ambas de pie ante lo que podía ser un parque de caravanas. A sus espaldas había pinos, la esquina de una mesa de pícnic y una papelera. Junto a Delia había dos personas mayores, un hombre que se parecía demasiado a la mujer muerta como para no ser familiares y una mujer menuda y encorvada que no podía ser otra que su esposa.

Sin embargo, era el hombre que había en el otro extremo del grupo quien había llamado la atención de Kett. Le faltaría poco para cumplir los treinta años, quizá incluso tenía treinta y pocos, y su pelo de un tono castaño desvaído ya empezaba a clarear. No era alto, mediría un metro setenta, y llevaba una camiseta negra metida por dentro de los vaqueros, exhibiendo una barriga de dimensiones considerables. La amplia sonrisa que lucía su rostro pálido y redondo parecía genuina, y tenía una mirada amplia y agradable. Había algo que le resultaba familiar. Kett lo había visto antes y hacía poco.

Dio la vuelta a la fotografía y vio unas palabras escritas con una letra pequeña y pulcra. «Delia, yo, papá y mamá y el tío L, 2013».

—Cruel —la llamó. No recibió respuesta. Miró alrededor y la encontró agachada, acariciando al gato, que los había seguido—. Oye, Cruel.

—Perdona —le dijo esta mientras se acercaba—. Pobrecito, ¿qué pasa?

Kett le enseñó la fotografía.

—¿Quién es este?

—¿El tipo joven? —preguntó, mirándolo con los ojos entrecerrados. Soltó un soplido—. No lo sé, no creo que sepa… Un momento… ¿sé quién es?

Kett oyó el rugido de un motor grande afuera en la calle, el chirrido de los frenos y el crujido de una puerta que se abría. Debía de ser la ambulancia. El inspector volvió a mirar la fotografía, esforzándose para recordar algo que parecía eludirlo.

—Hostia puta —soltó Cruel, irguiéndose—. Sé quién es. Imagínatelo más delgado, demacrado, casi llorando.

Kett miró la imagen y negó con la cabeza.

—No sé…

Y entonces lo reconoció, así de fácil.

—Hostia puta —la imitó—. Es Lucky Percival, el tipo que arrestaron por equivocación en 2013.

—Es Lochy, no Lucky —lo corrigió la agente con el ceño fruncido—. Lochy Percival. Pero ¿por qué sale aquí?

—El tío Lochy —dijo Kett, releyendo el texto de la parte posterior de la fotografía—. Delia Crossan es la sobrina de Lochy.

El inspector chasqueó la lengua y vio cómo el gato saltaba al sofá y se ponía a amasarlo mientras ronroneaba más fuerte que el motor de la ambulancia.

—Al final resultará que vuestro hombre inocente no es tan inocente.

Capítulo 18

—¡Joder, joder, joder, menuda putada, joder!

No había ni que decir que el comisario Colin Clare no estaba contento. Caminaba arriba y abajo por el jardín trasero de la casa de los Crossan, con la fotografía de la familia de Delia y un joven Lochy Percival sujeta en una mano cubierta por un guante de látex.

—Me niego a aceptarlo, Kett —le dijo, acercándose y tratando de intimidarlo. No era difícil. Kett era alto, pero Clare era gigantesco y, cuando estaba enfadado, parecía crecer quince centímetros más. Kett intentó a su vez no alzar los ojos y mirar la nariz del hombre, así que optó por centrar su atención en la puerta trasera, donde un equipo de forenses estaba recogiendo pruebas. El *flash* de las cámaras iluminaba la casa como si se estuviera produciendo una tormenta eléctrica dentro del edificio, destellos que revelaban a la mujer muerta que todavía yacía en el suelo.

Era imposible no imaginarse a Billie ahí tirada, asesinada en una cocina en alguna parte, abandonada a su suerte.

—Tú sabes que no puedes ir tras Lochy Percival —prosiguió Clare—. Después de lo que le ocurrió, lo del arresto equivocado y la demanda legal, es intocable.

—Tampoco es que yo lo haya planeado —dijo Kett mientras se quitaba a Billie de la cabeza—. Solo hemos encontrado la foto.

Y por lo menos unas ocho más repartidas por la casa y en todas aparecía Percival con la familia. Las más antiguas eran la típica fotografía de grupo familiar, llenas de sonrisas o muecas, de vacaciones o en Navidades. Pero, a partir de 2013, Percival parecía un hombre completamente distinto, como si hubiera envejecido y se hubiera marchitado de un día para otro. Se habían acabado las sonrisas (al menos no había ninguna que se le reflejara en los ojos), se había acabado el alegre del tío L.

Kett también vio dónde lo habían apuñalado: el cuerpo se le inclinaba hacia un lado como un barco que se hundía y, en muchas ocasiones, aparecía con un bastón en la mano.

—Lo hemos comprobado —terció Cruel—. Lochy es el hermano menor de Evelyn Crossan, es el tío de Delia. Vive en la otra punta de la ciudad, en una casa muy bonita.

—Sí, se la compramos nosotros —apuntó Clare—. Con el pago que recibió cuando lo acusamos aquella vez por error. No voy a permitir que algo así vuelva a ocurrir.

—¿Aunque ahora sí sea culpable? —preguntó Kett. Clare lo miró como si quisiera dispararle.

—Vamos a dejar las cosas claras —dijo el jefe—: ¿crees que Lochy Percival asesinó a su propia hermana para secuestrar a su sobrina?

—Tiene la misma edad que la niña de cuyo asesinato lo acusaron en 2013 —explicó Cruel—. Más o menos. Incluso aunque no cometiera aquel delito, no hay nada que indique que no haya podido cometer este. Y ese caso lo trastocó de verdad.

—La casa es segura —añadió Kett—. Todas las ventanas estaban cerradas desde dentro y ambas puertas tenían la llave echada. No hay ningún indicio que apunte a que se entrara a la fuerza, excepto por la piedra que he usado yo para acceder a la casa. Tiene sentido que la familia le abriera la puerta a alguien conocido, a alguien en quien confiara.

—Pero ¿por qué? —inquirió Clare—. No tiene ningún sentido que un hombre como Percival vaya a por su propia sobrina. Por Dios, si es que hasta yo estuve presente en algunos de los interrogatorios que se le hicieron cuando lo arrestaron y no parecía en lo más mínimo un cabrón en serie. En parte no me sorprendió cuando se descubrió que era inocente.

—Pues lo interrogamos otra vez —sugirió Kett—. Oigamos su versión.

Clare negó con la cabeza.

—No pienso acercarme a ese tipo —sentenció—. No hasta que encontréis una nota escrita a mano y firmada por él, con sus huellas y su ADN en la que ponga: «He matado a mi hermana y he secuestrado a mi sobrina». ¿Queda claro?

Kett miró detrás del jefe, donde había un columpio en un extremo del jardín y un pequeño mural hecho con tizas en la verja, dos figuras cuyos ojos y sonrisas radiantes habían sobrevivido a la lluvia. No era necesario que lo dijera porque ya lo pensaba todo el mundo, pero Kett lo dijo de todos modos:

—¿Y si tiene a las otras niñas?

—Ah, que te jodan —le espetó Clare, que recorrió el jardín a grandes zancadas y apoyó la cabeza sobre la verja, como un niño que mandan al rincón de pensar en la escuela.

—Qué desastre —dijo el inspector Porter mientras salía de la cocina, con una servilleta sobre la boca. Aunque era un hombre corpulento, ahora parecía muy delicado y remilgado. Vio a Clare y bajó la voz al acercarse a Kett—: Entonces, ¿se lo ha tomado bien?

—Sí, puedes estar seguro —ironizó Kett.

—No, en serio —remarcó Porter—. De verdad que eso es tomárselo bien. Una vez vi cómo lanzaba una silla por la ventana cuando se le denegó una orden judicial. ¿Crees que ha sido Percival?

Kett se encogió de hombros. Clare volvía hacia ellos.

—Tampoco pondría la mano en el fuego, de momento —confesó Kett a Porter—. ¿Sabemos qué fue lo que la mató?

—Yo diría que una puñalada en el corazón —respondió el inspector—. Una sola herida, clavada hacia arriba entre las costillas, el cuchillo aún seguía ahí.

—Entonces, no es obra de un *amateur* —observó Kett—. Si no, habría heridas menores, vacilación. Un crimen pasional habría dejado múltiples heridas. Parece más bien un asesinato. El asesino quería quitársela de en medio y deprisa. No parece algo que haría Percival, pero tenemos que hablar con él de todas formas.

—De acuerdo —masculló Clare—. Ay, Dios, traedlo a comisaría. Pero no, repito, no lo arrestéis. Solo tenemos que hablar con él. ¿Queda claro? —Volvió la vista atrás—. No lo arrestéis, aunque se os lance encima con una espada de samurái en una mano y una motosierra en la otra. Porter, llévate a Spalding contigo.

—¿Y yo, señor? —inquirió Kett. Clare lo miró de arriba abajo con los ojos echando chispas.

—Creo que has hecho suficiente por esta mañana, ¿no te parece? —le espetó—. Necesito que Cruel y tú volváis a comisaría y sigáis con el papeleo. Y si, y es un «y si» entre muchas comillas, Percival ha tenido algo que ver con todo esto, tenemos que asegurarnos de que el caso no tiene ningún vacío y es irrefutable. ¿Ha quedado claro?

Kett asintió y Cruel lo imitó, aunque la expresión de la agente demostraba lo que opinaba en realidad. Clare miró a los dos y luego a la fotografía que aún sostenía en la mano. Al final, echó la cabeza atrás y soltó un grito al cielo azul y despejado:

—¡Joder!

—Así es justo como había soñado que sería —ironizó Cruel en el coche cuando se marchaban de la calle sin salida Drayton—. Dar vueltas con el Volvo y volver a comisaría a ocuparme del papeleo. No se parece mucho a *Dos policías rebeldes,* ¿eh?

Kett echó un vistazo rápido a la joven agente cuando se detuvo ante un semáforo. Se esforzaba por sonreír, pero la boca se le torcía en una mueca adusta y tenía los ojos cargados de un dolor sombrío.

—Te ofrecerán orientación psicológica —repuso él—. Si eres como yo, la rechazarás y luego te vas a arrepentir. No hagas como yo. Puede ser tu salvación.

La agente desvió la mirada y clavó los ojos en la calle cuando el coche volvió a arrancar.

—Estoy bien —dijo—. De verdad. Se podría decir que me he estado mentalizando durante años. No ha sido exactamente como creía, pero tampoco es que no estuviera preparada. Mi madre era doctora, nunca suavizó la muerte. Hemos crecido oyendo hablar de la muerte.

—¿«Era»? —preguntó Kett.

—Era en el sentido de que ahora está jubilada, no que esté muerta —explicó Cruel, que por fin se volvió hacia el inspector jefe—. Bueno, en realidad sigue trabajando, pero solo en el hospital universitario. Es la persona con la mente más mecánica que conozco. Para ella, el cuerpo es una máquina con un millón de partes en movimiento. Todo puede estropearse y casi todo puede arreglarse. Pero también es una persona religiosa, va a la iglesia cada semana, nos bautizó a mí y a mi hermano. Nunca he terminado de entenderlo.

—La gente hace lo que sea para sobrevivir al día a día —comentó Kett, ralentizando al encontrarse con tráfico.

—¿Y cómo sobrevives tú al día a día? —le preguntó la agente, con una expresión que indicaba que se había arrepentido de inmediato de hacerle esa pregunta—. Lo siento. ¿Es demasiado personal? Es que… He buscado información y encontré lo de tu mujer. No puedo ni imaginar cómo ha debido de ser. ¿Cómo sigues adelante?

Kett exhaló entre los labios apretados e hizo avanzar lentamente al Volvo.

—Lo siento —repitió Cruel—. Olvida lo que he dicho. Es la vena de detective, soy curiosa por naturaleza.

—No pasa nada —le aseguró Kett. Soltó una carcajada que no contenía ni un ápice de alegría—. Bueno, sí que pasa. Pasa con todo. Es que me siento culpable, ¿sabes lo que quiero decir? Siento que tendría que estar en la ciudad, buscándola todavía. Pero no es justo para las niñas. Desde que Billie desapareció, yo también he estado desaparecido, no estaba para ellas. Me esfumé.

Golpeteó el volante con la palma de la mano (veía a Billie, oía a Billie, olía a Billie, hasta que se obligó a sacársela de la cabeza). Y, de pronto, se dio cuenta de lo que hacía: la estaba ahuyentando como hacía con los muertos que lo asaltaban para lograr que dejaran de atormentarlo. Una sensación estalló en su interior, una oleada de pánico cegador que por poco no le hace virar el coche y empotrarlo contra la acera.

«Respira», se ordenó. «Inspira. Espira».

Así es como sobrevivía a su día a día. Respiración a respiración.

—Lo hago por ellas —reconoció—. Por Alice, Evie y Moira. Todo lo que hago lo hago por ellas. Cuando tienes hijos, se convierten en el centro de tu universo.

—Pues yo estoy bastante segura de que el centro del universo es un agujero negro —comentó Cruel con una sonrisa amable. Kett logró esbozar otra.

—Sí, encaja con mi analogía a la perfección. Un agujero negro que te atrapa y se traga todo lo que fuiste o podrías llegar a ser. Una fuerza tan poderosa que nada puede esquivarla.

Pensó en ellas y todos esos «y si» se abrieron camino en su mente como si se hubiera desenrollado una tira de una película antigua. Alice, expulsada de clase por haberse peleado; Evie, berreando porque su padre no se había presentado para llevarla a la guardería; Moira, chillando y chillando y chillando porque estaba rodeada de desconocidos.

«¿Qué demonios estoy haciendo?», se preguntó mientras se acercaban a una intersección. «He subido hasta aquí para estar con ellas, y aquí estoy, dejándome absorber por un caso otra vez… Y este ni siquiera es personal».

«Menudo cabrón estás hecho».

—Oye —dijo mientras aprovechaba que el tráfico se estaba despejando para girar a la derecha—, en realidad no estoy seguro de si voy a ser de mucha ayuda. Quizá solo debería dejarte…

El radiotransmisor de la agente Cruel restalló tan fuerte que Kett dio un respingo. La voz que emanó era áspera, artificial.

—A todas las unidades: tenemos confirmación de que se ha visto a Christian Stillwater en Hellesdon, en la calle Low. Se le ha visto caminando en dirección sur pasada la intersección con la calle del hospital. Repito, a todas las unidades disponibles: dirigíos a la calle Low.

La agente Cruel no vaciló:

—Central, aquí la agente Cruel, ahora mismo me encuentro a tres minutos de Hellesdon.

Interrumpió la comunicación y miró a Kett. La pregunta estaba cincelada en sus facciones.

«¿Sí o no?».

Y, aunque la cabeza del inspector jefe estaba inundada de Billie y las niñas, la respuesta que se reflejó en su sonrisa fue silenciosa, inmediata e inconfundible.

«Por supuesto que sí».

Capítulo 19

El Volvo carecía de sirena, pero tenía claxon.

Kett lo apretó como si le fuera la vida en ello mientras adelantaba a los coches que tenía delante y se ganaba las miradas furiosas y cosas peores de los conductores que circulaban por el carril contrario y que tenían que dar volantazos para esquivarlo. Cruel estampó la mano en el botón de las luces de emergencia, bajó la ventanilla y se inclinó hacia fuera tanto como se atrevió para que todo el mundo viera su uniforme. La mayoría de la gente lo entendió y se apartó para dejar pasar a Kett mientras el coche viejo rugía por la calle principal.

—La siguiente a la derecha —gritó Cruel.

Kett golpeó el claxon con la mano antes de girar el volante. El coche describió un amplio arco y por poco no chocó contra la parte frontal de un autobús. Enseguida se encontraron en una calle mucho más despejada que tenía árboles a ambos lados. El sol se colaba entre las ramas, y salpicaba el parabrisas como si fuera pintura, pero Kett siguió pisando el acelerador y llegó a ochenta kilómetros por hora cuando pasaron por delante de la entrada del hospital. Una señora mayor estaba poniendo en marcha el coche y Kett volvió a aporrear el claxon y pasó a tal velocidad por su lado que la onda expansiva sacudió el pequeño Fiat.

—Con cuidado, inspector —le dijo la agente, con una mano en el salpicadero y la otra agarrándose con fuerza al asiento—. Hay un giro cerrado a la izquierda allí delante.

Y ahí estaba y a punto estuvo de no reducir la velocidad a tiempo. El coche tembló mientras ralentizaba, los lápices de colores y los osos de peluche del asiento trasero cayeron al suelo. Un joven en un Golf se aproximaba por el carril contrario.

Tomó la curva pisando la línea de la calzada y los dos coches se cruzaron tan cerca que los retrovisores se rozaron.

—No es la primera vez que haces esto —observó Cruel.

—Hacía mucho que no lo hacía —confesó él y la verdad se reflejaba en la forma en la que el corazón parecía latirle directamente en las amígdalas.

—Esta es la calle Low —anunció Cruel tras doblar la curva—. Hay casas muy grandes por aquí.

No mentía. En el lado derecho de la calle había una hilera de mansiones que imitaban el estilo tudor, con amplias fachadas y vigas negras. Al otro lado de la calle se extendía una densa arboleda.

—Han dicho justo después de la intersección, ¿verdad? —preguntó Kett.

—Por aquí, sí, en algún lado —respondió Cruel mientras inspeccionaba entre los árboles.

—¿Dónde estás, cabrón? —soltó Kett mientras reducía la marcha al mínimo. Alguien en un Corsa tocó la bocina cuando los adelantó, pero el inspector lo ignoró, observando cómo las casas de estilo tudor cedían el paso a otras de ladrillos, de estilo Art Decó—. Podría estar en cualquiera de estas.

—O en ninguna —añadió Cruel.

Un coche patrulla apareció de frente, con las luces encendidas. Kett hizo destellar sus luces y bajó la ventanilla cuando se encontraron.

—¿Habéis visto algo? —preguntó. Los dos agentes lo miraron con el ceño fruncido y entonces uno de ellos vio a Cruel en el asiento del copiloto.

—Nada —repuso este.

—Cerrad la calle por el extremo norte —ordenó Kett, señalando con la cabeza por encima del hombro—. Si va a pie, no puede haber ido muy lejos. Pedid por radio que alguien más la cierre por el otro extremo. Y, entonces, iremos casa por casa. Vosotros empezad por la enorme mansión que hay al principio. Si veis algo sospechoso, informad.

—Señor —dijo el conductor; luego aceleró y se alejó.

Kett empezó a avanzar, estudiando cada casa.

—¿Hay alguna razón por la que estaría aquí? —preguntó este.

—No que sepamos. Su dirección está en la otra punta de la ciudad, y su familia vive en la frontera con Suffolk. No tiene ningún vínculo directo con esta zona de la ciudad.

—¿Walker repartía en esta calle?

Cruel negó con la cabeza.

—Está demasiado lejos, pero seguro que alguien reparte el periódico por aquí.

—¿Podemos comprobar si se ha producido alguna muerte reciente? Me da la sensación de que podría haber mucha gente mayor por aquí y algunas casas vacías.

—Enseguida —respondió la agente mientras sacaba el teléfono. Kett siguió conduciendo e inspeccionando, pero no vio nada salvo casas impolutas en el lado derecho, tan espectaculares que por poco se le escapa.

Un desvío entre los árboles a la izquierda. Una verja de metal.

Un cartel de «Se vende».

Giró el volante y el coche sobrepasó un bache al adentrarse en un camino de tierra.

—¿Has visto algo? —preguntó Cruel.

El inspector jefe no respondió, se limitó a aparcar el Volvo con el morro ante la verja y abrió la puerta del conductor. El calor de la mañana se introdujo en el vehículo; era asfixiante. Se acercó cojeando por el camino de barro seco y vio que continuaba hacia delante antes de describir una curva y perderse entre los árboles.

—¿Sabes si hay una casa más adelante? —preguntó.

—No tengo ni idea, pero algo tiene que haber, ¿no? —contestó Cruel—. Está en venta, así que podría estar vacía. Lo comprobaré con el registro de la propiedad y la buscaré en Right Move, el portal inmobiliario. Pero tiene pinta de que el cartel lleva ahí desde hace siglos.

—Es tranquilo, está apartado —observó Kett—. Es un buen lugar en el que encerrar a unas niñas.

—Inspector… —empezó Cruel, y por su tono supo lo que le estaba a punto de decir.

—Tú decides —la interrumpió y se volvió hacia ella—. No quiero meterte en más problemas más.

La agente hinchó las mejillas y chascó los labios, pensando.

—Solo son problemillas, ¿no? —reflexionó ella—. ¿Cuánto puede empeorar? Pero voy a pedir refuerzos, eso sí, y esta vez entro contigo.

Saltó por encima de la verja con una facilidad impresionante y cayó al otro lado mientras hablaba por el radiotransmisor. Kett se alegró de que su compañera estuviera de espaldas cuando se resbaló con la primera barra y casi se partió la barbilla. Llegó a la cúspide con un gruñido y se dejó caer despacio por el otro lado hasta el camino. Empezaron a andar el uno junto al otro sin alejarse demasiado de los árboles. No estaban lejos de la ciudad, pero daba la sensación de que estaban en medio de la nada. Al cabo de unos minutos Kett ya no veía la calle, solo una planicie extensa y cubierta de hierba con una verja a lo lejos en dirección sureste.

—¿Era una granja? —preguntó.

—Seguramente, tenían caballos —replicó la agente—. Muchos de los terrenos que hay por aquí se usan para eso porque el río está justo al lado. Hay un campo de golf en la otra dirección.

Siguieron andando, cada piedra que rascaba y cada palo que rompían era como un disparo que resonaba en el aire. Tras un minuto o poco más en camino viró a la izquierda, en dirección a una hilera de tilos que parecían centenarios.

Detrás, arropada por la oscuridad, se erigía una casa.

—Bingo —musitó Kett y se agachó tras un árbol caído plagado de hiedra. La casa era vieja y parecía que hubiera sufrido daños en un incendio, o quizá por un árbol caído. El tejado tenía un agujero en un lado, el tiro de la chimenea había quedado reducido a pedazos que seguían en el suelo. Todas las ventanas estaban tapiadas.

Sin embargo, la puerta principal estaba abierta de par en par.

—¿Los refuerzos saben que hemos entrado? —preguntó Kett. Cruel asintió.

—Llegarán en cuestión de segundos. ¿Quieres que los esperemos?

«No», pensó. Pero los sucesos del día anterior seguían muy presentes en su cabeza dolorida. Brandon Walker había demostrado ser un matón, iba armado con un martillo y solo quería defender sus drogas. Había muchas probabilidades de que Stillwater fuera un psicópata, estuviera armado con Dios sabe qué y custodiara a tres niñas aterrorizadas.

—Sí, deberíamos esperar —repuso el inspector jefe.

No tendrían que esperar demasiado. Ya vislumbraba el brillo de las luces azules entre los árboles. Efectivamente, el ruido de pisadas fue aumentando de volumen hasta que aparecieron dos agentes uniformados. Kett los saludó, les indicó que se acercaran y, con un gesto, les instruyó para que no hicieran mucho ruido.

—Si el sospechoso está dentro, podría ser peligroso —dijo Kett—. En la situación perfecta, esperaríamos a que llegara un negociador y un equipo armado, pero no podemos arriesgarnos a que las niñas se conviertan en rehenes. Vosotros dos, id por detrás y esperad en caso de que intente escapar por ahí. Cruel, conmigo.

Se puso en pie y vaciló. Había algo que le daba mala espina.

—¿Qué ocurre, inspector? —preguntó Cruel.

—Es lo del sándwich y la Coca-Cola —respondió, observando la casa—. ¿Por qué ha utilizado la tarjeta de débito? Era completamente innecesario. Demasiado deliberado.

—¿Tal vez tenía hambre? —sugirió la agente—. La gasolinera está un poco lejos, quizá no esperaba que lo siguiéramos hasta aquí. Como dijiste, los tipos como Stillwater son muy listos y, a veces, eso los hace comportarse como unos chulos. He leído sobre crímenes reales y sé que gracias a eso han atrapado a muchos.

—Y puede que ni siquiera esté aquí —añadió Kett, asintiendo—. De acuerdo, pues, vamos allá.

Salió al trote, intentando ser tan silencioso como le fuera posible. Cruel corrió sin hacer ruido a su lado con la porra desplegada en su máxima extensión. Los dos agentes uniformados ya habían desaparecido tras un pequeño taller de ladrillo. Kett redujo el ritmo a medida que se acercaba a la puerta abierta y se apoyó en ella para descansar antes de asomarse al interior de la casa.

Como era de esperar, estaba a oscuras. Si en el edificio hubo electricidad, hacía mucho tiempo que se había cortado y las ventanas estaban tapiadas con paneles de contrachapado. Apestaba a orina, pero Kett estaba bastante seguro de que no era humana. Había vivido en Londres el tiempo suficiente como para distinguir el hedor de las ratas cuando le perforaba las fosas nasales.

Sacó el teléfono móvil del bolsillo antes de recordar que la linterna no funcionaba. Cruel se le había adelantado y ya enfocaba al frente con la suya mientras cruzaba el umbral. Kett la siguió y trató de dilucidar si la casa le parecía vacía o no antes de darse cuenta de que, en ese caso, no era necesario escuchar lo que le dijera su instinto.

Pero había alguien silbando.

Cruel había llegado a la primera puerta, con la porra bien levantada por encima del hombro derecho. La abrió con un golpecito del pie y Kett se asomó para encontrarse con un saloncito vacío: no había más que una chimenea. Solo había otra puerta en el pasillo y Kett la señaló con la cabeza. No estaba seguro, pero le daba la sensación de que los silbidos procedían del otro lado de esa puerta.

El inspector jefe alzó tres dedos y Cruel asintió para indicarle que lo había entendido.

Dos dedos.

Un dedo.

Kett se irguió cuan alto era, alzó la bota de talla cuarenta y seis y dio una patada a la puerta con toda la fuerza que fue capaz de reunir. No es que la abriera, sino que la sacó directamente de sus goznes y cayó al suelo entre una nube de polvo.

—¡Policía! —rugió Kett al abalanzarse al interior—. ¡De rodillas!

—¡Policía! —repitió Cruel.

Tuvieron tiempo suficiente para distinguir una pequeña cocina iluminada por el agujero del techo, una mesa y un hombre con un mono antes de que la puerta trasera se abriera de golpe y los dos agentes uniformados entraran en tropel gritando como locos. Si lo que querían era impactar e intimidar, lo habían conseguido. El hombre (incluso entre el remolino de polvo y la penumbra, Kett vio que se trataba de Stillwater) retrocedió hasta chocar con el fregadero y algo le cayó de las manos y repiqueteó contra el suelo.

—¡Quieto, no se mueva! —gritó Kett, que cruzó la cocina con tres zancadas y agarró a Stillwater por el hombro. Estaba cubierto por una sustancia húmeda, pegajosa y cálida, y a sus pies había un cuchillo pequeño pero afilado. Kett lo alejó de una patada, le dio la vuelta a Stillwater y le agarró ambas manos a su espalda.

—¡Eh! —gritó Stillwater—. ¡Suéltame!

—Esposas —gritó a su vez Kett, pero Cruel se le había vuelto a adelantar. Las cerró alrededor de las muñecas de Stillwater y luego le colocó el pie en la parte posterior de la pierna, con lo que lo obligó a ponerse de rodillas con tanta brusquedad que la barbilla le golpeó con fuerza el fregadero de hierro colado.

—¿Qué demonios os creéis que hacéis? —chilló Stillwater, con voz sorda y entrecortada—. ¡Liberadme!

—Tú sigue forcejeando —gruñó Kett—, que me encantará sacarte estas ganas de luchar que tienes, chaval.

Stillwater gruñó, pero sus movimientos se ralentizaron. Se puso en cuclillas y giró la cabeza para ver lo que tenía detrás. Se había dado un buen golpe en la cara, pero eso no explicaba por qué iba hecho un desastre.

El cabrón estaba empapado de sangre de pies a cabeza.

—¿Dónde están? —le espetó Kett, agarrando a Stillwater por el pelo y echándole la cabeza hacia atrás. Se volvió hacia los dos agentes uniformados—. Inspeccionad la casa, los anexos, los bosques. Tienen que estar aquí, en alguna parte.

—¿Quiénes? —gimió Stillwater.

—No me toques los cojones —le dijo Kett—. ¿Dónde están las niñas? ¿Qué les has hecho? ¿Es su sangre?

—¡No! —chilló Stillwater—. No tengo a ninguna niña.

Lo interrumpió el ruido de más policías que acababan de entrar y, de repente, la cocina se llenó de agentes. Dunst había llegado también, su expresión adusta se volvió todavía más hosca al ver el mono que llevaba Stillwater.

—¿Están aquí? —preguntó Dunst.

—Tienen que estar —respondió Kett. Agachó la cabeza hasta que estuvo a solo unos centímetros de la de Stillwater—. Y más te vale que estén vivas.

Stillwater se removió para alejarse, retorciéndose tanto que acabó sentado sobre el culo. Se había partido el labio con el fregadero y se chupó la sangre mientras los mocos le caían de la nariz.

—No sé de qué hablas —le dijo—. Aquí solo estoy yo. Y esto es sangre de conejo.

—¿De conejo? —repitió Kett. Stillwater señaló a la mesa con la cabeza y Kett vio a los animales: despellejados y en proceso de ser despedazados. El pequeño cúmulo de órganos que brillaban sobre un plato le revolvió el estómago. Los conejos, había tres, miraban a Kett con ojos negros y muertos.

—Solo son conejos —insistió Stillwater.

Uno de los agentes se asomó por la puerta del pasillo y negó con la cabeza.

—Tiene que ser una broma —soltó Kett. Bajó la vista hacia Stillwater, reprimiendo las ganas que lo asaltaron de pegarle una patada en la cabeza—. ¿Estabas aquí masacrando conejos?

—Control de plagas —repuso este—. El edificio está lleno de conejos. También de ratas. Estoy ayudando a un amigo, así me saco un poco de dinero extra vendiendo carne de conejo. —Alzó las manos esposadas en señal de inocencia—. Lo juro, no estoy haciendo nada más.

Kett se encontró con los ojos de Cruel y le leyó el pensamiento.

«Mierda».

—Levántalo —le ordenó—. Llévalo a comisaría. Asegúrate de que los forenses se ocupan de todo esto inmediatamente.

—¿Vais a arrestarme? —preguntó Stillwater—. No lo entiendo.

—Sí, sí que lo entiendes —le espetó Kett—. Y, sí, te estoy arrestando. Christian Stillwater, quedas arrestado por el secuestro de Delia Crossan, Connie Byrne y Maisie Malone. Tienes derecho a guardar silencio, pero puede perjudicar a tu defensa no mencionar, cuando se te pregunte, algo que puedas usar más adelante en un juicio. Cualquier cosa que digas puede considerarse una prueba. ¿Queda claro?

Stillwater negó con la cabeza, incrédulo. La agente Cruel lo agarró por el codo, lo ayudó a ponerse en pie y lo dirigió hacia la puerta de atrás.

—Stillwater —dijo Kett, y el hombre se volvió—. Si están aquí, las encontraremos.

—No —replicó Stillwater—. No las encontraréis.

A pesar de la oscuridad, a pesar del polvo que impregnaba el aire, Kett habría jurado que el hijo de puta sonreía.

Capítulo 20

Kett regresó a comisaría solo. Algunos policías se habían quedado; un equipo de detectives y agentes que se dedicaban a registrar los terrenos de la granja hasta los bosques y hasta el campo de golf vecino, para eterno disgusto de un puñado de vejestorios mal vestidos. Kett se había pasado media hora haciendo un registro por la casa y los edificios anexos en busca de cualquier prueba, por pequeña que fuera, que pudiera demostrar la implicación de Christian Stillwater, pero no había ningún indicio de que las niñas desaparecidas hubieran estado allí.

Dio un golpe al volante y, sin querer, tocó el claxon justo cuando una mujer que empujaba un cochecito cruzaba un paso de cebra delante de él. Se llevó un susto de muerte y le gritó obscenidades mientras terminaba de cruzar. El inspector jefe hizo un gesto de disculpa que seguro que se interpretó como sarcástico antes de acelerar en dirección al centro de la ciudad. Se habían llevado a Stillwater a la comisaría del centro, donde ya debía de estar encerrado en una celda. Si era listo, ya habría llamado a su abogado.

Y Stillwater era listo. A Kett no le cabía la menor duda.

No había sitio para aparcar, así que Kett metió el Volvo en el *parking* subterráneo de la enorme biblioteca que había enfrente y se metió el recibo en la cartera mientras salía a la calle a paso ligero. Comprobó si tenía mensajes en el móvil y consultó la hora (once y media) mientras se recordaba a sí mismo que si llegaba tarde dos días seguidos a recoger a Evie se iba a ganar un berrinche de proporciones épicas. No estaba seguro de a qué hora se suponía que tenía que recoger a Moira. Con las prisas de llegar a casa de Delia Crossan se había olvidado por completo de preguntárselo a la cuidadora.

—Hola —le dijo al sargento de servicio cuando cruzó el umbral. Solo había pasado un día desde la última vez que había estado en la comisaría, pero le daba la sensación de que había transcurrido un siglo—. ¿Stillwater?

—En la parte de atrás —respondió el hombre sin alzar los ojos siquiera.

Kett cruzó la puerta doble y se adentró en el centro bullicioso de la comisaría de policía. Era mucho más pequeña que la central de Wymondham, y más antigua también, pero bullía de actividad. Kett atravesó la oficina de planta abierta y divisó a Porter de pie junto a una ventana. Colin Clare se encontraba en el otro extremo de la estancia con una expresión tan agriada que parecía el ano de un gorila.

—Pete —lo saludó Kett—. ¿Se sabe algo de Percival?

—Hola, Robbie —le dijo Pete. Parecía agotado—. Spalding lo va a traer, pero tendrá todo el cuidado del mundo. Al final yo no he ido, hemos pensado que lo aterraría demasiado. Al parecer, cuando le ha abierto la puerta, se ha echado a llorar antes de que Spalding le dijera por qué estaba allí.

—¿Sabía lo que le había ocurrido a su hermana? ¿A su sobrina? —preguntó Kett y Porter se encogió de hombros.

—Kett —gritó Clare desde el otro extremo—. Ven aquí. Tú también, Porter.

Hicieron lo que se les ordenaba y se detuvieron ante el jefe como dos niños que se presentan ante el director de la escuela. Este terminó de leerse el documento que tenía en la mano y luego miró a Kett.

—¿Qué pasa contigo y las palizas a los sospechosos? —inquirió—. Tal vez así es como funcionan las cosas en Londres, pero te aseguro que no es como las hacemos aquí.

Kett abrió la boca para defenderse, pero entonces decidió ahorrar energía. Fue una buena decisión, porque la expresión de Clare se suavizó, aunque solo un poco.

—De todas formas, tenemos al sospechoso principal bajo custodia —recalcó—. Y eso es bueno. Lo malo es que no hay ni un solo indicio que lo relacione con las niñas desaparecidas. A no ser que quieras acusarlo de crueldad animal con los conejos, es intocable.

—Pues lo presionamos —sugirió Porter—. Lo intimidamos, a ver si encontramos su punto débil.

—Será difícil —terció Kett—. He interrogado a tipos como él otras veces, demasiadas. Son listos, saben mentir y se han repetido la historia tantas veces que lo más seguro es que incluso se la crean.

—Por eso quiero que entres —le dijo Clare—. Eres como un grano en el culo, pero tienes experiencia en estas cosas. Y yo voy a entrar contigo.

—Ah, de acuerdo —repuso Kett—. ¿Ahora? Es que tengo que recoger…

—Ahora —lo interrumpió Clare—. Percival está de camino y llegará en cualquier momento y solo Dios sabe cómo demonios vamos a lidiar con ese. —Miró a Kett con una expresión peculiar—. Un momento, ¿ibas a decir que tenías que ir a recoger a tus hijas?

—Sí —respondió este—. Evie a la una, Alice a las tres y a Moira en algún momento entre ahora y la medianoche. ¿Por?

Clare se lo pensó unos segundos, pero luego negó con la cabeza.

—Nada —dijo—. Venga, que quiero que seas el poli malo.

—Ah ¿sí? —soltó Kett—. ¿Y tú harás de poli bueno?

—No, yo haré de poli peor —contestó Clare con una sonrisa diabólica.

Le habían quitado el mono empapado de sangre a Stillwater además de proporcionarle otro que en su día debió de ser naranja, pero no habían dejado que se limpiara la sangre de la cara y el pelo. Había sido a propósito. Hacía calor, el aire estaba cargado y el olor que desprendía Stillwater era empalagoso. Tenía el labio inferior negro, las manos sucias y las muñecas hinchadas donde había llevado las esposas, que ahora le habían quitado. Sin embargo, tenía la mirada brillante y observó a Kett con una curiosidad arrogante cuando el inspector jefe se sentó en una silla en el lado opuesto de la mesa. Clare pulsó el botón de «grabar» de la pletina, pero se quedó en pie, como un oso encerrado, su respiración era el ruido que más se oía en ese espacio reducido. Kett esperó a que el jefe fuera el primero en actuar. Entonces, al ver que no lo hacía, se recostó en el asiento y miró a Stillwater de arriba abajo.

—¿Has renunciado a tu derecho a un abogado? —preguntó Kett.

—No tengo nada que esconder —replicó el hombre—. Estáis cometiendo un grave error. Otro más.

—Ian Brady, ¿sabes quién es? —le preguntó Kett con voz baja y tranquila. Stillwater se sorbió los mocos, sus ojos azules contemplaban a Kett con una claridad aterradora.

—El asesino del páramo —dijo, al cabo de un instante—. Claro.

—Mató a cinco niños —continuó Kett—. Pero no empezó así. Lo primero que mató fue un gato. Tenía diez años. Quemó vivo a otro gato y apedreó a un perro hasta matarlo. ¿Sabes qué más hizo?

Stillwater no respondió, la mirada no le flaqueó, casi ni parpadeaba. Era una mirada intimidante y hasta la última célula del cuerpo de Kett le pedía que apartara la vista (igual que la apartaría ante un perro agresivo), pero se mantuvo firme. Se había enfrentado a personas mucho peores en la sala de interrogatorios.

—Cortar las cabezas a conejos —prosiguió Kett—. ¿Es eso lo que estabas haciendo, Christian? ¿Practicar?

—Tienes que cortarles las cabezas —replicó el hombre, que rompió el contacto visual para mirar a Clare—. Es muy difícil despellejarlos, si no. Y nadie quiere asar el conejo entero con cabeza.

—Pero mírate —añadió Kett—. Estás empapado de sangre. Parece que te estuvieras bañando en ella.

Stillwater se pasó una mano por el pelo pegajoso y se encogió de hombros.

—Debió de pasar cuando me placasteis —respondió, una mentira descarada.

—Así que vendes los conejos —comentó Kett; no valía la pena insistir—. ¿A quién?

—A cualquiera que los quiera —contestó—. Me dan cinco libras por conejo y la granja está plagada de estos bichos peludos. También me como algunos.

—¿De quién es la granja? —preguntó Kett.

—De un hombre que se llama Peter Dalton —explicó Stillwater. Kett no reaccionó, porque Stillwater decía la verdad. El Registro de la Propiedad había revelado la misma información. Dalton era un expatriado que vivía en España y todavía no habían logrado ponerse en contacto con él. Stillwater torció la boca, casi dibujó una sonrisa—. Ahora mismo no está. Hace unos tres años que puso la propiedad en venta y nadie la quiere ni regalada, bueno, al menos no por el precio que pide. Y no solo hay ratas, sino que le falta la mitad del tejado y está todo podrido. Yo me encargo de mantener los roedores a raya.

—No necesitas el dinero —observó Kett—. Tienes un buen trabajo. Eres agente inmobiliario, ¿verdad?

—Sí, pero es aburrido —dijo Stillwater—. Seguro que alguien como tú lo entiende. No te veo sentado tras una mesa, bueno, aparte de esta. Te dedicas a entrar en casas ajenas y abrir la cabeza a la gente contra el fregadero. —Con cuidado, sacó el labio fuera—. Yo quiero lo mismo, estar fuera, vivir un poco, sentirme humano.

—Disfrutar —prosiguió Kett, y asintió—. Matando a conejos. Secuestrando a niñas.

—¿Dónde están? —Clare colocó ambas manos en la mesa; el ruido que provocó era como si hubiera explotado una bomba. Kett no estaba seguro de quién había dado un respingo más grande, si él o Stillwater. El jefe estaba siendo escandaloso—. Todavía tienes una oportunidad, la oportunidad de evitar pasarte el resto de la vida en la cárcel. Qué demonios, quizá incluso puedas llamar al mismo abogado que la última vez y acabar libre. Solo dinos dónde están y harás que tu vida sea mucho más fácil, te lo aseguro.

Estaba usando la táctica equivocada, Kett lo supo al instante: la sonrisa de Stillwater se ensanchó y se le arrugó la frente.

—Os referís a las niñas esas que repartían el periódico, ¿verdad? —dijo, volviéndose hacia Kett.

—Sabes exactamente a quién nos referimos —le espetó Clare. Abrió la carpeta que había traído y sacó tres fotografías de tamaño grande. Kett ya había visto las dos de Maisie y Connie. La de Delia Crossan era nueva (una imagen ampliada de la niña vestida con su uniforme de *scout,* inmortalizada en plena carcajada). Clare las revolvió y la fotografía cayó al suelo con un golpe sordo. Stillwater sonrió mientras contemplaba cómo el comisario la recogía y la volvía a poner sobre la mesa con un manotazo—. Maisie Malone. Connie Byrne. Y Delia Crossan. Estas niñas no merecen pasar por el infierno que estás infligiendo sobre ella.

Stillwater alargó la mano y acarició la mejilla de Delia de una forma que le puso los pelos de punta a Kett. Tuvo que reprimir las ganas de arrancarle la fotografía antes de que la contaminara.

—Qué niñas más monas —dijo el otro—. Las vi en las noticias. Esta es nueva, ¿no? No sabía que eran tres.

—Y una mierda —escupió Clare—. Como les pase algo, te juro por Dios que me aseguraré de que tu vida en prisión sea un infierno.

—Hablemos sobre Emily Coupland —sugirió Kett, en un intento por recuperar cierto control de la situación—. La otra niña que secuestraste.

La sonrisa de Stillwater no desapareció de sus labios.

—Se me absolvió de cualquier cargo —dijo, al final—. Todo fue un horrible malentendido. Me preocupó e hice lo que creía que era lo mejor. Al final resultó que apartaron a Emily de sus padres después de aquel asunto porque habían puesto su bienestar en peligro. Así que yo tenía razón.

—Ya lo creo que sí —coincidió Kett—. Escogiste muy bien a tu víctima. Solo que no fuiste lo suficientemente listo como para que funcionara.

Durante una milésima de segundo, tan breve que Kett no estaba seguro de haberlo visto, la expresión de Stillwater mutó.

—Eh…

—No, no me malinterpretes —lo cortó Kett—. Veo claramente lo que tenías planeado, pero la cagaste. Había demasiadas variables.

Stillwater empezó a darle vueltas a algo que no estaba muy dispuesto a verbalizar con el mentón echado hacia delante.

—Cualquiera puede matar conejos —siguió Kett—. Qué demonios, incluso yo lo he hecho, hace muchos años. Son cosas de *amateur*. Pero secuestrar niños ya no es tan fácil. No es cosa de *amateurs*. Es complicado y la mayoría de la gente no es lo suficientemente lista como para saber hacerlo sin que los pillen.

—Te crees que voy a picar —le dijo Stillwater—. ¿Esto es todo lo que tenéis? ¿Piensas que voy a derrumbarme y echarme a llorar y confesar todos mis pecados?

—Algo así —confirmó Kett—. El micrófono es todo tuyo.

Stillwater contempló sus dedos manchados de sangre y se mordió un trocito de la uña del pulgar, que tenía rota. La masticó unos segundos y luego la escupió sobre la mesa. Y en ningún momento apartó la vista de Kett.

—De acuerdo, entonces. ¿Por qué estas niñas? —lo interrogó Kett—. Todas de once años. Flacas como un palillo. Pecosas. ¿Es eso lo que te gusta? Lo digo para que no olvides que hemos conocido a tu novia.

Esa mirada otra vez, como si le flaqueara la máscara.

—Ya lo creo —continuó Kett—. ¿Cuántos años tiene? ¿Veinticuatro? Pero si la miras cerrando un poquito los ojos puede parecer mucho más joven. ¿Le has pedido alguna vez que se ponga un uniforme de escuela? ¿O que dé una vuelta en bicicleta con una bolsa de periódicos colgando del hombro?

—No —respondió Stillwater, pero se hizo evidente que Kett había dado en el clavo—. Qué asco.

—¿Es eso lo que vamos a encontrar en tu ordenador, cuando lo localizamos? ¿Niñas?

Stillwater no había perdido la sonrisa, pero su mirada era tan afilada que podría cortar el cristal.

—No soy uno de esos —protestó.

—¿Un qué? ¿Un pedófilo? —insistió Kett, tratando de enervarlo—. ¿Por qué me dices eso? ¿Qué escondes? ¿Por qué le das tanta importancia?

—No te voy a decir nada —espetó Stillwater, con un ápice de pánico en la voz.

—Sabes lo que les hacen a los hombres como tú en prisión, ¿verdad? —terció Clare, apoyado en la mesa para poder escupirle las palabras a un Stillwater que perdía la sonrisa por momentos—. Seguro que lo sabes. Y solo hay una forma de asegurarte de que no te pasa a ti: dinos dónde están.

—Deberíais ir con cuidado —soltó Stillwater, recuperando la compostura—. Los dos.

—Ah, ¿sí? —intervino Kett—. ¿Por qué?

—Los dos sois padres de familia.

Kett se llevó una mano a la alianza de forma automática.

—Los dos tenéis hijos —prosiguió Stillwater—. ¿Cuántos años tienen los trillizos, comisario? ¿Catorce? Ah, y Robbie, tú tienes tres niñas pequeñas, ¿verdad? ¿Dónde están ahora mismo?

La oleada de furia que le hizo hervir la sangre desde la boca del estómago fue casi demasiado poderosa como para resistirse. Apretó los puños, respirando a un ritmo constante, y trató de hacer caso omiso a las ganas de arrancarle a Stillwater esa sonrisita de comemierda de la cara. Casi notó el cambio en el interrogatorio: el equilibrio de poder empezaba a deslizarse al otro lado de la mesa. Parecía que a Clare se le fueran a salir los ojos de las órbitas y tenía salpicaduras de espuma blanca en los labios. Estaba a punto de estallar y eso era justo lo que ese cabrón pretendía.

—¿Dónde estabas el lunes por la tarde? —preguntó Kett, tratando de mantener un tono tan educado como le fue posible. Notó que Clare se relajaba y su respiración volvía a la normalidad—. Entre las cinco y media y pongamos... ¿medianoche?

Stillwater parecía ofendido porque nadie hubiera caído en su trampa. Fingió de manera exagerada que se esforzaba por recordar.

—El lunes..., a ver...

Kett supo a partir de la sonrisa de autosuficiencia del tipo que estaban a punto de recibir malas noticias.

—Ah, ¡sí! Me fui de la ciudad. En tren, de hecho.

—Ah, ¿sí? —preguntó Kett.

—Me fui de Norwich a las tres y media en dirección a Londres.

—¿Por trabajo o por placer?

—Un poco ambos —respondió—. Pero seguro que aparezco en alguna cámara, tanto de aquí como de la estación de la calle Liverpool. Tenía una reunión en Whitechapel.

—El territorio de Jack el Destripador —musitó Clare, lo que a Kett le pareció una táctica endeble. Stillwater se limitó a reír con aire despectivo.

—Cenamos y tomamos algo. Volví con el último tren, llegué a la ciudad pasada la una de la madrugada.

Era imposible que hubiera secuestrado a Connie, pensó Kett. La vida familiar de la niña no es que hubiera sido un camino de rosas. Si se hubiera quedado en casa de una amiga después de hacer el reparto y hubiera vuelto a casa más tarde por la noche, Stillwater la podría haber secuestrado después de llegar a Norwich. Sin embargo, era poco probable.

—Bueno, comprobaremos las cámaras de las estaciones —lo informó Kett y Stillwater se encogió de hombros y volvió a morderse las puñeteras uñas—. Y el martes por la tarde, ¿dónde estabas alrededor de las tres?

Otra sonrisa; Kett suspiró.

—Deberíais saberlo —replicó—. Estaba justo aquí.

—¿Cómo? —dijo Clare.

—En comisaría —explicó Stillwater—. Tenía hora. El martes a las tres menos cuarto, creo. Ya lo comprobaré. O podéis hacerlo vosotros. Me tuvisteis aquí horas esperando.

—¿Estabas aquí? ¿Aquí, aquí? —preguntó Clare.

—Vine en calidad de testigo. Se produjo una pelea delante de mi trabajo, hará una semana o así. Un chaval terminó en el hospital. Lo vi todo, me ofrecí a venir y testificar. Si te soy sincero, creía que sería un momento: entrar y salir. Las cosas que pasan por ser un buen samaritano, ¿eh? Casi parece que al mundo no le gusta que seas buena persona.

Kett tamborileó los dedos sobre la mesa mientras trataba de pensar otra forma de enfocar su versión. Era evidente que Clare ya se había dado por vencido. El jefe maldijo en voz baja y se fue hacia la puerta furioso y le dio dos golpetazos con la mano. La cerradura se abrió y salió de la sala y, aunque la puerta se cerró al momento, Kett oyó cómo soltaba palabrotas mientras recorría el pasillo.

—Interrogatorio terminado a… Eh… Las doce cero tres —anunció Kett y dio por finalizada la grabación. No se levantó de inmediato y los dos hombres se quedaron sentados, en silencio, observándose.

—Acusadme si queréis —rompió el silencio Stillwater—. Vendrá mi abogado y saldré en un pispás. No hay pruebas forenses, hay muchos testigos y grabaciones de una comisaría de policía, además de que no hay ninguna razón por la que yo querría a tres niñas. Cualquier jurado lo verá por lo que es: una venganza personal. Porque de eso se trata. Ya me arruinasteis la vida la última vez y he tenido que hacer muchísima terapia para no perder la cabeza después de que me acusarais de secuestrar a Emily. Queréis pillarme y no sabéis cómo, queréis mejorar vuestra imagen, disimular los errores del pasado y cualquiera que esté en sus cabales lo ve.

Tenía razón, Kett lo sabía. Stillwater era un cabrón frío y calculador. Era mala persona. No tenías que llevar toda la vida siendo detective para saberlo. Con todo, a no ser que fuera mago, no había secuestrado a las niñas.

—Tú preocúpate por ti —dijo Kett mientras se ponía en pie—. Y ponte cómodo, tenemos veintitrés horas para descubrir la verdad.

—Ah, tranquilo, estoy bien —respondió Stillwater, que entrecruzó los dedos por detrás de la cabeza, se recostó en la silla y colocó los pies sobre la mesa—. Eres tú el que está con la mierda hasta el cuello, inspector.

Y ahí estaba esa sonrisilla arrogante otra vez y ahora Kett no pudo aguantarse. Se inclinó por encima de la mesa, plantó la mano en el pecho de Stillwater y le dio un buen empujón. A pesar de la fachada de entereza y seguridad que había demostrado, el hombre hizo un ruido que parecía un pollo graznando cuando la silla se cayó hacia atrás.

—¡Uy! —exclamó Kett y llamó a la puerta—. Como ya te he dicho, preocúpate por ti.

Capítulo 21

—No me lo puedo creer —exclamó Porter, inclinándose hacia la pantalla—. Ahí está. Es él.

A pesar de la imagen granulada, se distinguía a Stillwater tan claro como el agua, sentado en la hilera de sillas que había junto a la pared de la sala de espera de la comisaría de policía del centro de la ciudad. Llevaba un libro en la mano y, de vez en cuando, se acercaba a recepción y hablaba con el sargento de servicio. El indicador de la hora marcaba las 14:43 cuando llegó, entró para ofrecer su testimonio a las 17:38 y se fue de comisaría cuando pasaban cuatro minutos de las seis de la tarde.

—Ni siquiera fue él quien solicitó la cita —continuó Porter—. Fuimos nosotros quienes le pedimos si podía venir.

—Maisie salió de su casa pasadas las tres y cuarto —intervino Dunst—. La alerta se registró en menos de una hora, cuando ella marcó el número de emergencias desde su teléfono móvil y no respondió a las llamadas de la central de emergencias. La policía la localizó y llegó a la escena a las cinco, más o menos, y se encontró su bolsa mucho antes de que Stillwater se marchara de comisaría.

—No es nuestro hombre —terció Clare, que descollaba sobre el grupo—. Me cago en todo, qué desastre. Mira que la has hecho buena, ¿eh?

—¿Que yo qué? —se quejó Kett—. Oye, de todas formas, no deberíamos soltarlo, porque es un auténtico gilipollas.

—¿Para qué retenerlo? ¿Para que le vuelvas a dar otro porrazo? —gruñó Clare—. ¿Y que nos denuncie por agresión?

—Solo se ha caído de la silla —dijo Kett, alzando las manos en señal de inocencia—. No debería haberse apoyado solo sobre dos patas, es peligroso. Yo solo he tratado de agarrarlo.

—Hizo una pausa y se puso serio de golpe—. Sabía que tenía tres hijas, comisario. Y también lo de tus hijos. ¿No te parece muy extraño?

Extraño era una manera de definirlo. Aterrador era otra.

—Bueno, ha investigado un poco —repuso Clare—. Tampoco es que haya descubierto ningún secreto. Mi perfil en internet dice que tengo seis hijos, de los cuales tres son trillizos y tú apareciste en todas las noticias después de que tu esposa desapareciera. Vi las ruedas de prensa en las que se te veía con las niñas. Tienes razón, es peligroso, pero no ha sido él.

—Comisario —se quejó Kett, pero Clare lo interrumpió con un gruñido.

—Déjalo. Los forenses todavía están investigando, pero no han extraído nada de su cuerpo ni de la casa que no sea sangre animal. Ni siquiera hay rastros de ADN que pueda relacionarlo con las niñas. Por ahora, debemos centrarnos en el otro sospechoso, Lochy Percival. —Hizo una mueca mientras lo decía—. Hay que tratarlo con el mayor cuidado posible, ¿queda claro? Si ha sido él, tenemos que demostrarlo sin ningún atisbo de duda. Si no, la mínima cagada por nuestra parte nos hundirá tanto en la mierda que necesitaremos un submarino. ¿Ha llegado ya?

—Está de camino —respondió Porter—. Spalding lo trae.

—No lo metáis en una sala de interrogatorios —ordenó Clare.

—¿Cómo? —Porter frunció el ceño.

—No quiero que le dé un ataque. No está arrestado y queremos que mantenga la calma. Dunst, hazme un favor y desaloja la cafetería.

—¿En plena hora de comer? —protestó este—. ¿Quieres un motín?

—Tú hazlo —dijo el jefe—. Ah, y Kett, necesito pedirte un favor. Uno gordo. Un poco especial.

Kett alzó una ceja y esperó.

—Ve a buscar a tu hija y tráela aquí.

Kett llamó a la cuidadora de Moira mientras conducía por la ciudad en dirección a la guardería. Era un trayecto de solo cinco minutos así que, por suerte, la llamada no duró mucho.

—Ay, madre, pero si es monísima —comentó esta—. No se ha quejado en ningún momento. Ha comido una tostada con miel y una galleta integral; lo siento, no te he preguntado si podía comer galletas, pero he supuesto que no pasaba nada. Casi que me la ha arrancado de los dedos para hacerse con ella.

—Sí, no pasa nada —dijo Kett, tratando de pensar cómo se llamaba la mujer—. Solo que no recuerdo si hemos acordado una hora de recogida.

—Cualquier hora hasta las tres —contestó ella—. Más tarde tampoco pasa nada, pero las tarifas más allá del horario escolar son distintas y vienen niños mayores.

—La vendré a buscar antes de las tres —se comprometió—. Entonces, ¿está bien? ¿Seguro?

—Señor Kett, no ha pedido ir ni con mamá ni con papá en ningún momento.

En cierto sentido, era un alivio, pensó Kett al colgar. En otro, era un desengaño. Solo había hecho falta una mañana y Moira ya se había adaptado a una nueva casa, a una nueva familia. También era desgarrador, porque así era como funcionaban los bebés, sus recuerdos no eran permanentes. La cruda realidad era que Moira ya empezaba a olvidarse de su madre.

Aparcó en batería delante de la guardería y no apagó el motor. En cuanto el personal lo dejó pasar, Evie se lanzó directa a su pierna y se agarró como si fuera un salvavidas en medio de una tormenta.

—Hola, preciosa —la saludó y le alborotó el pelo—. ¿Cómo ha ido el día?

—Se ha portado muy bien —explicó Debbie y le entregó a Kett la botella de agua de Evie—. Es muy callada, como un ratoncito, pero hoy ha estado jugando con otros niños.

—Has venido tarde —farfulló Evie contra la pierna.

—¡No he venido tarde! —protestó—. De hecho, he llegado antes.

—No —respondió ella. Su padre trató de apartarla, pero ella se negó y se vio obligado a hacer un paseo ridículo al más puro estilo Monty Python para salir de la sala con su hija aferrada a su pierna. Para cuando llegó al coche, la niña se reía a carcajada limpia y se agarraba con tanta fuerza a sus pantalones que corría el peligro de que se le bajaran.

—Oye, Evie, ya basta —le dijo; la cogió por debajo de los brazos y la soltó. La sostuvo unos segundos, hasta que la niña dejó de retorcerse—. Necesito que me ayudes con algo. Es trabajo solo de policías. ¿Crees que podrás ayudarme?

—¿Voy a coger a los malos? —preguntó.

—Sí —respondió él, y no era mentira, técnicamente.

La ató al sillín del coche, comprobó que estuviera bien sujeta dos veces, cerró la puerta y se subió al asiento del conductor. Se había imaginado lo que Clare iba a pedirle y le había impresionado: en parte porque era buena idea y, en parte, porque no creía que el jefe se inclinara tanto por romper las normas. Miró por encima del hombro y sonrió a su hija.

—Necesito que me ayudes a hablar con un hombre.

El contraste no podía ser mayor.

Stillwater se había mostrado sereno, inteligente, listo para cualquier cosa. Entre las paredes marcadas de la sala de interrogatorios, manchado de sangre, parecía, a todas luces, el villano.

Lochy Percival, en cambio, parecía un desastre.

Estaba hecho un ovillo sobre una silla en un rincón de la cafetería, tenía las piernas contra el pecho y con los brazos se abrazaba las rodillas. Se asomó por encima de las rótulas como si fuera un conejo herido, los ojos negros saltaban de acá para allá bajo una gorra amarilla desgastada y sucia que rezaba Norwich City, mientras esperaba a que alguien se acercara y terminara con su sufrimiento.

Y ese alguien era el inspector jefe Kett.

—Recuerda —le dijo Clare; sus labios le rozaban la oreja mientras ambos miraban a través de la ventanilla grasienta de la puerta de la cafetería—, no seas duro. La demanda por detención indebida le ha regalado un arma de destrucción masiva y un montón de munición.

—¡Pum, pum! —terció Evie con su ensordecedora voz de pito.

—¿Estás seguro? —preguntó Kett—. No es que Evie sea muy amable con la gente.

—Quiero que esté relajado —respondió Clare—. Quiero que esto se parezca lo menos posible a un interrogatorio policial.

—Es tu decisión —musitó Kett y abrió de un empujón la puerta de la cafetería. Evie entró a toda prisa, directa a las neveras como si fuera la mañana de Navidad. Al verla, pareció que Percival iba a ponerse a chillar, pero entonces se tranquilizó y su expresión se suavizó mientras observaba cómo la niña cogía cosas y las iba soltando.

Habían vaciado la sala para llenarla de nuevo a la mitad. Spalding y Dunst estaban sentados juntos en una mesa y simulaban estar enfrascados en una conversación privada mientras Porter mordisqueaba una barrita de proteínas junto a la puerta, observando su teléfono móvil con una expresión de concentración digna de un Óscar. Todos se habían desprendido de las americanas y se habían aflojado las corbatas.

—¿Puedo? —preguntó Evie, sosteniendo un bote de gelatina naranja sobre la cabeza.

Kett entró tras ella con una sonrisa. Saludó a Percival con un gesto de la cabeza, sin perder la sonrisa, y se acercó a Evie.

—¿Gelatina para comer? —le dijo—. ¿No te apetece un rollito de salchicha y hojaldre? También pueden prepararte un sándwich.

—Gelatina —sentenció Evie con una expresión que le indicaba que no valía la pena que tratara de discutírselo.

—Ve a buscar una cuchara —le indicó y se quedó mirando cómo su hija corría hacia la caja registradora. Se volvió hacia la mujer que había detrás del mostrador y se sorprendió al ver que era la inspectora jefe Pearson—. ¿Puedo pagarlo después? —Ella asintió y Kett se volvió hacia Percival—. Hola, lo siento, eh.

Percival no respondió, pero dejó caer las piernas al suelo. Apoyó los codos sobre la mesa y se puso a juguetear, nervioso, con la visera deshilachada de la gorra. No se parecía en nada al hombre de las fotografías que habían encontrado en casa de Delia Crossan, las fotos de una época anterior. Ahora parecía un muñeco roto. Debajo de la gorra, el pelo ralo estaba grasiento, sin lavar; el rostro, picado. La ropa que vestía parecía llevar semanas sin entrar en la lavadora y desde donde estaba, a Kett le llegaba el tufillo que desprendía, lo bastante potente como para descartar la idea de agarrar un sándwich del expositor. El hombre se masajeó el muslo izquierdo. Era donde lo habían apuñalado, recordó Kett.

—De verdad que lo siento —prosiguió y dio unos pasos hacia su mesa—. Sé lo difícil que debe de ser para ti. Quiero que sepas que…

—No me gusta —soltó Evie. Estaba de pie detrás de Kett, inclinada sobre una mesa de la cafetería. La gelatina estaba abierta y el producto caía sobre el suelo.

—Por favor, Evie, mira el desastre que acabas de hacer.

Le quitó la gelatina y la dejó en la mesa más cercana mientras la niña salía corriendo hacia el mostrador a buscar otra cosa.

—¿Quieres algo? —le preguntó Kett a Percival, pero este negó con la cabeza. A juzgar por su complexión, hacía años que no se alimentaba de otra cosa que no fuera pan de ajo. Kett se acercó otro paso—. ¿Te importa si me siento?

Percival siguió sin abrir la boca, como si hubiera perdido la habilidad de comunicarse. Kett agarró una silla de la mesa contigua y la colocó a una distancia suficiente como para que Percival no se sintiera amenazado, pero lo bastante cerca como para poder hablar tranquilamente.

—Me llamo Robbie —se presentó—. Soy inspector, pero no en esta comisaría. Como ya has visto, no estoy de servicio de forma oficial.

Evie estaba esforzándose por abrir un paquete de KitKat mientras lanzaba miradas desconfiadas hacia su padre, no fuera que este le pidiera que parara.

—Te presento a mi hija, Evie —continuó—. Acaba de volver de la guardería, ¿verdad, cariño?

La niña tenía la boca demasiado llena de chocolate como para darse cuenta siquiera de que su padre le acababa de hacer una pregunta.

—Yo no lo hice —dijo Percival—. Lo juro. Era…, era mi hermana.

—Nadie ha dicho que le hicieras daño a Evelyn —le aclaró Kett, en voz baja, para que Evie no lo oyera—. Solo queremos asegurarnos de que tenemos toda la información. ¿Las habías visto recientemente? ¿A Delia y a su madre?

Percival negó con la cabeza. Recorría con los ojos la superficie de la mesa como si las respuestas estuvieran ahí escritas. El hedor que desprendía era insoportable. Kett aguantó la respiración.

—Hace siglos que no las veo —explicó Percival, sorbiéndose los mocos—. Y a esas niñas. Quiero decir, que no las he visto, a ninguna.

—¿Sabías algo de ellas? —le preguntó Kett—. ¿De Maisie o de Connie?

Percival se retrajo como si hubiera recibido un golpe físico y empezó a negar con la cabeza con tanto énfasis que le salió disparada saliva de los labios.

—Lo juro, lo juro, no sé quiénes son.

—¿Sabes si había alguien que quisiera hacerle daño a tu hermana? —inquirió—. ¿Si tenía alguna enemistad o antiguos novios?

—No —respondió Percival, dirigiéndose a la mesa—. Todo el mundo la quería. Era muy amable.

De pronto alzó la cabeza con expresión alarmada.

—¿Quién va a cuidar de Franklin?

—¿Franklin? —preguntó Kett.

—El gato —aclaró Percival—. ¿Quién va a alimentarlo?

—Nosotros —mintió Kett—. Hasta que Delia vuelva a casa, ¿de acuerdo? Franklin estará bien.

—A mí me gustan los gatos —terció Evie desde el otro lado de la cafetería. Iba ya por su segundo KitKat y Kett le lanzó una mirada de advertencia. La niña le dio la espalda, desafiante como siempre, mientras se peleaba con el envoltorio de plástico.

—¿Sí? —repuso Kett—. Me parece que te gusta mucho más el chocolate.

Al verlos, Percival casi esbozó una sonrisa. Era como si alguien se hubiera dejado una calabaza de Halloween en la calle durante demasiado tiempo y la cara se hubiera quedado mustia, floja. Kett se preguntó si se habría dado a las drogas desde la detención indebida, tal vez metanfetamina. Tenía dientes de drogadicto. Pero ahora se lo veía bastante sereno.

—Es un nombre poco común, Lochy —prosiguió Kett—. ¿Sabes qué quiere decir?

Percival bufó, los ojos saltaron de Kett a la mesa y de la mesa a Evie, no se quedaban centrados en un lugar más de un par de segundos.

—Mamá siempre me decía que significaba «regalo de Dios» —respondió—. No sé. Evelyn significa «pájaro». Siempre me ha gustado ese mucho más.

—Bueno, Lochy, ¿te importa si te pregunto un par de cosas? Quiero que recuerdes que nadie te acusa de nada. Solo estamos hablando, ¿de acuerdo? Para saber quién lo hizo.

El hombre echó la vista atrás y vio cómo Evie engullía un KitKat de cuatro barras de un mordisco, como si fuera una tragasables.

—Evie, ya basta —le dijo su padre—. Se acabó el chocolate.

Si tomaba más, acabaría subiéndose por las paredes durante lo que quedaba de día.

—El azúcar es su debilidad —le explicó Kett, volviendo a centrarse en Percival—. La mía es el té, bebo demasiado. ¿Cuál es la tuya?

«Va, dilo y nos ahorras un poco de tiempo: secuestras a niñas».

—¿Debilidad? —repitió Percival, esforzándose por encontrar una respuesta—. No… No lo sé. Bebo. Bebo demasiado. Vino, sobre todo. ¿Eso es lo que querías oír?

—Quiero oír lo que quieras contarme —respondió Kett, reprimiendo un bostezo. El arresto y el interrogatorio de Stillwater lo había dejado exhausto; se notaba la cabeza entumecida, como si alguien la hubiera acolchado con lana de algodón para prepararla para una mudanza—. Sin presiones. ¿Estuviste bebiendo el fin de semana pasado?

Percival negó con la misma vehemencia que antes. A Kett le recordaba a sus hijas cuando se negaban a hacer lo que les pedía con tanta exageración que hacían gracia. El hombre se frotó los ojos.

—Vais a decir que lo hice yo —gimoteó—. Tú y él.

Lochy miró a la puerta de la cafetería y Kett hizo lo propio: justo a tiempo para ver cómo la cabeza de Clare desaparecía tras la ventana.

«Idiota».

—Él estaba la última vez, en 2013, me preguntó lo mismo una y otra vez sobre la chica que murió, la que encontraron debajo del bote. Estaba tan enfadado que no paraba, no ha parado nunca. Es él quien quiere hacerme esto, quien quiere que sufra.

—No pienses en él ahora —dijo Kett, que se inclinó y siguió hablando en voz baja—. Soy yo quien está al mando ahora y si le digo que no has hecho nada, tiene que creerme, ¿de acuerdo?

Percival asintió y se tranquilizó, pero el hombre parecía un polvorín, a punto de estallar en cualquier momento.

—¿No estuviste bebiendo, entonces? ¿El domingo?

—Sí, sí que bebí —contestó Percival; le tembló la mano cuando se secó una lágrima—. Solo un poquito. Para…, para mantener a raya todo lo malo. El dolor.

Se masajeó la pierna de nuevo.

—Me duele a todas horas.

—¿De cuánto estamos hablando, Lochy? —continuó Kett—. ¿De una copa? ¿De dos? ¿De una botella?

—De una botella —replicó, encogiéndose de hombros—. Lo suficiente para saber lo que me hago. No le hice daño a mi hermana.

—Nadie ha dicho que se lo hayas hecho —respondió Kett—. A mí también me gusta beber de vez en cuando.

—¿Para mantener a raya el dolor por la muerte de tu mujer? —preguntó Percival.

La pregunta le sentó como una patada en los huevos y durante unos segundos Kett no pudo coger aire. Echó un vistazo atrás. Gracias a Dios que Evie no estaba lo suficientemente cerca como para escucharlo, sino entretenida intentando abrir un botellín de Coca-Cola.

—¿Cómo sabes lo de mi mujer? —logró articular al cabo de un momento. Percival se removió en la silla. Se negaba a mirarlo a los ojos—. Lochy, ¿cómo lo has sabido?

—No lo sé —lloriqueó, con un tono tan cargado de desesperación que era casi insoportable—. No he hecho nada. Os puedo demostrar que no.

Era como si alguien hubiera tocado un interruptor en su mente: esbozó una sonrisa desesperada.

—Sí, puedo demostrarlo —reiteró—. Puedo demostrar que estuve en casa todo el fin de semana. Puedo demostrar que estoy siempre en casa, que nunca voy a ningún lado.

Metió una manaza en el bolsillo de su pantalón de chándal asqueroso y sacó un iPhone (modelo nuevo, a juzgar por su apariencia). Lo desbloqueó con el pulgar, deslizó el dedo por la pantalla hasta encontrar una aplicación y la abrió. Le pasó el móvil a Kett, que se encontró ante un gran salón, dos sofás y mierda por doquier y un par de agentes que era evidente que estaban en medio de un registro.

—Es mi casa —explicó Percival, inclinándose lo suficiente como para pegar un dedo en la pantalla—. Es en directo. Les dije que podían mirar todo lo que quisieran, que no tengo nada que esconder.

Kett entrecerró los ojos al darse cuenta de que uno de los policías uniformados que aparecía en la pantalla era la agente Cruel.

—¿En directo? —repitió.

—Sí. Puedes hablar con ellos, si quieres. Aprieta el micrófono.

Kett apretó el icono y el teléfono soltó un pitido. En la pantalla, ambos agentes alzaron la cabeza.

—¿Cruel? —dijo Kett.

Cruel frunció el ceño y se acercó. Era evidente que la cámara estaba escondida porque sus ojos recorrían la zona a derecha e izquierda, arriba y abajo.

—Está detrás de un marco —aclaró Percival—. Uno plateado. Vacío.

Cruel debió de haberlo oído, porque de pronto miró directamente a Kett a los ojos. Dijo algo, pero el sonido no funcionaba.

—Saca el dedo —explicó Percival—. Funciona como un walkie-talkie.

—¿… ahí? —preguntaba Cruel—. ¿Porter?

—Soy Kett —le dijo mientras apretaba el micrófono otra vez—. Te estoy viendo desde el móvil de Percival.

—Es una cámara oculta, parece —informó Cruel y la imagen dio un vuelco cuando la sacó de la estantería.

—Hay una en cada habitación —indicó Percival, recostándose en su silla—. Menos en el baño.

—¿Te grabas a ti mismo? —le preguntó Kett. Oyó un siseo y una exclamación de alegría y, al volver la vista, descubrió que Evie se estaba llevando el botellín de Coca-Cola a los labios—. Ay, por favor, un momento. ¡Evie, no!

Se fue corriendo hacia ella y le quitó la botella.

—¿Coca-Cola? ¿Estás loca? ¡Si solo tienes tres años! Dámela.

—¡No! —gritó esta—. ¡Es mía! ¡La he abierto yo sola!

—Siéntate —le ordenó Kett, señalándole una mesa—. Se acabó el azúcar.

Por un segundo, pensó que su hija iba a tener una pataleta, pero se sentó enfurruñada en la silla y se cruzó de brazos mientras lo miraba de arriba abajo hasta que su padre se dio la vuelta.

—Cara de caca —farfulló la niña.

—Ya —musitó Kett y volvió a su silla—. Lo siento. Las cámaras estas, ¿son para grabarte a ti mismo?

Percival asintió y se apretó los ojos con la palma de la mano unos segundos, con lo que terminaron aún más inyectados en sangre que antes.

—No fue idea mía, lo sugirió alguien en el grupo —dijo.

—¿En el grupo? ¿Te refieres a un grupo de ayuda?

—Para el trauma. Fui un tiempo después de que…, bueno, de que me arrestaran. Y me metieran en prisión. No me ayudó mucho, pero una persona del grupo me dio la idea de grabarme a todas horas. Si las cámaras no me hubieran grabado en el partido del Norwich, ahora mismo estaría en prisión. Estaría muerto. No voy a permitir que vuelva a sucederme algo así, nunca más.

Kett no pudo evitar que lo embargara una oleada de compasión. Pobre hombre, había sido el tío L hasta que una serie de coincidencias casi imposibles de creer lo habían convertido en lo que era ahora: un paranoico sucio y deprimido. Lo había consumido desde dentro.

Kett también había empezado a notar otra emoción: el pánico se apoderaba de sus entrañas, el miedo de lo que estaba a punto de descubrir.

—¿Las guardas todas? —le preguntó Kett—. ¿Todas las grabaciones de tu casa?

—Papi, me encuentro mal —terció Evie.

—Un momento —le dijo, sin apartar los ojos de Percival, esperando su respuesta. El hombre asintió.

—Se quedan guardadas en línea durante una semana, pero me las guardo todas. En discos duros.

—¿Las guardas todas? —repitió Kett—. Hasta…

—Hasta hace cinco años —contestó—. Más o menos.

—Papá, estoy aburrida —insistió Evie—. Y me encuentro mal. Y tengo caca.

Kett centró su atención en la aplicación y exploró la interfaz hasta que encontró un montón de carpetitas nombradas con los días de la semana. Hizo clic en la del domingo y revisó las grabaciones. La cámara del salón había grabado a Percival durante todo el día y, aunque iba y venía, era evidente que no había salido de casa hasta la otra punta de la ciudad el rato suficiente como para matar a su hermana y secuestrar a Delia.

—Jope —masculló entre dientes.

—Papi, me encuentro muy mal.

—¿Te importa si me los quedo unos días? —preguntó Kett. Percival parecía dubitativo—. Es totalmente voluntario, por supuesto. Las cámaras tenían que servir justo para eso, ¿verdad? Vamos a echarle un vistazo y luego estaremos seguros de que no tuviste nada que ver con la desaparición de esas niñas.

Al cabo de unos segundos, Percival asintió.

—Gracias, Lochy —dijo Kett, que se puso de pie y le ofreció una mano. Percival se la quedó mirando como si no fuera capaz de acordarse de qué tenía que hacer, aunque al final alargó el brazo y agarró a Kett con unos dedos húmedos y flácidos como hojas de lechuga. Desprendía un hedor atroz, tanto que a Kett se le anegaron los ojos, pero trató de ignorarlo—. De verdad que te agradecemos que hayas venido a hablar con nosotros. Y recuerda, si necesitas algo, solo tienes que pedirlo. Las cosas ahora son distintas. Estamos de tu parte.

Percival tragó saliva, con los ojos como platos. Estaba sudando, aunque en la cafetería había aire acondicionado.

—¿Puedo irme? —preguntó.

—Sí —respondió Kett y se apartó para dejarle espacio para que el otro se levantara. Percival se dirigió hacia la puerta cojeando, mirando a Evie.

—Adiós —saltó Evie y lo despidió con sus dedos llenos de chocolate.

El hombre ya tenía una mano en la puerta cuando Kett lo llamó.

—Lochy —dijo el inspector—. ¿Puedo pedirte otra cosa?

El hombre no se volvió, se quedó ahí, de pie ante la puerta, jadeando, y los ojos ocultos bajo la visera de la gorra. Agarraba la puerta con tanta fuerza que tenía los nudillos blancos.

—Parecías preocupado por tu hermana y con razón. Ha sido una desgracia terrible lo que le ha ocurrido. Pero no nos has preguntado por Delia. ¿Por qué?

Percival se pasó la lengua por los labios.

—¿La habéis encontrado? —preguntó el hombre, al cabo de unos segundos.

—No —respondió Kett. Se produjo otra pausa.

—Me daba mucho miedo oír la respuesta —explicó Percival—. Por eso no he preguntado. No quería enterarme de que ella también estaba muerta.

Siguió en pie, inmóvil excepto por el movimiento intermitente de sus hombros.

—¿Puedo irme?

—Sí —contestó Kett—. Puedes irte.

Capítulo 22

La oficina de planta abierta de la comisaría del centro de la ciudad se parecía menos en aquellos momentos a un avispero y más a un funeral. Dos docenas de agentes estaban sentados en sillas o acomodados en los escritorios, con las manos unidas en un silencio cargado de respeto y los ojos clavados en el suelo. El comisario Clare era el maestro de ceremonias, caminaba de acá para allá a lo largo y ancho de la sala, con una expresión tan sombría como las vestiduras de un sacerdote. Nadie se atrevía a abrir la boca. Nadie se atrevía a hacer el mínimo ruido.

—¿Papá? ¿Qué pasa? ¿Podemos irnos a casa? Me aburro.

Nadie se atrevía excepto Evie, claro, que estaba sentada en el regazo de Kett y jugueteaba con los botones de su camisa. Clare fingió que no veía a la niña, la nariz se le hinchó como un toro listo para lanzarse a la carga. El inspector Keith Dunst, que se inclinaba sobre el escritorio contiguo a la silla de Kett, miraba a Evie con los ojos entrecerrados, como si no terminara de entenderla.

—Era más pequeña ayer, ¿no? —dijo, en voz muy baja—. Quiero decir, mucho más pequeña.

—Es otra niña —respondió Kett con una ceja levantada.

—Ah —repuso Dunst, todavía dubitativo.

—¿No eres inspector de policía? —le preguntó Kett con una sonrisa.

—¿Te hace gracia? —le espetó Clare, que se detuvo y por poco no da una patada al suelo con su zapato de cuero de color mierda. Fulminó a Kett con la mirada—. ¿Sabes lo que creo? Creo que hemos acusado por separado a dos hombres de haber secuestrado a las niñas desaparecidas y ambos tienen relación previa con esta comisaría y uno de ellos encima ya nos había denunciado antes y ganó más de un millón de libras. Ambos tienen una coartada sólida como una roca para este delito. No hay pruebas forenses, no hay motivos de peso más allá de la pura especulación y ambos hombres ya están libres. Tú, inspector jefe Kett, eres el mayor responsable de todo esto y, si te tengo que ser totalmente sincero, la has espichado tú y has hecho que la espichemos yo y todo este departamento.

—Comisario —intervino Kett—, no creo que «espichar» signifique lo que crees que…

—¡La has espichado pero bien! —bramó este. Volvió a recorrer la sala—. Esto es un desastre, no tenemos sospechosos ni pistas y ahora mismo hay tres niñas allí fuera muertas de miedo, eso si es que siguen vivas.

Kett trató por todos los medios de taparle las orejas a Evie, pero esta se removió para zafarse y siguió escuchando con atención.

—¿Alguien tiene alguna buena noticia? —preguntó Clare, con la voz entrecortada por la desesperación.

—Percival no ha sido —terció Porter, sentado a dos escritorios de distancia—. Sus cámaras lo demuestran. He hablado con Nest y me ha dicho que es imposible cambiar la marca de tiempo sin hackear el sistema entero y que, si lo hubiera hecho, lo sabrían. Estaba en casa cuando se produjeron los tres secuestros.

—¿Y eso es una buena noticia? —exclamó Clare.

—Bueno, es… Eh… es buena para Percival —farfulló Porter mientras se encogía de hombros.

—¿Alguna otra pista? —preguntó Clare—. ¿Lo que sea?

—Aún estamos dándole vueltas a la posibilidad de que esté relacionado con alguna banda —intervino la sargento detective Spalding mientras se recogía el pelo—. Hemos hecho una redada a un par de criminales de poca monta a quienes se les ha pillado peleándose por controlar la colina. Los hemos presionado bastante, pero no hay indicios de que las cosas se pusieran lo bastante serias como para llevar a cabo un secuestro múltiple. Es demasiado arriesgado, las bandas no quieren meterse en algo tan grave.

Clare lanzó una maldición al techo.

—¿Me estáis diciendo que los Walker, padre e hijo, tampoco han sido? —preguntó.

Nadie contestó, pero la respuesta era evidente.

—No pueden haber desaparecido sin más —siguió el jefe—. Tienen que estar en alguna parte. Alguien las ha secuestrado. A partir de ahora, no quiero que nadie duerma, ni que se siente para comer, ni que se tome siquiera un par de minutos para ir a…

—¿Jefe? —pronunció una voz en un extremo de la sala.

Kett miró hacia allí y vio al sargento de recepción. Parecía nervioso.

—Más te vale que sean buenas noticias —le soltó Clare.

—Eh… —prosiguió el hombre, retorciéndose las manos—. La prensa está aquí.

—¿De qué medio? —preguntó Clare.

—De todos —respondió el sargento—. Quieren saber por qué has vuelto a arrestar a Lochy Percival.

—¡Joder! —gritó Clare y la baba salió disparada por la sala. Asestó una patada a una silla y todo el mundo se quedó mirando cómo se deslizaba con las ruedas por toda la sala antes de aplastarse contra un escritorio—. No dejes que entren y no hables con ellos. Nadie va a hablar con ellos, so pena de muerte. Escuchadme todos: quiero una nueva pista para cuando acabe el día, algo para que nadie se fije más en este espiche, u os degrado a todos a agentes uniformados. ¿Ha quedado claro? Ah, y Kett.

Kett miró a Clare. Los demás también miraron a Kett, la sala resonaba con el eco de la voz de Clare.

—Ya has hecho todo lo que tenías que hacer aquí. Si no hubieses actuado de manera tan precipitada, si te hubieras tomado un tiempo antes de arrestar a Stillwater, quizá todo esto no sería una cagada de proporciones descomunales. Coge a tus hijas y vete a casa. Te llamaremos si te necesitamos.

—Señor —medió Porter—, eso no ha sido a…

—Porter, a menos que también quieras irte a casa con él —lo interrumpió Clare, señalando a Kett con el dedo—, cállate la boca y sal de aquí.

Kett suspiró. Se puso en pie, con Evie en brazos. Podría haber hablado en su favor, pero Clare tenía razón. Había arrestado a Stillwater antes de tener constancia de todos los hechos. Lo había arrestado guiado por el instinto... Pero su instinto se había equivocado.

—Lo siento, comisario —dijo y se volvió para irse.

Evie fulminó con la mirada al jefe por encima del hombro de Kett y decidió que ella tendría la última palabra justo cuando salían por la puerta:

—¡Cara de caca!

El sargento no había exagerado: parecía que todos los medios de la ciudad estuvieran tratando de entrar en el edificio. Se habían congregado en la calle, quizá había treinta periodistas peleándose por una buena posición mientras el sargento intentaba, lo mejor que podía, frenarles el paso como si fuera un Gerard Butler con sobrepeso y calvicie sin sus trescientos espartanos. Incluso con la puerta cerrada, Kett oía lo que preguntaban:

—¿Están más cerca de encontrar a las repartidoras de periódicos?

—¿Por qué han arrestado a dos hombres para luego dejarlos en libertad?

—¿Es Lochy Percival culpable? ¿Sospechan ahora de su implicación en la muerte de Jenny O'Rourke en 2013?

«Pobre desgraciado, pensó Kett al detenerse en medio de la sala de espera. Percival nunca se liberaría de esa sombra.

—Yo que tú saldría por el acceso lateral —lo aconsejó el sargento—. Por aquí se te van a comer vivo.

—Gracias —dijo Kett y regresó por donde había venido. De camino, se topó con Porter y Figg. Su viejo amigo parecía haber envejecido veinte años de un día para otro.

—No le hagas caso al jefe —lo aconsejó Figg mientras se encogía de hombros y se toqueteaba la perilla—. Solo buscaba a alguien con quien desquitarse. Te volverá a llamar, dale tiempo. Es que este caso, quien sea que lo haya hecho, es muy inteligente y Clare siente que lo están engañando y son más listos que él. Dale tiempo, todo se aclarará. Y será como en ese caso, el caso Khan, cuando estábamos en Londres.

Kett miró al agente de enlace con los ojos entrecerrados.

—Espero que no —repuso—. Porque al final murió el niño.

—Ay, Dios —dijo Figg, que se llevó una mano a la boca—. Lo siento. Es verdad. Bueno, ya sabes a lo que me refiero, pero no te machaques por esto. Lo siento.

Kett esperó a que Figg se escabullera y se volvió hacia Porter.

—Lo siento —se disculpó después el inspector—. A mí también me ha echado una buena bronca después de que te fueras.

—Es culpa mía, Pete —replicó Kett—. Tiene razón. Desde lo de Billie… No lo sé. Fui directo a la yugular sin tomarme el tiempo necesario para descubrir qué trataba de matar.

—No mates a nadie, papi —advirtió Evie, preocupada de verdad. Le colocó una manita en la mejilla a su padre, con los ojos cargados de preocupación, lo que mitigó parte del dolor de ese día.

—No lo haré —la tranquilizó—. De hecho, no voy a hacer nada más hoy excepto llevaros a casa y relajarnos.

Se sintió culpable por haberlo dicho, porque había tres niñas desaparecidas que necesitaban toda la ayuda que se les pudiera prestar. Pero no le había dicho ninguna mentira a Porter, la desaparición de Billie lo había cambiado. Lo había vuelto desesperado, lo había vuelto peligroso. El equipo de Norfolk era bueno. Eran listos, sabían lo que hacían. Sería mejor para todo el mundo que dejara de entrometerse.

—Bueno, aquí estamos —dijo Porter—. Si se te ocurre algo, házmelo saber. Y gracias, Robbie. Diga lo que diga el jefe, has hecho un buen trabajo.

Kett le estrechó la mano para despedirse y entonces se puso a recorrer el laberinto de pasillos hasta que encontró la salida lateral. No había nadie en esta parte del edificio y se colocó a Evie sobre los hombros antes de dirigirse al otro lado de la comisaría y regresar a la ciudad. Hacía un calor achicharrante, le minaba la fuerza, pero el recorrido, más largo, valía la pena porque para cuando se hubo abierto paso entre los turistas y los compradores y hubo dado la vuelta a la biblioteca, ya estaba fuera del alcance de los periodistas. Los veía, sin embargo, a lo lejos en esa calle. Clare había salido, debía de estar haciendo unas declaraciones en las que seguro que le doraba la píldora a Lochy Percival.

—Vamos —le dijo Kett a Evie—. Vamos a olvidar esto y vayamos a buscar a tus hermanas.

Olvidar resultó más difícil de lo que a Kett le habría gustado. En cuanto sacó el Volvo de la tumba de cimiento que era el aparcamiento de la biblioteca y puso las noticias de la emisora nacional en la radio, las tres niñas desaparecidas de Norwich se habían convertido en titular. El hombre que hablaba no era Clare, sino el jefazo, el jefe provincial de Policía, y se estaba esforzando al máximo para poner un parche sobre una ristra de errores. Kett rezó para no oír el nombre de Percival, pero ahí estaba, claro como el agua, y mencionado justo para ponerle una segunda demanda en bandeja.

—Puñeteros alelados —musitó mientras conducía por calles estrechas. Habían dado las dos. Era un poco pronto para recoger a Alice (aunque acababa de pasar por delante de la escuela). Así que se dirigió a las afueras de la ciudad, rumbo a la casa de la cuidadora. La mayor parte del tráfico se producía en el carril contrario y no le llevó mucho tiempo llegar a la casa. Estuvo a punto de llevarse una decepción cuando descubrió que Moira no quería volver a casa.

—Pasa siempre —dijo la mujer, cuyo nombre seguía sin recordar—. Y así sé que estoy haciendo algo bien.

«O que yo estoy haciendo algo mal», pensó Kett mientras recogía la masa de carne chillona y serpentina en la que se había convertido su hija menor.

—Mándame la factura por correo electrónico —le pidió—. Y gracias.

Moira se tranquilizó en el camino de vuelta a la ciudad. Estaba tan cansada que durante un rato su padre pensó que se había quedado dormida con los ojos abiertos. Era un poco tarde para que se echara una siesta, pero, por suerte, Evie también estaba haciendo de las suyas, gritando y pinchándola y haciendo todo lo posible por enfadar a la bebé. Y no iba a pedirle que parara.

Aparcó el Volvo en la calle que había tras la escuela de Alice y llevó a las niñas a un parquecito cercano para matar el tiempo. Evie se alegró de poder explorar y Moira solo quería dormirse en el columpio, así que la estuvo columpiando un rato mientras se esforzaba por no pensar en sus fracasos. Pero ¿cómo no iba a hacerlo? Arrestar a Stillwater había sido una táctica de principiante. Había estado muy seguro de que era él, todo cuadraba, era casi demasiado bueno para ser cierto. Era un hombre que ya había secuestrado a una niña en otra ocasión, que tenía todos los rasgos de un auténtico psicópata, que estaba en una casa abandonada con un cuchillo en la mano y empapado de sangre. Si lo que quería era tenderle una trampa a la policía, no podría haberlo hecho mejor.

Sin embargo, las cámaras nunca mentían. Stillwater era inocente.

—Papá, tengo caca —dijo Evie al cabo de lo que le parecieron cinco minutos, pero que, después de comprobar la hora en su reloj, resultó ser casi media hora.

—¿Hay algún momento del día en el que no tengas caca? —le preguntó a Evie mientras sacaba a Moira del columpio. Bajaron por la calle juntos y fueron al baño de la escuela. Ambas niñas se volvieron locas en el patio mientras esperaban a que terminara la clase de Alice, pero Kett se esforzó al máximo para evitar establecer contacto visual con cualquier otro padre. No estaba de humor para charlar.

Alice tampoco tenía ganas de hablar. Salió enfadada de la clase, prácticamente le dio un codazo a la profesora al salir. La señorita Gardner lanzó una mirada a Kett que decía: «No te preocupes, mañana lo abordaremos» y él asintió, agradecido.

—Ha sido un mal día para los dos —le dijo a Alice cuando salían del recinto.

Resultó que el mal día todavía no había acabado.

Kett los vio antes de aparcar el coche: eran dos hombres y una mujer, sentados sobre el muro bajo de su casa. Se pusieron en pie y corrieron hacia él mientras aparcaba y la mujer llegó incluso a dar unos golpecitos con los nudillos en la ventanilla.

—Papá, ¿quiénes son? —preguntó Alice, con una mirada casi aterrorizada—. No me gusta.

No hacía falta demasiado para que Alice se pusiera histérica y Kett abrió la puerta del coche y salió con instinto asesino.

—Aquí dentro hay niñas —masculló entre dientes—. ¿Por qué no os largáis y vais a tocarle los cojones a otro?

—También hay niñas que están desaparecidas —objetó uno de los hombres. Debía de tener unos cincuenta años, supuso Kett, con el pelo canoso prematuramente y ataviado con una americana a cuadros que parecía de la década de los setenta. Apuntó con el dictáfono a Kett como si fuera un arma—. Según nuestras fuentes, ha acosado y golpeado a un sospechoso en un intento por hacerle confesar, aunque hubiera grabaciones que demostraban su inocencia. Grabaciones de la propia policía. ¿Le gustaría hacer algún comentario al respecto, inspector jefe Kett?

«Stillwater», pensó. El muy cabrón debía de haber ido directo a la prensa.

—Si lo que buscáis es una declaración oficial, hablad con la policía judicial —gruñó—. Y, ahora, largaos de mi vista para que mis hijas no tengan que descubrir qué aspecto tiene un trío de imbéciles sin escrúpulos.

Abrió la puerta del lado de Evie, la sacó y la dejó en la acera. Alice salió disparada y se abrazó a Kett con tanta fuerza que le sacó la camisa del pantalón. Su padre cerró de un portazo y se dirigió al lado de Moira mientras los policías lo cercaban.

—Inspector jefe Kett, ¿qué tiene que decir ante las afirmaciones de que no está capacitado para prestar servicio tras el secuestro de su mujer? —preguntó la periodista.

—¿Papá? —dijo Alice, con la cabeza hundida en el estómago de su padre.

—Se le obligó a abandonar la policía metropolitana —continuó la periodista—. Y ahora mismo se ha entrometido en un caso abierto en el que no tiene ninguna jurisdicción de forma oficial. ¿Es eso cierto?

—¡Papá! —chilló Alice esta vez y a Evie poco le faltaba para imitar a su hermana. La furia que se desató en su interior era incluso más arrolladora que la que había sentido cuando había estado sentado delante de Stillwater. Era casi cegadora, el mundo bullía como si fuera la superficie del sol. Sacó a Moira de su sillita y trató de adelantar a los periodistas sin tropezarse con Alice.

—No voy a hacer declaraciones —dijo.

El otro hombre (joven, con traje y botas) avanzó y colocó el móvil tan cerca que le rozó los labios.

—Si no pudo encontrar a su mujer —empezó, casi sonriendo—, ¿qué le hace pensar que es capaz de encontrar a tres niñas desaparecidas?

Si Kett no hubiera estado agarrando a Moira con un brazo y no hubiera tenido la otra mano sobre la cabeza de Alice para tranquilizarla, le habría pegado un puñetazo directo a la cara sin dudarlo. Habría mandado a ese gilipollas al suelo y le habría roto los dientes y al carajo las consecuencias. Pero no podía, así que no lo hizo. Agachó la cabeza y no paró de caminar entre los periodistas hasta llegar a la puerta de entrada. Entonces, después de abrirla y meter a las niñas en casa, se giró.

—Podríais dedicaros a buscarlas vosotros también, ¿no? —les espetó—. Yo no importo, podríais intentar encontrarlas. Pero mirad dónde estáis.

Y los miró, los miró con intención, de una forma que hizo que los tres bajaran los dispositivos. Los dos hombres se alejaron murmurando y la mujer miró a Kett con una expresión de auténtico remordimiento.

—Mire, así, extraoficialmente, entre usted y yo —le dijo—. ¿Cree que las van a encontrar?

«Sí», quiso responder Kett. «Están ahí fuera, en alguna parte, están bien, y donde sea que estén, donde sea que se las hayan llevado, las traeremos de vuelta sanas y salvas». Se moría de ganas de decirlo.

Pero no era verdad.

Suspiró y bajó la cabeza.

—No lo sé —contestó.

Y cerró la puerta.

Capítulo 23

Aquella noche no solo se sentía como un policía de mierda.

También se sentía como un padre de mierda.

No era capaz de concentrarse, tenía la cabeza enfrascada en el caso. Tenía a tres niñas en casa esperando a que apareciera, esperando a que él terminara el trabajo del día, pero las tres niñas en las que él no podía dejar de pensar eran Connie, Maisie y Delia. Se las imaginaba en los peores supuestos y, en la mayoría, estaban muertas: cadáveres rígidos como una muñeca mirando al cielo con ojos vidriosos mientras su asesino las cubría con paladas de tierra. Habían transcurrido días desde que las habían secuestrado y mientras ahora el mundo buscaba a su secuestrador, era poco probable que alguien volviera a verlas nunca más.

Habían perdido su oportunidad. La habían cagado.

Él la había cagado.

Encendió el iPad para sus hijas y se sentó a la mesa mientras esperaba a que la tetera hirviera. Lo único que quería hacer era llamar a Bingo, a Londres, y hacerle la misma puñetera pregunta de siempre: «¿Alguna novedad?», pero logró contenerse. El día había sido lo bastante malo de por sí, no necesitaba otro revés devastador.

«Billie ya no está», le dijo una parte de su mente, pero sacudió la cabeza, se negaba a creérselo. Incluso ahora, que había pasado ya tanto tiempo, seguía esperando oír el tintineo de sus llaves cuando entraba por la puerta, el leve suspiro que siempre daba cuando llegaba a casa; todavía esperaba notar cómo lo abrazaba y sus labios se posaban sobre los suyos.

«¿Cómo se han portado?», le preguntaba. «¿Los monstruitos?».

—Como siempre —respondía él—. Moira ha pasado su primer día con una cuidadora y le ha ido muy bien. Alice está adaptándose, poco a poco. Y Evie me ha ayudado con un caso. Te digo yo que va a ser inspectora.

«¿Y tú? ¿Tú cómo estás?».

—Mejor, ahora que has llegado a casa —le dijo. Podía oler su perfume—. Siempre mejor.

—¿Papá? ¿Con quién hablas?

Se dio cuenta de que tenía los ojos cerrados y, al abrirlos, descubrió a Alice en el umbral.

—Con nadie, cariño —contestó—. Solo estoy cansado. ¿Quieres contarme cómo ha ido hoy en la escuela?

La niña no respondió, se apoyó en el marco de la puerta y empezó a balancearse hacia delante y hacia atrás.

—¿Tienes hambre?

Alice asintió y Kett se puso en pie, agarró una taza y metió una bolsita de té dentro.

—¿Quieres que pidamos algo?

—¿Podrías cocinar tú? —sugirió—. Echo de menos la comida normal.

«La comida de mamá».

—Veremos qué puedo hacer —comentó él—. Ve a ver algo, vengo en un minuto.

La niña no se movió.

—Alice. —Esta vez era un aviso. Ella lo miró con mala cara y luego se volvió y regresó al salón.

Kett suspiró y empujó hacia abajo la bolsita de té con una cucharita. Se había comportado como un imbécil, lo sabía. Su hija no tenía culpa de nada y lo necesitaba, ahora más que nunca. Sin embargo, esta noche se había erigido un muro invisible entre él y las niñas, no se sentía conectado con este mundo. Se sentía sumergido en las oscuras profundidades del mar gélido que era este caso y se ahogaba por momentos. Esta era su gente, la compañía que estaba destinado a tener: la de los desaparecidos y los muertos. Hasta que él también estuviera tan perdido que sus propias hijas no lo volvieran a encontrar jamás.

«Por Dios», se dijo, mientras se frotaba los ojos. «Ve a pasar un rato con ellas. No necesitas más».

Pasar rato con ellas no suponía ningún problema. Se llevó la taza de té al humilde salón, se hizo un sitio en el sofá y dejó que Moira y Evie se le subieran al regazo. A regañadientes, Alice alzó el iPad a una altura a la que todo el mundo pudiera verlo. Tenían puesta una serie de Netflix que le sonaba vagamente.

Aun así, seguía sin estar con ellas. No de verdad.

¿Dónde estaban las repartidoras? ¿Qué las relacionaba? ¿Qué tenían en común? ¿A quién tenían en común? Alguien había secuestrado a Connie mientras hacía su ruta y la había arrastrado a la casa de una persona fallecida. A Maisie le había ocurrido lo mismo en menos de veinticuatro horas. Y a Delia la habían secuestrado en su propia casa mientras su madre yacía muerta en el suelo de la cocina. Había sido la primera y Kett estaba casi seguro de que el secuestrador la había pifiado. No había querido asesinar a Evelyn Crossan. Por eso había cambiado su *modus operandi* y había abordado a las niñas mientras repartían periódicos en casas vacías, donde era poco probable que alguien lo interrumpiera. ¿Por qué, si no, había cambiado de una forma tan drástica su patrón de conducta?

Y ¿cómo había transportado a las niñas de las casas a donde fuera que las tuviera? Todas eran menudas, pero incluso una niña de once años era capaz de asestar un buen puñetazo si quería (Alice ya le causaba problemas a veces, cuando le daba un berrinche y solo tenía siete años). Podían gritar hasta perforar los oídos, si querían. El secuestrador debía de tener un coche, lo que comportaba (a no ser que las matara directamente y tampoco había indicios que lo sugirieran) que tenía que haber llevado a las niñas dando patadas y chillando hasta la calle, ponerse a buscar las llaves, meterlas en el maletero y todo a plena luz del día. Y, aun así, habían inspeccionado todas las calles y casas. Ni un solo testigo.

También quedaba la cuestión de por qué el secuestrador necesitaba a tres niñas. No tenía ningún sentido.

—¡Papá! —Evie le agarró la boca y le retorció los labios. Kett se zafó.

—¿Qué? —exclamó.

—Moira está volviéndose a comer el cable —se quejó Alice, tratando de sacar el cargador del iPad de la boca de la bebé.

Kett lo agarró y logró liberarlo, quizá con un exceso de fuerza. A Moira se le anegaron los ojos y empezó a hacer pucheros.

—Lo siento —le dijo, pero ya era demasiado tarde. El bebé se echó hacia atrás, por poco no se le cayó de las rodillas y cuando se lanzó a cogerla, dio un golpe a Evie, que la mandó contra el regazo de su otra hermana. Y así, las tres acabaron chillando.

—¡Lo siento! —gritó Kett—. Tranquilizaos.

Recogió a Moira y se la llevó al pecho.

—Tranquila, no grites, ¿vale? —le dijo mientras se ponía en pie—. Voy a intentar acostarla.

Abandonó el salón; la ansiedad era como un peso de plomo en las entrañas. Lo que daría por tener a su esposa allí, a su madre. Lo que daría por otro par de manos. Era imposible, no era capaz de hacerlo solo.

Usó el teléfono para buscar qué restaurantes había cerca que repartieran comida a domicilio mientras llevaba al bebé arriba y se decidió por uno de comida china que se encontraba a una calle de distancia de la tienda de Walker. Pidió bolitas de pollo, rollitos de primavera y patatas (aunque solo Dios sabía si el hombre que le había respondido era capaz de oírlo entre los chillidos de Moira).

Sin prestar atención al hecho de que seguía sin haber cortinas en el dormitorio principal, tendió a la niña en la cama. Intentar cambiarle el pañal era como tratar de pelearse contra un potro salvaje y llegó un momento en el que incluso pensó que una de las patadas voladoras de su hija le había roto la nariz. Se tragó la rabia, se estiró a su lado y la agarró con firmeza mientras le llenaba la cabeza de besos hasta que, al cabo de un buen rato, por fin se tranquilizó. Se quedó tumbada, sorbiéndose la nariz, cada respiración le rascaba la garganta. Se quedó tendida y su padre le cantó:

«You are my sunshine, my only sunshine, you make me happy, when skies are grey».

Era la canción de Billie, la que siempre le cantaba a cada niña cuando las acostaba. Él había seguido con la tradición, aunque era lo que más le había costado en el mundo, ya que cada verso era una tortura:

«You'll never know dear, how much I love you. Please don't take my sunshine away».

La canción de Billie obró su magia, aunque fuera él quien la entonara. Moira se calmó y le toqueteó la cara con sus dedos regordetes. Se quedó estirada así un rato, medio adormilada, medio despierta, pero no terminó de conciliar el sueño. Él tampoco, aunque con ese silencio arrollador bien podría haberlo hecho.

—Pa-pa —dijo, al cabo de un rato—. Pa-pa-to.

—¿No estabas cansada? —le preguntó su padre.

—No. Pa-pa-to —le pidió y luego algo que sonó como «bote melocotón papagayo».

—No tengo ningún bote de melocotón papagayo —le explicó él, acariciándole la mejilla—. Lo siento.

El bebé volvió a suspirar, se incorporó y se frotó los ojos con los puños.

—¿Lo volvemos a intentar después de cenar? —le preguntó.

—Na-na.

—Me lo tomaré como un sí.

El timbre de la puerta sonó cuando estaba bajando las escaleras, Alice y Evie salieron disparadas del salón como si la casa estuviera sufriendo un ataque. Su padre trató de adelantarlas, recogió la comida y dio las gracias a un repartidor desconcertado.

—¿Quién quiere bolitas de pollo?

—¡Yo! —chilló Evie y, de nuevo, las tres se pusieron a gritar como posesas mientras corrían hacia el salón. Kett agarró unos platos de la cocina antes de sentarse con ellas, abrió los distintos envases en el suelo y dejó que se sirvieran ellas mismas.

—Id con cuidado, que seguro que quema —les advirtió, aunque nadie le prestó atención en el festín al más puro estilo Tragabolas que se desató. Acabó sonriendo mientras las contemplaba, maravillado de que estas peculiares y preciosas criaturas procedieran, en parte, de él. Con una inspiración profunda que lo estremeció, trató de verlas, de verlas de verdad, de una forma que por fin le permitió deshacerse de las repartidoras que le llenaban la cabeza.

—¡Esa patata era mía, Mo-mo! —protestó Evie a gritos cuando Moira atacó su plato—. ¡Papá, esa patata era mía!

—Hay como mil patatas más en el envase —replicó él. Evie las ignoró y robó una patata del plato de Alice, con lo que se ganó un arrebato de furia pura.

—¡No! ¡Devuélvemela!

—¡Papá!

—¡Papi!

Kett agarró una patata de su propio plato y se la lanzó a Evie. Fue un buen tiro, le dio con suavidad en la frente antes de caer al plato que estaba debajo. La niña se quedó paralizada, con los ojos abiertos de par en par de la sorpresa. Kett cogió otra patata y la alzó por encima de su cabeza.

—¿Alguien más quiere armar alboroto? —preguntó.

—Pero papá —empezó Alice y Kett le tiró la patata. Le rebotó en el hombro y ella la recogió y se la devolvió.

Era muy consciente de que se trataba de una estupidez. Un desperdicio de comida horrible. Pero, en aquellos momentos, era justo lo que necesitaban.

—¡Guerra de comida! —gritó Kett y, de pronto, el aire se llenó de patatas voladoras. Alice demostró ser muy buena tiradora: hubo una patata que le rebotó en la barbilla y otra le dio en el puente de la nariz—. ¡Evie! ¡Moira! ¡Defendedme!

Evie obedeció y le lanzó una patata a Alice. Moira se dedicaba a llenarse las manos de lo primero que cogiera y lanzarlo en todas direcciones. Alice se estaba riendo, riendo de verdad, de una forma que hacía mucho tiempo que no oía. Y él también se estaba riendo, descubrió; las carcajadas emanaban de él como un rayo de sol en un día encapotado.

—¡No! —chilló Alice entre risas—. ¡A por papá! ¡A por papá!

Todas se volvieron contra él, una lluvia de patatas lo azotó en la cara y el pecho. Se parapetó contra el suelo y se batió en retirada a cuatro patas en dirección a la puerta, mientras tiraba a ciegas a sus tres hijas la munición que le quedaba.

—¡No es justo! —les gritó—. ¡No vale que os confabuléis contra mí, no vale compincharse!

Una bolita de pollo compacta le dio un golpe justo en el ojo y alzó las manos, a punto de pedirles que pararan. Pero no dijo nada, era incapaz, porque una revelación le había estallado en la cabeza.

«No vale compincharse».

Se puso en pie y salió del salón para pensar con claridad.

«Hostia puta».

Las patatas no dejaban de salir disparadas por el umbral como si fueran flechas, pero Kett las ignoró, corrió hasta la cocina y se sacó el teléfono móvil del bolsillo. Marcó el número personal de Porter y oyó cómo sonaba.

—¡Papá! ¡Será mejor que te prepares, porque vamos a por ti! —gritó Alice, asomando la cabeza desde el salón.

«Venga, va».

—Inspector Porter.

—Pete, soy Robbie —le dijo Kett—. Creo que ya sé por qué Stillwater y Percival tienen coartada. Ya sé por qué ambos salían en grabaciones que eran casi demasiado perfectas para ser ciertas.

—Ah, ¿sí? —repuso Porter—. ¿Porque son inocentes?

—No, son culpables —sentenció Kett—. Creo que ambos son culpables. Están compinchados. Lo han hecho juntos.

Capítulo 24

El dolor era insoportable. No se parecía a nada que hubiera experimentado antes, ni siquiera la vez que se rompió el dedo después de darse un golpe con la pelota de baloncesto en educación física.

Era el peor dolor que había sufrido nunca.

Pero no podía parar.

Maisie flexionó las muñecas, las retorció hacia un lado y hacia el otro. Una y otra vez. Se notaba las manos pegajosas y, aunque las tenía detrás de la espalda, sabía que era por la sangre. Pero el cable que se las ataba se estaba aflojando. Tiró de los brazos en direcciones opuestas y notó el espacio que se abría entre sus muñecas.

Sin embargo, era una tortura. Le palpitaba la cabeza y también le estaba provocando náuseas.

«No vomites», se ordenó a sí misma. Porque si vomitaba, vendría el monstruo, la cogería y se la llevaría como había hecho con la otra niña, la que se llamaba Connie. Maisie no sabía cuánto tiempo había transcurrido desde entonces. Podía haber pasado una hora o un mes. La única ventana de la habitación estaba tapiada, pero al menos ahora habían encendido la luz (una sola bombilla que colgaba justo encima de su cabeza) y estaba todo en silencio, como si el mundo hubiera seguido adelante sin ella. Lo único que sabía era que el monstruo había oído a la otra niña chillar y se la había llevado.

—Sin lengua, no vas a gritar más —le había dicho mientras la arrastraba hacia la puerta—. Lo intentarás, pero no podrás.

Y, entonces, solo quedaban dos.

Maisie descansó un momento. Los extremos de su campo de visión se difuminaban en la oscuridad. Miró a un lado y vio a la tercera niña. Ya estaba allí cuando el monstruo trajo a Maisie y la ató. En ese momento, hacía ya ¿días? ¿semanas?, la chica tenía los ojos muy abiertos, en alerta. Ahora, en cambio, estaba desplomada en la silla, con los ojos cerrados y la respiración tan superficial y rápida que a Maisie le recordó a un ratoncito que se había encontrado un día en el garaje de su abuelo, medio atrapado en una trampa. La chica no estaba bien, tenía la piel tan pálida que era casi translúcida.

Maisie se preguntó si ella tendría la misma pinta. Nadie le había dado nada de comer desde que había llegado allí, solo había podido beber unos sorbos de agua. El monstruo había venido esa mañana y desprendía un olor tan asqueroso que casi no había sido capaz de beber del vaso que le había ofrecido.

La otra chica no había bebido nada.

Maisie inspiró hondo y retomó su cometido, retorciendo los brazos, tratando de soltar el cable. Crujía cada vez que se movía, el ruido resonaba con fuerza en ese silencio. Sabía que en cualquier momento el monstruo irrumpiría en la habitación, acompañado del destello del cuchillo, dispuesto a arrancarle la lengua, o los dedos o los ojos. Y luego, ¿qué? La mataría, claro. ¿No era así como terminaban siempre estas cosas? No le gustaba ver las noticias porque siempre hablaban de muertes, asesinatos, ataques terroristas y cosas mucho peores. Solo tenía once años, pero sabía lo suficiente sobre el mundo como para entender que uno no secuestraba a tres niñas sin un objetivo final. Y como estaba bastante segura de que no se encontraba allí a la espera de que se pagara un rescate por ella, el único final que podía haber era la muerte.

No era justo. No era justo. No era…

Notó cómo cedía, el cable se soltó con un ruido metálico y cayó al suelo. Le había atado las muñecas con tanta fuerza que al principio creyó que todavía seguía atada. Entonces, con un grito de dolor que tuvo que ahogar apretando los labios, un grito que creía que la desgarraba, se llevó las manos al regazo.

«No pares», se obligó. «No pares ahora».

Era como si alguien le estuviera clavando cuchillas en la columna y las caderas, pero, de alguna forma, logró inclinarse y colocar los dedos sobre el cable que le ataba los tobillos. Este era más fácil y, aunque seguía teniendo las manos pegajosas, le llevó menos de un minuto desatarse.

Estaba a punto de ponerse en pie cuando oyó un ruido de pisadas.

«No».

Procedían de abajo y eran cada vez más fuertes.

Maisie trató de levantarse, con la pierna dolorida. Soltó un grito al caer sobre la silla y se llevó una mano a la boca. Los ruidos de abajo se detuvieron.

¿La había oído?

¿Iba a venir?

Maisie se frotó las pantorrillas hinchadas para mitigar el dolor y volvió a intentarlo. Esta vez no se puso en pie, se agachó a cuatro patas y gateó por los tablones de madera desnudos. No se dirigió a la puerta, se acercó a la otra niña y trató de desatar el cable que le unía las piernas. Era demasiado difícil, tenía los dedos entumecidos y le resbalaban por la sangre.

«Lo siento», pensó. «Voy a buscar ayuda, te lo prometo».

Más pasos abajo. ¿Había oído una voz también?

«Las niñas tienen que hacer lo que se les dice», sentenciaría la voz. «Las niñas que huyen no necesitan los dedos de los pies».

Llegó ante la puerta y usó el pomo para asirse y ponerse en pie. Estaría cerrada, estaba segura. Pero no. El pomo chirrió, la puerta crujió y salió a trompicones a un pasadizo oscuro y desnudo.

Maisie se detuvo. Se guiaba con la pared para avanzar y divisó unas escaleras que surgían de entre las sombras que había más adelante. Los escalones hacían mucho ruido. Así era como sabía que el monstruo se acercaba: el crujido de los tablones, los golpes de las botas. Cayó en el primer escalón, se quedó tan cerca de la pared como pudo, los dedos dejaban manchurrones ensangrentados en un yeso que se caía a trozos. Había un olor raro, el mismo que había notado ya antes, tan rancio y empalagoso que le revolvía el estómago.

Lo ignoró y avanzó con tanta rapidez como se atrevió. Dos pasos. Tres. Cuatro, cinco, seis, hasta que llegó a la esquina. La voz procedía de abajo y hablaba entre susurros, pero con tono urgente. El monstruo parecía discutir consigo mismo o quizá con la niña que había sacado de la habitación.

—… no va bien, tenemos que…

No entendió qué decía. Pero eso era bueno: estaba distraído.

Maisie siguió avanzando, aunque estuvo a punto de caerse cuando puso el pie en un escalón suelto. El ruido que hizo bien podría haber sido el de un disparo.

La voz enmudeció.

Maisie se apresuró, los pies descalzos pisaron corriendo los escalones que quedaban antes de posarse sobre losas frías. Había llegado a un largo pasillo. Había dos puertas, una a cada lado. De una salía luz, así que giró sobre los talones y se dirigió al otro extremo de la casa.

—¿Lo has oído? —preguntó una voz a sus espaldas. La voz del monstruo. Dejó de ser un murmullo para convertirse en un grito—: Las niñas que nos estropean los planes no merecen conservar las manos.

Allí, una cocina. Maisie se lanzó a la oscuridad que esta le ofrecía y se parapetó contra la pared justo cuando alguien salió por la puerta en el otro extremo del pasillo. Trató de contener la respiración. Notaba cómo el corazón le aporreaba el pecho con tanta fuerza que seguro que lo oía todo el edificio.

—¿Estás seguro de que están bien atadas? —dijo la voz del monstruo, en voz baja de nuevo.

—Sí —respondió otra voz, más suave, más dubitativa—. He hecho todo lo que me has dicho. Lo he hecho todo bien. Ahora tienes que…

—Pero si no te sabes abrochar bien los cordones, joder —le dijo el monstruo.

—Que lo he hecho —gimoteó la otra voz—. Por favor, mejor voy y lo compruebo.

—Lo haré yo. Las cortaré en pedacitos.

El monstruo soltó una carcajada.

—¡No, no, por favor! —pidió la otra voz.

El ruido sordo de las botas por las escaleras. Estaba subiendo, lo que significaba que era cuestión de segundos que descubriera que se había liberado. Se adentró en la cocina a oscuras, moviendo las manos delante de ella. ¿Había visto una luz que brillaba allí delante? ¿Una puerta? Tenía que serlo. Tenía que ser una puerta, a la fuerza.

Lo era. Parecía una despensa, iluminada por una bombilla cubierta de polvo. La puerta solo estaba entreabierta, pero era suficiente. No necesitaba que estuviera más abierta para ver el montón de trapos viejos empapados de sangre, la mano que salía de debajo, de una palidez y una inmovilidad perfectas, como si le pidiera ayuda.

No podía ayudar. Era demasiado tarde.

Retrocedió, dio un golpe a una silla con la pierna y la tiró al suelo. Echó a correr hacia a una puerta que había al otro lado de la cocina, agarró el pomo y tiró con fuerza, rezando para que estuviera abierta, rezando para que…

Se abrió hacia dentro y ahí estaba, el aire fresco nocturno. Salió corriendo, tropezó, siguió corriendo, embargada por una alegría tan grande que no vio la silueta que surgió imponente ante ella, con un saco de patatas por rostro.

El monstruo la agarró y la levantó del suelo.

—¡No! ¡No! —gritó Maisie, arremetiendo contra él. Era inútil, el monstruo era demasiado fuerte. Una mano enguantada le tapó los labios, el otro brazo le oprimió el pecho mientras la devolvía al interior de la casa. La puerta de la cocina parecía un ataúd de pie, llena de negrura, hasta que otro monstruo salió de dentro. Este también llevaba una máscara y la miraba a través de las cruces que tenía por ojos mientras sostenía una hoja afilada en la mano.

—Mierda —dijo el segundo monstruo.

Entonces, apareció un tercero, era como si la casa los vomitara. Este aún intentaba colocarse el saco sobre la cabeza, le estaba costando. El monstruo que llevaba el cuchillo se volvió hacia este.

—Mira que eres imbécil.

—Ya basta —dijo el monstruo que la agarraba. Se inclinó hacia ella y notó el susurro en la oreja—. ¿Adónde ibas? ¿No sabes que le gusto a todo el mundo? Vuelve conmigo, si justo ahora iba a empezar la fiesta.

—¡No! —gritó Maisie entre los dedos del monstruo—. ¡No!

Le dio puñetazos, se retorció, lo mordió, le dio patadas. Pero nada dio resultado. Había tres monstruos, al fin y al cabo, todo un surtido de manos que la agarraron y la hicieron adentrarse, entre gritos, en la oscuridad.

Capítulo 25

Sábado

Era pasada la medianoche cuando Kett llegó a la jefatura de policía y fue gracias a la esposa del comisario Colin Clare que pudo presentarse allí.

—¿Estás seguro de que no le importa cuidar de mis hijas? —preguntó Kett al entrar en la sala de investigaciones—. No parecía muy contenta.

Fiona Clare, abogada de prestigio, se había presentado ante la puerta de casa de Kett hacía cincuenta minutos con expresión agria. Las niñas estaban durmiendo, gracias a Dios, y la mujer se había sentado en el sofá sin mediar más que unas pocas palabras, dos de las cuales habían sido: «Lárgate, pues».

—No le importa —contestó Clare—. Es la cara que tiene.

El jefe clavó los dos puños sobre el escritorio y miró a Kett con unos ojos que estaban más rojos que blancos. Tampoco es que hubiera lucido muy buen aspecto cuando Kett lo había conocido, pero ahora sí que tenía un aspecto enfermizo.

—Más te vale venir con algo —le dijo.

—Pues sí —replicó Kett, saludando con la cabeza al resto del equipo.

Porter estaba medio dormido en una silla. Dunst y Spalding se sentaban en el otro lado del escritorio. La inspectora jefe Pearson estaba apoyada en la pared mientras mordisqueaba un bolígrafo como si fuera un puro. Cruel también estaba ahí, apiñada en un rincón de la sala con otro par de agentes uniformados. Dedicó una sonrisa a Kett y este supo interpretar su expresión como si lo hubiera dicho en voz alta: «Me alegro de que hayas vuelto».

—¿Y bien? —ladró Clare—. Porter me ha dicho que has tenido un ramalazo de inspiración. Me da hasta miedo imaginarlo. ¿Dices que están compinchados?

—Creo que sí —dijo Kett mientras se frotaba las sienes como si así pudiera mitigar el cansancio—. Hasta ahora habíamos creído que nos enfrentábamos a un solo secuestrador en serie, ¿verdad? Es lo habitual en estos casos, a no ser que te enfrentes a un grupo de traficantes. Un tío, el mismo delito, una vez tras otra hasta que lo pillamos.

—No hay nada que sugiera que esta vez es diferente —observó Clare—. A menos que vuelvas a imaginarte dislates de los tuyos.

—Eh… —Kett frunció el ceño—. ¿«Dislates», comisario?

—Tú explica.

—De acuerdo. Bien, tanto Stillwater como Percival tenían la coartada perfecta —empezó Kett mientras se dirigía al centro de la sala—. De hecho, no puede haber mejor coartada que aparecer en la grabación de una comisaría de policía mientras se producía el delito. Stillwater quería estar aquí el martes, quería tener una coartada impecable.

—Pero no fue él quien pidió la cita —objetó Spalding—. Fuimos nosotros quienes se la dimos.

—Me juego lo que quieras a que no fue la primera hora que se le ofreció —comentó Kett—. Mirad si canceló otras horas antes de quedarse con esa. Quería estar aquí cuando secuestraran a Maisie, porque sabía que no podríamos refutar nuestras propias grabaciones.

—Entonces, sabía que Maisie sería secuestrada a esa hora exacta —intervino Clare—. ¿Quién lo hizo? ¿Percival? Él también tiene coartada.

—De las cámaras que hay en su casa —coincidió Kett con un asentimiento—. ¿Las habéis revisado?

—Evidentemente —respondió Porter, sin abrir los ojos—. He tenido ese placer. Este hombre se pasea por su casa llevándose la mano a los pantalones demasiado a menudo para mi gusto. Pero estuvo en casa cuando se produjeron los tres secuestros.

—¿Estás seguro? —dudó Kett—. Enséñamelo.

—Tengo que ir a buscar el teléfono al depósito de pruebas —explicó Porter y gruñó al ponerse en pie—. Dame un momento.

Salió de la sala y Kett usó esos instantes para ordenar sus pensamientos.

—Tiene sentido que se trate de un grupo de secuestradores —expuso—. Dos hombres pueden ocuparse de una niña secuestrada con mucha más facilidad que uno solo.

—Estás haciendo muchas conjeturas —observó Clare—. Pero, de momento, solo son eso, conjeturas. Necesito pruebas, Kett, pruebas.

—Enseguida —le respondió—. ¿Hay algún indicio de que Stillwater y Percival se conozcan?

—Ninguno —contestó Dunst. Sacó una libretita del bolsillo, pasó unas cuantas páginas y se la volvió a guardar. Se examinó las uñas unos segundos antes de darse cuenta de que todo el mundo lo estaba mirando—. Ah, lo siento. No hay ninguna razón para creer que se conocieran.

—Ya —comentó Kett—. Pero fueron arrestados más o menos por la misma época, ¿verdad? Percival fue acusado del asesinato de Jenny O'Rourke ¿cuándo? ¿En noviembre del año 2013? Stillwater, en 2014.

—Stillwater se llevó a Emily Coupland del parque en la primavera de 2014 —farfulló Pearson con el bolígrafo en la boca. Se lo sacó y lo secó en la blusa—. Justo cuando acabábamos de soltar a Percival, todas las noticias publicaron que era inocente.

—No, no, no, esto ya lo miramos en su momento —objetó Clare—. Investigamos a los dos hombres para ver si había alguna relación, porque sus delitos eran muy similares. No encontramos absolutamente nada que indicara que se conocieran. Educaciones diferentes, procedentes de distintas partes del condado, sin contacto en ninguna red social, nada en el registro de llamadas ni en las grabaciones con cámaras de circuito cerrado, nada. Fue una pérdida de tiempo entonces y lo sigue siendo ahora.

—Eso era antes —remarcó Kett—. Creo que tienes razón, que no se conocían antes de 2014. Stillwater raptó a la niña del parque y Percival fue acusado erróneamente de haber asesinado a aquella turista de catorce años, dos casos completamente aislados. Pero ¿qué me decís de después?

—¿Después? —repitió Clare.

—Percival dijo una cosa —explicó Kett—. Mencionó a un grupo de apoyo, al que fue como parte de su proceso terapéutico cuando se anuló su condena. Trato indebido por parte de la policía o algo por el estilo.

—Sí —terció Porter—. Era un grupo para gente traumatizada que hubiera sufrido injusticias, reales o imaginadas.

—¿La asistencia de Percival fue un requisito?

—¿A terapia de grupo? —preguntó Clare con tono burlón—. Pues claro que no. Lo eligió él. Ese grupo era como un grano en el culo.

—Pero ¿está vinculado con nosotros? —insistió Kett—. Como policía, me refiero.

Clare asintió, pero luego negó con la cabeza.

—Bueno, en realidad no. Nosotros les cedíamos la sala y les dábamos galletas, pero el grupo en sí era un proyecto de los servicios sociales. ¿Por qué? ¿Qué tiene que ver esto con lo demás?

—Puede que nada —reconoció Kett—. O puede que todo. Stillwater también mencionó alguna terapia. De pasada. ¿Fue el mismo grupo?

—Un momento —soltó Clare, frunciendo el ceño—. Un momento, joder. Sí que era el mismo grupo. Me acuerdo. El muy cabrón recorrió la ciudad diciendo que lo habíamos tratado fatal. Se pintó como el samaritano que había intentado hacer lo correcto, que había rescatado a la niña. Quería que todo el mundo se pusiera de su parte, por eso vino al grupo. Una vez incluso trajo a periodistas. Fue un berenjenal de tres pares de cojones porque hicieron fotos de la gente que entraba y salía y se supone que estos grupos son anónimos. Todo formaba parte de su espectáculo, ideado para hacerlo parecer inocente cuando todos sabíamos que, en realidad, la había cagado con el secuestro.

—Entonces, sí que se conocían —concluyó Kett. La sensación que lo embargó era mitad alivio, mitad horror.

—Eso no significa nada —terció Spalding mientras tamborileaba los dedos sobre la mesa—. Había una docena de personas en ese grupo y muchas más en otros que se hicieron a lo largo de los años. Puede que nunca se llegaran a cruzar, menos aún hablar el uno con el otro.

—Tenemos que comprobarlo —ordenó Clare—. A ver si hay algo en los archivos.

—Enseguida me pongo —anunció Cruel mientras se sentaba frente a un ordenador.

Kett estaba a punto de retomar la palabra, pero la llegada de Porter a la sala lo impidió. El inspector llevaba una bolsa de pruebas con un teléfono dentro y se la entregó a Kett.

—Queda poca batería, pero tenemos cargador, si lo necesitas.

—Viva —musitó Kett mientras sacaba el móvil de la bolsa—. ¿Contraseña?

—A ver si la adivinas —apuntó Porter y Kett tecleó 1, 2, 3, 4, 5, 6. El teléfono se desbloqueó y buscó la aplicación de la cámara oculta.

—Empecemos por el lunes —sugirió mientras exploraba el historial. Avanzó hasta la tarde e iba cambiando de cámara cada vez que Percival salía de una estancia—. Connie salió a hacer la ronda de reparto a las…

—Cinco y media —precisó Cruel—. Se dieron cuenta de que había desaparecido al día siguiente por la mañana.

—Verás que está ahí todo el rato —dijo Porter.

Y ahí estaba: Percival ataviado con su chándal apestoso y la gorra de béisbol mirando la televisión; Percival ataviado con su chándal apestoso y la gorra de béisbol jugando a videojuegos; Percival ataviado con su chándal apestoso y la gorra de béisbol sirviéndose una copa tras otra de vino; Percival ataviado con su chándal apestoso y la gorra de béisbol yendo al baño.

—¿No hay cámara en el cuarto de baño? —preguntó Kett.

—No —contestó Porter—. Gracias a Dios.

Percival ataviado con su chándal apestoso y la gorra de béisbol volviendo a mirar la televisión, con una mano baja, delante de los pantalones.

—Por favor, este hombre se toca el paquete que da gusto, nunca mejor dicho —masculló Kett. Estaba a punto de avanzar un poco más cuando, en la pantalla, Percival se levantó y volvió a ir al baño—. Dos veces en diez minutos —observó—. Y sabemos que no va a lavarse.

—Me da miedo pensar qué estaba haciendo —intervino Porter, con un estremecimiento.

—Espabila —ladró Clare.

Kett esperó y vio cómo la puerta del baño volvía a abrirse. Y ahí estaba Percival, ataviado con su chándal apestoso y la gorra de béisbol de camino a la cocina. Percival ataviado con su chándal apestoso y la gorra de béisbol preparándose un sándwich. Percival ataviado con su chándal apestoso y la gorra de béisbol sentándose en una silla en el salón.

—No se le ve la cara —señaló Kett, mirando la pantalla con los ojos entrecerrados. El hombre estaba, pero mantenía la cabeza gacha, oculta a las cámaras. El inspector jefe avanzó la grabación un poco más, hasta las 19:43, momento en el que Percival entró en la cocina para llenarse un vaso. Volvió cojeando a la misma silla, donde se quedó sentado hasta las 21:13, minuto en el que se fue al dormitorio y se metió en la cama. En ningún momento se divisó siquiera un instante el rostro que había bajo la gorra.

—Pero es él, ¿verdad? —comentó Porter, inclinándose por encima del hombro de Kett—. Tiene que serlo.

—¿Quién se va a la cama sin quitarse la gorra de béisbol? —se extrañó Clare, quien también se inclinaba desde el otro lado, por lo que Kett quedaba encajonado entre los dos hombretones—. ¿Es Percival?

—No lo sé —confesó Kett y los tres hombres prácticamente estaban mejilla contra mejilla mientras observaban cómo Percival alargaba el brazo para apagar la lámpara de la mesita de noche.

—¡Ahora! —ladró Clare, tan fuerte que a Kett le pitó el oído—. ¡Rebobina!

Eso hizo el inspector jefe y reprodujo la escena fotograma a fotograma mientras Percival se inclinaba. Llevaba la gorra muy baja, por encima de los ojos y colocaba la mano delante de la cara con los dedos abiertos. Pero, durante un segundo, durante una fracción de segundo, cuando se acercaba a la lámpara, alzó un poco la cabeza para ver lo que hacía.

—Joder —soltó Clare—. Ese no es Lochy Percival.

—Y tampoco es Stillwater —sentenció Kett. El rostro aparecía pixelado, pero le resultaba familiar y se distinguía una barba bien recortada. Pero no sabía de qué le sonaba.

—¿Señor? —dijo Cruel desde el otro extremo de la sala—. Acabo de encontrar la ficha del grupo de terapia. Tenéis razón. Durante unos meses, en 2014, tanto Percival como Stillwater coincidieron.

—¿Quién más? —preguntó Kett, sin apartar los ojos de la pantalla. Se exprimió el cerebro. ¿Quién era? No veía su cara lo suficiente como para adivinarlo.

—Hay muchas personas en la lista —explicó la agente—. Y muchas más que no dieron su nombre. Harán falta horas de trabajo para cribarlas a todas. Pero… Un momento. El grupo tenía un coordinador a cargo de todas las sesiones a las que asistieron Stillwater y Percival. Y es policía.

De pronto, todo encajó. Kett miró al hombre que aparecía en el teléfono de Percival y supo exactamente lo que iba a decir Cruel.

—Hostia puta —soltó.

—Raymond Figg —anunció Cruel—. Era psicólogo antes de convertirse en agente de enlace con las familias.

—Y ahora es un secuestrador —sentenció Kett, señalando la pantalla—. Es él. Es Figg. Son tres hijos de puta.

Capítulo 26

El coche patrulla sobrepasó un badén a ochenta kilómetros por hora y por poco no salen volando. Kett soltó un grito cuando notó que dejaba de tocar el asiento, agarrado a la barra de la puerta con tanta fuerza que tenía los nudillos blancos. Cruel bajó una marcha mientras quemaban el asfalto al doblar una esquina y luego pisó a fondo el acelerador. El coche rugía como un avión con motor a reacción, recorriendo una calle de un barrio residencial.

—Seguro que no es la primera vez que haces esto —dijo Kett, mientras se secaba el sudor de la frente con la mano que le quedaba libre—. ¡Cuidado!

Cruel pisó el freno y giró el vehículo para esquivar a un zorro que se encontraba, paralizado del susto, en medio de la calle. Kett se golpeó la cabeza con la ventana e hizo una mueca.

—Lo siento —se disculpó Cruel—. Agárrate bien.

Ralentizó al recorrer otra calle para ver el nombre, giró en la esquina siguiente y chocó con la acera.

—El número seis —recalcó, mientras bajaba—. Yo iré por detrás.

La calle estaba en silencio y tranquila como si acabara de salir de una fotografía, solo le daban vida las luces de color azul parpadeantes. El cielo estaba salpicado de estrellas, pero la luna era una uña amarilla que se guardaba la luz para sí. La oscuridad acechaba en todos los rincones, tan espesa que resultaba claustrofóbica. La calle estaba compuesta de casas grandes y modernas, llenas de cristal y acero y rodeadas de jardines. Kett corrió hacia la de Percival y aporreó la puerta.

—Lochy Percival, somos la policía. Abre.

Nada y no había luces dentro. Estaba a punto de echar la puerta abajo cuando una figura de color amarillo fluorescente apareció tras el cristal. Oyó el chasquido de la cerradura, la puerta se abrió y vio a Cruel.

—No está —le informó—. La puerta trasera estaba abierta de par en par.

Kett entró por su lado y fue encendiendo los interruptores a medida que avanzaba. Toda la casa apestaba al sucio hedor corporal de Percival. Era tan asqueroso que tuvo que colocarse la manga de la chaqueta sobre la cara. Un vistazo rápido reveló que Cruel tenía razón: no había nadie.

El teléfono móvil de la agente uniformada sonó y respondió, pero lo puso en altavoz.

—¿Lo tenéis? —preguntó la voz de Clare.

—Ha huido, por lo que parece —respondió Cruel—. ¿Y Stillwater?

Clare rugió una respuesta que reveló a Kett todo lo que necesitaba oír.

—No hay ni rastro de Figg, tampoco —añadió Clare—. ¿Cómo podemos haber sido tan estúpidos?

—Los encontraremos —dijo Kett.

—Los teníamos —gruñó Clare, al otro lado de la línea—. Tuvimos a los dos secuestradores en comisaría ayer. Y a Figg también. Estaban todos en el mismo edificio, joder. En nuestra comisaría. ¡Y dejamos que se fueran!

—Y saben que vamos tras ellos —señaló Kett y soltó una maldición entre dientes. Era una mala noticia para las tres repartidoras. La experiencia con secuestradores le había enseñado que ahora mismo estarían afanándose en destruir las pruebas para que no se pudiera demostrar su culpabilidad. Solo de pensar en Stillwater, Percival y Figg asesinando a esas tres niñas para luego irse de rositas hacía que le hirviera la sangre en las venas.

—Volved a comisaría —ordenó Clare—. Tenemos que encontrar a esas niñas.

—Por supuesto —repuso Kett, pero ya estaba negando con la cabeza.

«Es demasiado tarde», pensó. «Hemos llegado demasiado tarde».

—Las cámaras de tráfico han grabado a Stillwater a las 22:17…
—Porter estaba hablando cuando Kett entró de nuevo en la sala de investigaciones. Clare y Spalding también se encontraban presentes, pero, aparte de ellos, la sala estaba vacía, todo el mundo buscaba a los tres sospechosos. El inspector grandullón saludó a Kett con un gesto de cabeza y prosiguió—: Iba en dirección sur por la ronda de circunvalación en el extremo este de la ciudad. Estaba dando vueltas, así que es evidente que mucha prisa no tenía.

—¿Iba solo? —preguntó Kett.

—Por lo que sabemos, sí. No había nadie en el asiento del copiloto. Pero podía ir cualquiera en los asientos traseros.

—O en el maletero —añadió Cruel, al lado de Kett.

—Tenemos que comprobar todas y cada una de las cámaras que hay por esas carreteras —anunció Clare—. Despertad a toda la ciudad si es necesario. Tenemos que descubrir adónde iba. ¿Y Figg?

—Nada —respondió Porter—. Se ha ido después de la reunión y no se ha presentado a ninguna de sus citas para esta tarde.

—Sabía que nos estábamos acercando —terció Clare—. Eso explica lo que me ha dicho cuando me he encontrado con vosotros en el pasillo, me ha parecido muy raro. ¿Lo recuerdas, Pete?

—Más o menos —contestó Porter—. Algo sobre que todo se iba a aclarar y sobre un viejo caso en el que trabajasteis en Londres. ¿El caso Khan, puede ser?

—El hijo de los Khan murió —replicó Kett—. Figg me estaba contando todo lo que había que saber sobre las niñas. Menudo hijo de puta. Pero así también se explica por qué siempre parecía que iban un paso por delante. Como lo de Stillwater y los conejos. Figg le advirtió que íbamos en camino, quiso que Stillwater pareciera culpable para que lo arrestáramos, que luego nos pusiéramos nerviosos y al final lo soltáramos. Figg, más que nadie, conoce el poder que un arresto indebido da a la persona gracias a los grupos de apoyo que ha dirigido.

—Conozco a Figg —dijo Clare, negando con la cabeza—. Hace años que lo conozco. Nunca he sospechado nada.

—Yo también lo conocí —coincidió Kett—. No me acuerdo muy bien. Se formó con otro agente de enlace en la Metropolitana de Londres. Trabajaban con las familias. Mencionó que había trabajado en el caso Khan y fue un caso atroz.

—A ese hijo de puta retorcido debió de encantarle, entonces —terció Cruel—. Seguro que estaba ahí para documentarse.

—Pero ¿por qué? —planteó Clare—. ¿Por qué secuestrar a estas niñas?

—¿Por qué Dahmer mató a diecisiete niños? —repuso Kett—. ¿Por qué Shipman mató a doscientas cincuenta personas? Raymond Figg es un monstruo y me juego lo que quieras a que usaba los grupos de terapia para reclutar a personas como Stillwater. Sabía que Stillwater quería secuestrar a esa niña en 2014, también sabía que era un monstruo y lo único que tenía que hacer era darle la mano y ¡pum! Ya había fundado una banda. Entonces, se hizo con un puesto en la policía y ya tuvo el mundo a sus pies.

—Sin embargo, Percival es diferente —añadió Cruel—. Él sí que era inocente.

—Y estaba destrozado —prosiguió Kett—. ¿Cuál era el mayor miedo de Percival? ¿Qué lo aterraba cada minuto de cada hora de cada día?

—Que se lo acusara de otro delito grave —adivinó Porter, mientras asentía.

—Lo que proporcionaría a Figg y a Stillwater mucho poder sobre él.

Kett hizo una pausa para pensar.

—Pero no tanto como el poder que les daría una sobrina desaparecida —expuso—. Por eso Delia Crossan fue la primera. Sabían que iríamos a buscar a Percival. Así se aseguraban de que mantuviera la boca cerrada. Y quizá le prometieron que seguiría con vida si colaboraba.

—Entonces, ¿Figg secuestró a Delia Crossan? —inquirió Clare.

—Tal vez —repuso Kett—. O quizá fuera Stillwater. No tenía una coartada sólida para el domingo, pero no prestamos atención porque sí que tenía coartada para los otros dos secuestros.

—Vale, entonces Stillwater raptó a Delia, luego Figg se hizo pasar por Percival dentro de su casa, con su ropa, con lo que Percival tuvo la oportunidad de secuestrar a Connie Byrne el lunes. —Clare negó con la cabeza—. Qué locura.

—Pero es buena señal —admitió Kett—. A ver, no quiero decir buena, buena, pero si usaban a Delia para hacer chantaje a Percival y obligarlo a cometer un delito, significa que la niña estaba viva. Aún podría estar viva.

—¿Y quién secuestró a Maisie? —preguntó Cruel—. Tuvo que ser Figg, ¿verdad?

—Porque Percival y Stillwater tienen coartada —explicó Kett, asintiendo—. Tres hombres: cada uno secuestró a una niña. Llevan años planeando esto. Es casi como si estuvieran compitiendo.

—Vale, y a partir de aquí ¿qué viene ahora? —preguntó Cruel—. Si la idea era retarse el uno al otro para secuestrar a las víctimas, ¿qué es lo siguiente?

Todos los presentes conocían la respuesta, pero solo Kett fue capaz de verbalizarlo:

—Llevarlo al siguiente nivel —dijo—. Se retarán a asesinarlas.

Capítulo 27

—¿Qué tenemos?

Kett tomó un trago de té con la esperanza de que sirviera para mantener a raya el cansancio. Por suerte, lo había preparado la agente Cruel y era muchísimo mejor que el que hacía Porter. La agente se sentaba a su lado, con un montón de carpetas y papeles delante, sobre el escritorio, y el teléfono en la mano.

—Figg no tiene ninguna propiedad, vivía de alquiler en un piso cerca de Mousehold y ahora está vacío. —Hizo estallar los labios—. La redada ha revelado que ha desmontado dos ordenadores portátiles y ha quemado los discos duros, además de un montón de papeles.

—Mousehold —repitió Kett—. Así que existe la posibilidad de que hubiese entrado en contacto con las niñas. Es probable que fuera ahí donde seleccionó a su objetivo. ¿Recibía el periódico?

—Lo estamos investigando. Si lo recibía, no iba a cargo de Walker.

—¿Tenía familiares en la ciudad? —preguntó Kett.

—A nadie.

Kett soltó un suspiro de frustración y dio un puñetazo en el escritorio. Solo tenía ganas de salir de allí y encontrar a las tres niñas que repartían el periódico y los cabrones que las habían secuestrado, pero Figg había ocultado muy bien el rastro. Llevaba mucho tiempo planeándolo.

—¿Ha dicho algo el jefe? —preguntó Kett y Cruel negó con la cabeza. Clare se había llevado a Porter, Spalding, Dunst y Pearson a la ciudad junto con todos los agentes uniformados disponibles con la promesa de llamar a una puerta tras otra hasta que encontraran algo. Kett se levantó y empezó a caminar de un lado para otro—. Venga —dijo, tanto para sí como para los demás—. Venga, venga, venga.

El equipo ya había registrado todos los lugares relacionados con Stillwater, Percival y Figg. Sus casas, sus puestos de trabajo, las casas donde habían crecido, los bosques donde les gustaba pasear. Todas partes. Donde fuera que hubieran llevado a las niñas era un sitio completamente nuevo.

—Arena de construcción —dijo Kett.

—¿Eh? —mustió Cruel, que seguía hojeando los archivos que tenía sobre el escritorio.

—Stillwater iba lleno de arena de construcción, nos lo dijo su pareja. Seguimos buscando un lugar de construcción, una casa que esté en obras.

—Es como buscar una aguja en un pajar, inspector —reconoció Cruel—. A menos que sepamos de quién es el lugar de construcción o las reformas, es imposible.

—De alguien que ha muerto —indicó Kett, mientras se frotaba las sienes—. De alguien que ha muerto hace poco. Y el olor. La novia de Stillwater mencionó algo de cómo olía. Olía raro.

—¿Quizá olía a Percival? —sugirió la agente—. A ver, el hombre huele a rancio. Yo también olía a él después de registrar su casa.

—Quizá.

Kett caminó hasta el extremo más alejado de la sala sin ventanas, las luces parecían palpitarle dentro del cráneo. Se preguntó si las niñas estarían bien, si se habrían despertado para encontrarse con una desconocida con cara de perros en casa en vez de con su padre. ¿Qué estaba haciendo él aquí? Había prometido dejar el caso tranquilo y centrarse en su familia y, aun así, las había vuelto a abandonar.

«Lo siento, Billie», dijo.

Le habían ofrecido terapia cuando habían secuestrado a Billie, claro. Bingo prácticamente le había metido en la mano todos los folletos sobre los grupos para personas que habían perdido a un ser querido, hasta el punto de que había terminado enfadándose:

—¡Que no está muerta, joder, Barry!

Sin embargo, una tarde, cuando la negrura había sido tan densa que no estaba seguro ni siquiera de tener las fuerzas suficientes para recoger a Alice de la escuela, había conducido hasta Victoria Embankment con Moira en el asiento trasero y había contemplado cómo aproximadamente una docena de personas entraban en una sesión de terapia de grupo. Había sido como observar a una procesión de títeres sin alma, personas vacías por culpa del dolor.

«No me convertiré en uno de ellos», se había dicho a sí mismo. «Ni tampoco puedo renunciar a la esperanza».

Y había pisado a fondo el acelerador.

Ahora volvió a pensar en esa pobre gente. Se preguntó cuántos habrían superado su pérdida y cuántos se habrían rendido.

—Espera un momento —dijo Kett—. El grupo de apoyo.

Se acercó a Cruel.

—¿Tienes la lista de las personas que iban?

—Eh, ah, sí, claro —dijo mientras rebuscaba entre los archivos y, acto seguido, le entregó una carpeta pegajosa de polvo—. En papel. Y, como ya he dicho, muchos no dieron su nombre.

Pero otros sí que lo dieron, se fijó Kett. Leyó por encima las listas hasta que encontró el grupo de apoyo que llevaba Figg y examinó los nombres, entre los que detectó tanto el de Stillwater como el de Percival. Había siete personas más en la lista, dos de ellas apuntadas como «Anónimo». Sin embargo, las otras cinco habían dado su nombre completo y el número de teléfono.

—¿Qué estás buscando? —preguntó Cruel.

—Quizá nada —replicó él mientras se sentaba a su lado—. Pero Figg usaba las sesiones de terapia como una campaña para reclutar psicópatas, ¿verdad?

—Sí —contestó Cruel mientras se inclinaba hacia él—. ¿Crees que pudo reclutar a alguien más, aparte de a Stillwater y a Percival?

—¿Podemos comprobar todos estos nombres? —pidió Kett y le entregó la lista—. Avisa de cualquier cosa que pueda parecer sospechosa, cualquier cosa que se salga de la norma.

Cruel se llevó la lista hasta el ordenador y entró la información en la base de datos. Tecleaba con tanta fuerza que el ruido resonaba por toda la sala.

—Eh, Mayhew está en el norte —empezó—. Gatward está muerto.

—¿Vivía aquí?

—En España —respondió—. Sanford… Sí, Alan Sanford sigue en Norwich. Bueno, en las afueras. Espera un momento. —Tecleó un poco más y Kett se tomó unos segundos para descansar los ojos—. Asistió al grupo después de que un coche patrulla lo embistiera en una persecución. Perseguían a otro, no a él. Se fracturó el fémur y la rabadilla.

—Au —comentó Kett.

—Déjame comprobar sus redes sociales —continuó la agente mientras hacía repiquetear las teclas—. Tiene, eh… cincuenta y seis años, trabaja como abogado especializado en propiedad intelectual en el parque industrial de Broadland, aunque está medio retirado. Divorciado, la mujer y los hijos viven en Surrey.

—¿Todo esto sale en Facebook? —preguntó Kett.

—Si sabes dónde buscar, sí.

—No parece precisamente un asesino en serie —observó Kett—. ¿Quién más?

Al no recibir respuesta por parte de Cruel, se giró para mirarla. Tenía la cara tan cerca de la pantalla que veía cómo se le reflejaba en los ojos.

—¿Cruel?

—Es que… —Frunció el ceño—. No publica nada en ninguna de sus redes sociales desde hace dos meses, al parecer.

Kett se levantó y se acercó. En la pantalla aparecía un hombre sonriente que se estaba quedando calvo, con cara de oveja y gafas. Prácticamente no hablaba de otra cosa en su página que no fuera críquet.

—Los Ashes acaban de ganar —observó Kett—. Parece el tipo de cosa sobre la que chulearía.

—Sí, y aun así no ha publicado nada —señaló Cruel.

—¿Dónde vive?

Cruel aporreó el teclado un poco más.

—En Trowse, inspector. Es un pueblo justo al sur de la ciudad. Está muy cerca.

—Me acuerdo —dijo Kett—. Hay un estuario, uno muy grande. Con botes, canoas y demás.

—Sí y una pista de esquí artificial —añadió Cruel—. No hay mucho más, aparte de eso y los bosques.

No, había algo más en esa zona, Kett estaba seguro. Había pasado por allí cuando era pequeño y su madre había tomado el desvío equivocado mientras conducía en paralelo al río. Cruel pareció acordarse en ese mismo instante también, porque, de pronto, dio media vuelta con la silla.

—La planta de tratamiento de aguas residuales —dijo—. También está ahí.

—El olor —se dio cuenta Kett; la revelación eliminó de golpe la bruma que le nublaba el pensamiento.

—Deberíamos decírselo al jefe —sugirió Cruel, que ya retiraba la silla para levantarse.

—Ahora se lo digo —le aseguró Kett—. Mientras, tú conduces.

En materia de corazonadas, esta no era la mejor que Kett había tenido. Estaba buscando una casa que era propiedad de un hombre que había asistido a un grupo de terapia que coordinaba su principal sospechoso, un hombre sin antecedentes que parecía haber vivido toda su vida cumpliendo las reglas.

Pero una corazonada era una corazonada y ahora mismo no tenían mucho más a lo que agarrarse.

—Comprobadlo —les dijo Clare por teléfono. Kett oyó que el comisario reprimía un bostezo—. Desde la distancia. Si veis cualquier cosa que os lleve a creer que esos hombres están ahí, o las niñas, pedís refuerzos de inmediato. ¿Queda claro?

—Queda claro, comisario —contestó Kett y colgó—. No parecía muy impresionado.

Cruel musitó algo, pero tenía la atención puesta en la carretera mientras conducía cuesta abajo a casi cien kilómetros por hora. Redujo la velocidad cuando se aproximaron a un semáforo en rojo, pero solo a ochenta y cinco kilómetros por hora y Kett tuvo que cerrar los ojos cuando un taxi frenó con un chirrido al doblar la esquina.

—No voy a preguntarte dónde aprendiste a conducir —comentó, mientras notaba los latidos del corazón en la lengua.

—Autos de choque —replicó ella.

—¿Qué?

—En los autos de choque, iba cada dos por tres cuando era pequeña. Vivíamos en Hemsby y mi abuelo solía llevarme. Me decía que se me daba de maravilla.

—Eso no me da confianza —observó Kett—. ¡Rotonda!

Esta vez, la agente ni siquiera frenó, se dirigió directa a ella y el parque de bomberos no fue más que un borrón cuando pasaron a toda velocidad por delante. El coche casi salió volando cuando llegaron a la cúspide del puente peraltado y, al cabo de unos segundos, Cruel los metió en otra carretera; esta era más estrecha y estaba flanqueada por bosques y campos.

—¿Queda mucho? —preguntó Kett, que notaba cómo las patatas y las bolitas de pollo intentaban escapársele del estómago.

—Un par de kilómetros —contestó la agente.

—Apaga las luces —le indicó—. Será mejor que nadie vea que nos acercamos.

Cruel hizo lo que le pedía y la calle dejó de brillar con luces azules. Por suerte, también redujo la velocidad mientras avanzaban junto al lago, cuyas aguas eran negras como la tinta de noche. Los faros del coche convertían los árboles en un calidoscopio de formas y sombras, figuras extrañas que parecían bailar entre los troncos y colgar de las ramas. No había ni un alma a la vista, pero los búhos chillaban en el bosque como si pronunciaran una advertencia y los ojos de las criaturas nocturnas centelleaban en la ribera.

El olor lo asaltó cuando doblaron la esquina: el hedor profundo, intenso y empalagoso de una planta de tratamiento de aguas residuales. Se le humedecieron los ojos al instante y durante unos segundos pensó que ya era el colmo, que iba a vomitar. Tragó saliva y empezó a respirar por la boca.

—Había olvidado lo fuerte que es —se quejó Cruel, con una mano en la nariz—. Parece el Pantano del Hedor Eterno de *Dentro del laberinto*. Y eso que es de noche. Imagina cómo tiene que ser durante el día, sobre todo en verano.

—¿Lo bastante fuerte como para impregnarle la ropa a alguien? ¿Y el pelo?

—Si te acercas lo bastante… —respondió esta—. Y durante el rato suficiente. Sin duda, es un olor muy característico. ¿Cómo lo describió la novia de Stillwater? ¿Dulzón? Dulzón no es.

La agente estaba en lo cierto, no era dulzón. Tenía un peculiar componente dulzón, como un trasfondo floral (quizá eran los químicos que usaban para tratar las aguas). El corazón de Kett le volvía a aporrear el pecho y esta vez no tenía nada que ver con la forma de conducir de Cruel. Pasaron por debajo de un paso elevado de cimiento plagado de grafitis, que parecía completamente fuera de lugar en medio de la vegetación. Los coches y los camiones rugían al pasar por encima a una velocidad de autopista.

—Es la A47 —explicó Cruel.

Más adelante, la carretera terminaba y se convertía en un sendero de grava y polvo. Kett gruñó cuando el coche rebotó en un bache tan grande como un estanque de jardín. A su derecha había un granero, con su silo y sus edificaciones anexas. Parecía abandonado, las ventanas estaban o tapiadas o rotas. La mayor parte de las paredes tenían agujeros y un lado del granero se había derrumbado. No había señales de vida dentro.

—Ahí delante está la casa de Alan Sanford —dijo Cruel, señalando el parabrisas con la cabeza. Los faros del coche luchaban contra la oscuridad e iluminaron la pared frontal de una granja impresionante. También parecía que se encontrara en estado de abandono, la argamasa que unía los ladrillos y la piedra se desmenuzaba como si fueran encías podridas sobre los dientes. Las ventanas estaban a oscuras.

—Apaga las luces —ordenó Kett—. Y tira un poco atrás.

Cruel apagó los faros y la oscuridad enseguida se tragó el camino. Hizo marcha atrás lentamente hasta que se encontraron resguardados por el paso elevado. La granja era una sombra aún más negra sobre la noche, parecía una ballena que rompía la superficie de un océano insondable. Sin embargo, mientras el eco de las luces desaparecía de su visión, Kett divisó un leve fulgor en una ventana de la planta superior.

—Hay alguien —señaló Cruel, entrecerrando los ojos.

—Pues vamos a averiguar quién es —replicó Kett y abrió la puerta. El olor de la planta de tratamiento de aguas residuales le inundó la nariz y la boca y le provocó una sensación de ahogo. Tosió, cubriéndose la cara con el brazo, y cerró la puerta. En un momento, Cruel ya estaba a su lado con una mano sobre el radiotransmisor.

—Deberíamos informar —dijo.

—Todavía no hemos descubierto nada de lo que valga la pena informar —objetó Kett mientras un camión ruidoso pasaba por encima—. Investiguemos primero. A la mínima que vea algún problema, voy a pedir refuerzos. Te lo prometo. No quiero que aparezca otro Brandon Walker para darme una paliza.

—¿Qué te ocurrió, inspector? —preguntó Cruel. Kett la miró con expresión confundida—. Me dijiste que un día me lo contarías, por qué no te gusta esperar a que llegue la caballería.

Kett suspiró y luego asintió.

—Tendrá que ser la versión resumida —empezó—. Acababan de nombrarme detective, estaba todavía a estrenar. Acudí a comprobar una llamada de aviso de violencia doméstica, en Elephant and Castle. Los uniformados no podían ir, así que fui yo. Había un hombre que se había vuelto loco, amenazaba con matar a tiros a su mujer y a sus hijos. Los refuerzos venían de camino, así que esperé.

Kett agachó la cabeza, volviendo a ese momento, oyendo los gritos, los golpes, los sollozos.

—Diez minutos, solo tardaron eso. Cuando llegó la brigada y echó la puerta abajo, el tipo había estrangulado a dos. Nada de pistolas, directamente con las manos, joder. La mujer sobrevivió, pero el niño no. Solo tenía tres años.

«Igual que Evie», pensó.

Cruel se aclaró la garganta y negó con la cabeza.

—No fue culpa tuya —dijo.

—Es agua pasada —mintió Kett—. Pero ahora ya lo sabes. Diez minutos es lo único que hace falta. Vamos.

Sin los faros del coche, el sendero era traicionero, las rocas sueltas y la gravilla los hacían tropezar. Kett se desvió hacia la hierba seca del borde, las zarzas se le enganchaban en los pantalones como si fueran los dedos de un cadáver hasta que llegaron a un cruce que había más adelante. Hacia la izquierda se extendía el camino de acceso a la planta de tratamiento de aguas residuales. Enfrente, se erigía la granja. A tan poca distancia, el fulgor de la ventana de la planta superior no brillaba con más intensidad que antes y Kett divisó gruesos tablones clavados en el marco. Dio unos golpecitos a Cruel en el codo, los señaló y la agente asintió mientras le susurraba dos palabras:

—Muy raro.

Todo se volvió incluso más raro cuando siguieron recorriendo la fachada de la granja. La puerta principal era la original, pero solo mediría un metro y medio. También estaba cerrada con un candado monstruoso. Una nota escrita a mano que había junto al buzón rezaba: «Entregas y materiales de construcción por la parte de atrás».

—Materiales de construcción —musitó Kett. Su sexto sentido trabajaba a toda velocidad.

Asomó la cabeza por la esquina y vio un Mercedes plateado aparcado en el camino de grava entre el edificio principal y el taller de ladrillo y pedernal. Tras el taller, la abotargada granja se extendía a lo largo de la noche, compuesta de un grupo de construcciones desiguales. Se encendió otra luz tenue en una ventana de arriba, que tenía las gruesas cortinas corridas.

—¿Es ese el coche de Stillwater? —preguntó Kett en voz baja y Cruel negó con la cabeza.

—Tampoco es el de Figg y Percival no conduce.

—Es de Sanford, entonces —dedujo Kett—. Está aquí.

Siguieron caminando y rodeando la propiedad. Más allá de los edificios de la planta de tratamiento y el granero medio derruido, no había más construcciones a la vista. La granja se erigía como una isla en mitad de la noche, con una quietud extraordinaria.

Pero no estaba vacía. Kett lo presentía.

Caminaban pegados a la pared lateral cuando otra pista encajó:

—Andamiaje —dijo Kett señalando con la cabeza la parte trasera de la granja, donde unos andamios se alzaban junto a la vieja pared como si fuera hiedra. Había unas formas compactas detrás, que a Kett le recordaron a unos perros guardianes inmensos y solo cuando se acercaron más descubrió que en realidad, se trataba de material de construcción: bolsas de toneladas de arena y balasto.

—De acuerdo —sentenció Kett—. Ya he visto suficiente. Da el aviso.

—Sí, inspector —contestó Cruel y se llevó la mano hacia el radiotransmisor cuando un grito rasgó la noche.

Capítulo 28

Durante unos segundos, Kett fue incapaz de moverse.

El grito lo hirió como un puñetazo directo al plexo solar y casi se dobló sobre sí mismo por su potencia.

La adrenalina lo embargó y echó a correr: directo hacia el lado de la granja en el que se alzaban los andamios. Oyó que Cruel lo llamaba, pero la ignoró y empezó a examinar la casa en busca de la forma de entrar. Las ventanas de la planta baja estaban tapiadas y no se veía ni una sola puerta.

Llegó a los andamios justo cuando otro grito resonó en la oscuridad. No había duda: era la voz de una niña. Kett soltó una maldición y alzó la vista. Las ventanas de la primera planta estaban cubiertas con lona impermeabilizada y ondeaban levemente con la brisa. El inspector vio con claridad que no había cristal.

—¡… y venid enseguida! —siseaba Cruel al radiotransmisor cuando llegó a la altura del inspector jefe.

Este se agarró a una barra del andamio, se impulsó hacia arriba y apuntaló la bota sobre el metal resbaladizo. Cruel era más joven y estaba en mejor forma y cuando el inspector hubo dejado atrás el suelo, la agente ya había llegado al primer piso. Le ofreció una mano y lo ayudó a subir. Ahí había una escalera, así que Kett volvió a tomar la iniciativa y ascendió a la plataforma que se extendía justo por debajo de las ventanas.

Ahora oía más voces, gritos y ¿había sido eso una carcajada? Aguda y cruel. El grito se había convertido en un lloro histérico que atrajo a Kett a la ventana más cercana. Apartó la lona y no vio absolutamente nada.

—Toma —ofreció Cruel y le entregó la linterna. La enfocó hacia dentro y descubrió una habitación vacía con la puerta entreabierta.

Se detuvo, pero solo unos instantes. Entrar así sin más sería la mayor de las estupideces. Le podía costar la vida y, con toda probabilidad, también a las tres niñas y la joven agente. En diez minutos, la comisaría de Norfolk al completo habría llegado, con pistolas, perros y un centenar de personas listas para desarmar a Figg y a su grupito.

Sin embargo, ya había esperado otras veces. Había esperado diez minutos y alguien había muerto por ello.

Se encaramó a la ventana; la pesada lona le golpeteó en la cara y trató de apartarla. No disponía de un arma, pero Cruel lo seguía de cerca con la porra extensible bien agarrada en el puño. Lo pilló mirándola.

—¿La quieres? —susurró y le ofreció el arma. Kett la rechazó.

—Tú tienes mejor puntería que yo.

Resonó otra carcajada en el interior de la casa, amortiguada pero lo bastante cerca como para que Kett distinguiera que no se trataba solo de una persona.

—No, por favor, no, por favor.

Las palabras le partieron el corazón y despertaron una furia abrumadora en su interior. Se dirigió hacia la puerta e hizo una mueca cuando las bisagras protestaron.

La risa se cortó.

Kett se detuvo con el corazón palpitándole en el cuello y en las yemas de los dedos.

—Suéltame —dijo la vocecita—. No diré nada, lo juro, no tienes que matarme. Por favor. No me mates.

Tras la puerta se extendía un pasillo, con el suelo desnudo y el yeso de las paredes desmenuzándose. La voz procedía de más allá y Kett se dirigió en esa dirección tan silenciosamente como pudo. Ya no se oían más risas, pero sí unos pasos pesados en algún punto de las plantas de abajo.

Se encontró con un cruce donde, si doblaba por el pasillo a la izquierda, iba directo a la parte delantera de la casa, y si doblaba a la derecha se encontraba con una puerta. Kett miró a Cruel y le señaló la puerta con la linterna. Él se dirigió hacia la izquierda, el suelo viejo tocaba un concierto de cuerdas bajo sus pies. El pasillo no era largo y se bifurcaba hacia la derecha. Kett se detuvo, casi no respiraba.

Había otra puerta delante y salía luz por debajo.

Echó la vista atrás y vio que Cruel entraba en la habitación que quedaba a sus espaldas. La dejó hacer, avanzó agazapado hacia la puerta y vio una silla de madera cubierta de cable. Avanzó un poco más: una segunda silla, más cable y el suelo empapado de sangre fresca.

«Hemos llegado demasiado tarde».

Inspiró hondo, se asomó para ver el resto de la habitación.

Una tercera silla.

Y estaba ocupada.

«Joder».

Kett se metió en la estancia a toda prisa, se dejó caer sobre las rodillas al lado de la silla ocupada y la linterna rodó por los tablones. Su ocupante era una niña, con las manos atadas a la espalda y los pies ligados con cable. Estaba muy quieta, tenía el pelo lacio pegado a la cara y las yemas de los dedos negras debido a la falta de irrigación. La habitación apestaba a orina y a excrementos, a vómito y a sangre y también a podrido.

«Demasiado tarde», volvió a pensar. Le apartó el pelo y colocó la mano sobre su cuello.

La muchacha tenía la piel cálida… Y ahí estaba, el pulso, muy débil, como el aleteo de una mariposa.

La niña gimió y abrió la boca. Tenía los labios secos como papel de lija y la lengua hinchada. Aunque tenía la cara surcada de lágrimas, sangre y suciedad, Kett la reconoció.

—Delia —la llamó—. Delia, soy policía, ya estás a salvo.

La niña volvió a gemir. A sus espaldas, Kett oyó que Cruel entraba en la habitación con cautela.

—Es Delia Crossan —le dijo—. Está bien, pero necesita…

Algo se estrelló contra el cráneo de Kett y, durante un segundo, notó que perdía la consciencia. El mundo se fundió en blanco, negro y luego blanco; el dolor le inundó la cabeza como si se tratara de agua hirviendo. Se dio cuenta de que estaba tendido en el suelo y para cuando rodó para quedar bocarriba, con las extremidades tan flojas como las de una marioneta, descubrió a un hombre de pie sobre él. La imagen le daba tantas vueltas que no podía distinguirlo (era como si la cara del hombre fuera completamente lisa, excepto por las dos

X que tenía por ojos), pero lo que sí vio con claridad fue lo que sostenía en una mano.

Una palanca.

El hombre la levantó y fue su carcajada, tan fría como el hielo, lo que lo delató:

—Christian —dijo Kett, notando el sabor de la sangre. Hablar hacía que la cabeza le diera vueltas—. Christian, no tienes por qué hacer esto. No es demasiado tarde todavía.

Stillwater se quedó ahí de pie, la máscara se hinchaba y se replegaba con cada respiración, con la palanca levantada como si fuera el hacha de un verdugo.

—Sabemos que Figg te obligó a hacerlo —añadió Kett, jadeando—. Si quieres tener un pase que te exima de ir a la cárcel, como la última vez, entonces ya sabes lo que tienes que hacer. Ayúdanos a arrestarlo.

—No eres nadie —le espetó Stillwater—. Un hombre como tú no lo puede entender.

Stillwater tensó todo el cuerpo, luego lo relajó y la palanca inició el descenso.

Cruel entró en la habitación y la porra se desdibujó en el aire cuando la usó para golpear a Stillwater en la parte posterior de la pierna. Fue como ver un árbol centenario que se parte por un rayo. Un crujido bestial que resonó entre ambas paredes cuando el hombre se dobló sobre sí mismo. Cayó de espaldas y la palanca le salió rondando de la mano. Daba boqueadas para tratar de coger aire y, cuando por fin lo logró, soltó un alarido espantoso.

—¿Estás bien, inspector? —le preguntó Cruel, tendiéndole la mano que tenía libre. Kett se la agarró y dejó que lo levantara. La habitación seguía dando vueltas y aunque estaba seguro de que iba a vomitar, logró asentir.

—Átalo bien —le indicó—. Quédate con la niña.

—No es mi intención ofender —replicó la agente mientras sacaba las esposas—, pero quizá deberías quedarte tú con ella. Yo iré a por los demás.

Kett negó con la cabeza y adelantó a Cruel para llegar hasta la puerta. Se detuvo por el camino para recoger la palanca y se acercó a ella con los ojos entrecerrados por el dolor.

—Gracias —le dijo.

—Ve y pilla a esos hijos de puta —le contestó ella. Se metió la mano en el bolsillo y sacó el silbato de policía plateado y se lo dio—. Si me necesitas, solo tienes que silbar.

El inspector jefe asintió y salió de la habitación. A la izquierda, el pasillo se desplegaba en unas escaleras que descendían hacia la oscuridad. Había manchurrones de sangre en las paredes, secos, pero no demasiado viejos. Kett agarró con fuerza la palanca al pisar el primer escalón y la madera vieja gritó una advertencia. Eso sumado al alarido de Stillwater hacía que cualquier esperanza de sorprender a los otros secuestradores se hubiera esfumado.

—Figg —gritó, con la voz entrecortada—. Percival. Sabemos que estáis aquí. La casa está rodeada. Salid ahora mismo y no tendré que aplastaros la puta cabeza.

Nada. No oyó ni una risa ni los gritos de las niñas, solo el pitido de los oídos y el estruendo de la sangre que le recorría el cráneo dolorido.

—Vosotros mismos —gruñó cuando llegó al último escalón. Había otro pasillo ahí abajo, dos puertas más adelante y una tercera detrás que parecía conducir a la cocina. Se notaba una corriente de aire que procedía de esa dirección, así que se dirigió a la puerta de la cocina y asomó la cabeza.

—¿Figg? —gritó—. Lo sabemos todo. Sabemos lo del grupo, que reclutaste a Stillwater y a Percival y también a Sanford. Sabemos que planificaste todo esto. No tienes la más mínima oportunidad de escapar de esta, a menos que nos entregues a las niñas ahora mismo.

La cocina estaba a oscuras, excepto por la luz que salía por debajo de la puerta de una despensa. Kett toqueteó la pared hasta que encontró el interruptor y lo encendió. A regañadientes, un conjunto de bombillas desnudas en el techo parpadearon y dejaron al descubierto la cocina de una granja que parecía normal y corriente.

Menos por la sangre.

Había sangre por doquier, encharcada en las piedras, salpicando las encimeras, incrustada en el horno AGA. Era oscura, solidificada, antigua. A quienquiera que hubiese pertenecido, hacía mucho que había muerto.

—Percival —gritó Kett mientras se dirigía a la despensa—. Sabemos que te obligaron. Sabemos que esto no ha sido cosa tuya. Sal ahora, ayúdanos a rescatar a las niñas y haré lo que pueda para sacarte de esta.

Usó la palanca para abrir la puerta de la despensa e hizo una mueca cuando lo asaltó el olor. Esta vez no eran las aguas residuales, ni una persona sin lavar.

Era el hedor de la muerte.

«No».

Había un cadáver ahí, enterrado bajo un montón de mantas. Lo único que Kett veía era un brazo, casi desprovisto de sangre, con los dedos contraídos en una garra. Inspiró un poco. Se había quedado sin aire en los pulmones.

¿Era Maisie?

¿Era Connie?

¿O yacían ahí ambas niñas, entrelazadas con ese sudario fétido?

Comprobó si había alguien tras él y luego se agachó, agarró la manta de encima y la retiró. Apareció una cara, amarillenta y difunta.

Era el rostro de un hombre.

Lo reconoció a partir de la fotografía que había visto hacía menos de una hora. Alan Sanford, el propietario de la casa. Tenía el cuello destrozado donde se lo habían rebanado, de ahí para abajo estaba cubierto en una capa de sangre fría y seca.

Kett inspiró otra vez y retiró el resto de las mantas para asegurarse de que solo se trataba de Sanford. Luego se levantó, luchando contra el vértigo, y salió de la despensa.

Habían estado aquí, los acababa de oír: risas, gritos, súplicas.

¿Dónde se habían metido?

—¿Maisie? —gritó—. ¿Connie? Si me oís, si podéis moveros, seguid el sonido de mi voz. He venido a ayudaros. Voy a sacaros de aquí.

—No, no lo vas a hacer.

La voz procedía del pasillo y Kett avanzó a trompicones en esa dirección. Salió de la cocina con la palanca levantada.

Figg estaba en el umbral del otro extremo del pasillo, al otro lado de las escaleras, con una sonrisa de oreja a oreja. Sus ojos ya no contenían ni un ápice de la calidez que poseían cuando Kett lo había conocido. Eran oscuros, pequeños y estaban cargados de algo salvaje, algo peligroso.

Con una mano agarraba de la cabeza a Maisie Malone.

Con la otra, apretado contra su cuello, sostenía un cuchillo.

—Has llegado demasiado tarde, Robbie —empezó Figg, clavando la hoja en el cuello de Maisie con tanta fuerza que salió una gota de sangre. La niña abrió la boca, pero no gritó, tan solo emitió un borboteo de terror silencioso. Figg sonreía, pero estaba furioso. Kett distinguía la rabia que lo consumía en cada movimiento—. Sé que la casa no está rodeada, así que ¿por qué no nos haces un favor a todos y te vas a tomar por culo?

—Maisie —dijo Kett, dirigiéndose a la niña—. Estate tranquila, no te va a pasar nada.

—Lo dices como si fuera verdad —observó Figg—. Pero ¿sabes qué pasa? Que me voy a ir. Y como des un solo paso en mi dirección, la vacío aquí mismo como hice con el imbécil de Sanford y con la otra putita.

«Connie», pensó Kett y lo embargó una oleada de ira sombría.

Figg se retiró hacia la habitación. Maisie caminaba con torpeza mientras él la empujaba, susurrando: «No, no, no, no, no, no, no, no, no, no» con cada bocanada de aire.

—Un solo paso, Robbie, y es su fin.

Figg volvió a sonreír, dio un paso al lado y desapareció entre las sombras.

Capítulo 29

Un solo paso y sería su fin.

Pero un solo paso también podía ser su salvación.

Kett contó hasta cinco mientras oía el ruido de los movimientos en la otra habitación. Se produjo un grito suave, un gruñido y luego nada.

Se movió con tanta celeridad como se atrevió, con la palanca bien agarrada en el puño sudado cuando cargó hacia la entrada. De un vistazo, supo todo lo que necesitaba saber: era un salón, vacío, y la ventana en saliente que había en el otro extremo estaba abierta.

Kett corrió a través de la oscuridad y llegó a la ventana justo a tiempo de ver cómo Figg se alejaba de la casa. Empujaba a Maisie por delante y lo hacía con tanta fuerza que la niña cayó al suelo entre sollozos. Entonces, el hombre echó la vista atrás.

Kett se agachó mientras trataba de ordenar los pensamientos. Figg estaba loco, iba a matar a la niña en cuanto dejara de serle útil. Si veía que Kett lo perseguía saltando por la ventana, Maisie estaba muerta.

Tenía que ser listo.

Volvió sobre sus pasos, corrió por la cocina y salió por esa puerta. Se encontraba en la parte trasera de la casa, pero incluso desde allí oía las lejanas sirenas que ya se acercaban.

Empezó a caminar por un patio de construcción lleno de arena y ladrillos, mientras tropezaba a ciegas. Hubo un momento en el que cayó y la palanca resonó al golpear el suelo como una campana de iglesia. La recogió mientras inspiraba bocanadas de aire impregnado del hedor de las aguas residuales y escaló los restos desmoronados de un muro. No vio nada más que la negrura de la noche.

«¡Estúpido!». Los había perdido. Si Figg se había escapado…

No, ahí estaban, dos siluetas recortadas sobre los árboles que avanzaban hacia la planta de tratamiento de aguas residuales. Kett aprovechó el amparo que brindaba la oscuridad, como si de una capa se tratara, y se dispuso a perseguirlos. Oía el repiqueteo constante de las aspas de un helicóptero que se acercaba y más sirenas.

No llegarían a tiempo.

Kett siguió adelante, tropezó con nudos de zarzas y hierbajos antes de llegar al camino de tierra que conducía a la planta de tratamiento. Oía el ruido que hacía Figg más adelante, le estaba chillando a Maisie que espabilara.

Luego, resonó otra voz y no era la de Maisie. Era la de un hombre que gimoteaba, lastimoso:

—¡No, Raymond, no!

Lochy Percival.

El camino viraba a la derecha, un cúmulo de edificios se erigía más adelante. Llegados a este punto, el hedor era tan denso que casi era líquido a Kett le parecía que perseguía a los dos hombres y a su presa nadando a través el olor. Ya los veía, escalando la verja alambrada. Maisie chilló al caer con un golpetazo. Por suerte, había luces por allí y divisó claramente a Figg y a Maisie como si hubieran salido a un escenario; Percival cojeaba tras ellos.

Todos se estaban quedando sin resuello, incluido Kett, pero este agachó la cabeza y se esforzó por recortar la distancia que los separaba. Escaló la verja y cayó sobre un seto bajo y, luego, al bajar sobre la hierba, vio los enormes tanques de aireación circulares que había más adelante. Figg se había detenido junto al borde del más cercano, sus resuellos silbaban como una sirena. Echó la vista atrás y vio a Kett, entonces agarró a Maisie por el cuello y la estrechó con fuerza. Percival los había alcanzado y ahora estaba con las manos en las rodillas, jadeando.

—¿Así es como quieres que termine? —gritó Figg, con la punta del cuchillo sobre la mejilla de Maisie—. Eres un puto idiota, Kett. Nunca has sabido cuándo tienes que escuchar.

—Oye —empezó Kett, reduciendo la velocidad hasta caminar. Agarró con fuerza la palanca mientras deseó ser lo bastante rápido como para cubrir los dieciocho metros que lo separaban de Figg con un solo paso. Le palpitaba la cabeza, cada latido era un estallido que le nublaba la visión—. Baja el cuchillo, Figg. Se acabó.

—Se acabó para ella —replicó Figg. A sus espaldas, el brazo motorizado daba vueltas lentamente alrededor del enorme tanque y removía el hedor de las aguas residuales, que impregnaba el aire. El helicóptero se estaba acercando y entre los árboles que se extendían detrás de Kett refulgían las luces azules intermitentes. Figg les echó un vistazo mientras se humedecía los labios, pero Kett se centró entonces en Percival:

—Tampoco es demasiado tarde para ti, Lochy —le dijo—. Nada de esto es culpa tuya.

—Sí que lo es. —Percival pronunció las palabras entre sollozos—. Sí que lo es. Está muerta y es por mi culpa.

—¿Delia? —preguntó Kett—. Está viva. Tu sobrina está bien.

Percival alzó la vista y profirió un ruido similar al que emitiría un ahogado.

—¿Está viva? —preguntó—. Stillwater ha dicho…

—Stillwater está esposado —anunció Kett—. Delia está deshidratada y conmocionada, pero vivirá para contarlo.

—Christian ha fracasado —se burló Figg, peleándose con Maisie cuando esta trató de liberarse—. Qué sorpresa. Mucho hablar pero no tiene huevos. Aunque has llegado demasiado tarde para salvar a Connie. Gentileza de Lochy.

La sonrisa petulante de Figg hizo que a Kett le entraran ganas de partirle la cara. Pero Percival había empezado a negar con la cabeza.

—No he sido capaz —confesó—. No he podido. Era tan…, tan joven. Lo siento. Lo siento. Lo siento.

—¿Connie Byrne está viva? —preguntó Kett.

Percival asintió.

—Eres un puto cobarde —le espetó Figg. Apartó el cuchillo del rostro de Maisie y lo blandió en dirección a Percival, que estaba tan cerca que le ensartó un ojo. Percival retrocedió con la mano en la cara y gimiendo—. ¡Eres un puto cobarde! Sabía que no serías capaz.

Kett no miraba a Percival. Tenía los ojos clavados en Maisie, igual que ella en Kett.

—Debería matarte aquí mismo, maricón de mierda —le gruñó Figg a Percival y aflojó el agarre de la niña.

Kett asintió en dirección a Maisie y esta supo exactamente qué hacer. Con un grito de desafío, se zafó de las garras de Figg y salió corriendo por la hierba.

—¡Corre! —rugió Kett, que salió disparado hacia ella—. ¡Corre! ¡Corre!

La expresión de Figg era una máscara de carnaval delirante: una sonrisa malévola de oreja a oreja. Se lanzó sobre Percival y la hoja se hundió en el cuello del otro como si fuera de mantequilla. Percival se llevó una mano a la herida, con los ojos saliéndosele de las órbitas y la boca abierta en una O perfecta. La sangre empezó a manar entre sus dedos. Figg ya no lo miraba. Había echado a correr en pos de la niña, sus extremidades parecían pistones.

—¡Corre! —le gritó Kett a la muchacha.

Maisie se encontraba a medio camino entre los dos hombres y echaba la vista atrás cada pocas zancadas. Kett agachó la cabeza, listo para destrozarle la cabeza a Figg. Esperaba que la niña pasara corriendo junto a él, pero no lo hizo, sino que se lanzó directa a sus brazos, se aferró a su cuerpo y lo cegó.

—¡Por favor! —le gritó al oído, agarrándolo con tanta fuerza que lo asfixiaba—. ¡Por favor!

El inspector jefe se giró y ladeó la cabeza para descubrir que Figg estaba a pocos metros.

Dio un fuerte empujón a Maisie y la mandó volando por los aires. Al cabo de un segundo, el cuchillo de Figg se le clavó en el hombro izquierdo.

—¡Hijo de puta! —gritó Figg, salpicándole la cara de saliva. Le arrancó el cuchillo de la herida con un poco de sangre y un estallido de dolor atroz y agudo. Y, luego, volvió a arremeter. Kett torció el cuerpo para huir de la trayectoria y levantó el otro brazo, con el que sostenía la palanca. La blandió con fuerza, pero no acertó para golpear a Figg y solo dio una vuelta. Figg volvió a atacar y la hoja le seccionó el pecho.

Kett trató de darle un puñetazo con la mano izquierda, pero el hombro herido no se lo permitió. Entonces, optó por levantar la bota y asestó una fuerte patada directa a la rodilla de Figg. El crujido que se oyó fue como un disparo y el hombre retrocedió tambaleándose antes de caer de espaldas.

El mundo se había salido del eje e iba a la deriva en el vacío del espacio. Figg reculaba sobre su trasero, blandiendo el cuchillo al aire como si fuera la cola de un escorpión. No cabía la menor duda de que tenía la pierna rota, por el ángulo imposible en el que se doblaba a la altura de la rodilla.

—Hijo de puta —musitó a medida que retrocedía—. Hijo de puta. Hijo de puta.

Kett soltó la palanca y se apretó la herida que tenía en el hombro. La sangre manaba caliente como si fuera agua hirviendo (y salía mucha). Miró a Maisie, que seguía en pie, milagrosamente, después de todo lo que había sufrido.

—¿Ves esas luces? —le indicó, con voz ronca, señalando hacia los árboles con la cabeza. Debía de haber media docena de coches de policía ya y el helicóptero surcaba el cielo por encima de ellos con el reflector recorriendo la tierra—. Corre hacia ellos y no pares. Diles dónde estamos.

Maisie no se movió. Miró a Figg y entrecerró los ojos. Era la expresión de alguien destrozado por un trauma desgarrador, alguien que no volvería a ser la misma persona que antes.

—Quiero verlo —dijo ella—. Quiero ver cómo se muere.

—No se va a morir —replicó Kett y recogió la palanca, aunque por poco no se le resbala de los dedos ensangrentados—. Irá a prisión mucho, mucho tiempo.

—¿Sí? ¿Tú crees? —saltó Figg, que seguía reculando. Justo detrás tenía el tanque de aguas residuales, junto al brazo que seguía rotando—. Aún no has ganado esta partida. ¿Cómo supisteis que era yo?

—Ven conmigo y te lo contaré todo —le ofreció Kett, avanzando.

—Pero es que eres tan idiota, joder —le espetó Figg—. Has fracasado.

—¿Fracasado? —preguntó Kett—. Eres tú el que está en el suelo y soy yo quien está a punto de pillarte. Tres niñas volverán a su cama y tres cabrones acabarán entre rejas. —Echó un vistazo a Percival, tendido en el suelo, quieto como una roca—.

Bueno, entre rejas o muertos. Cualquier cosa me parece bien a estas alturas. Pero yo diría que el que ha ganado soy yo.

Figg soltó una carcajada, pero era endeble. No le quedaba ningún sitio al que huir.

—Has fracasado con lo de tu esposa —le dijo—. Le has fallado a Billie.

Si Maisie no hubiese estado presente, el inspector jefe habría acabado con Figg allí mismo y luego habría alegado defensa propia. Qué demonios, tenía la sensación de que podía hacerlo de todos modos, que la niña respaldaría su versión. Tragó saliva, agarrando la palanca con tanta fuerza que la mano le dolía. De alguna forma, Figg se estaba poniendo en pie, apoyando todo su peso en la pierna buena.

—No lo hagas —le ordenó Kett—. Suelta el cuchillo.

—Eres tan idiota —insistió Figg, bamboleándose como un borracho—. ¿Cómo puedes no saber lo que le pasó? Es que es tan simple, joder. Incluso yo lo descubrí.

—¿Cómo? —dijo Kett—. ¿De qué hablas?

—Ya veo que no lo sabes, ¿a que no? —le preguntó Figg, haciendo una mueca de dolor cuando trató de mover la pierna. No se cayó otra vez al suelo por poco, solo la fuerza de voluntad lo mantenía en pie—. Al principio pensaba que estabas metido en el ajo, porque no podía creer que alguien fuera tan obtuso. Pero es verdad que no sabes lo que le pasó a tu mujer.

Soltó otra carcajada de puro placer.

—Si sabes algo, me encantará sacártelo a mamporros en comisaría —admitió Kett—. Pero me parece que solo eres un mentiroso de mierda.

—Si tan mentiroso crees que soy, pregúntame sobre él —le espetó Figg, con una sonrisa petulante—. Pregúntame cómo conocía Billie al Cerdo. Pregúntame qué tiene que ver con el niño de la familia Khan. Los policías os pensáis que todos somos Jack el Destripador, que lo hacemos todo solos. Os pensáis que no hablamos unos con otros. Pero sí estamos en contacto, hablamos entre nosotros, competimos entre nosotros y nos seguimos todos en el puto Facebook. Te crees que no lo sé, pero sí que lo sé, sé dónde la…

Percival se abalanzó sobre Figg a tal velocidad que al principio Kett no supo dilucidar qué ocurría. Lochy iba empapado de sangre y estaba medio moribundo, pero no sabía cómo había conseguido envolver a Figg con los brazos y tirarlo de espaldas. Figg chilló con la cara contraída en una mueca de dolor mientras trataba de evitar que Percival se hiciera con el cuchillo. El dúo de hombres realizó una danza grotesca y renqueante por la extensión de hierba, gruñendo como cerdos.

—¡No! —gritó Kett, corriendo hacia los hombres.

Llegó demasiado tarde. Percival le había arrebatado el cuchillo con torpeza y lo había hundido en el cuello de Figg. Figg le asestó un puñetazo, forcejeando con su atacante mientras lo rociaba todo como si de la boca le manara una fuente de sangre.

—¡No! —volvió a gritar Kett, ya casi sobre los secuestradores.

Percival le clavó otra estocada y otra más. Ambos hombres rodaron a trompicones hasta que, entre alaridos guturales, cayeron en el tanque de aguas residuales. Kett derrapó hasta parar junto al tanque, alargó la mano para agarrarlos, pero entonces pasó el brazo motorizado y desaparecieron.

—¡No! —gritó el inspector y se dejó caer a cuatro patas. Apoyó la cabeza sobre la hierba y notó que la sangre le resbalaba por el cuello de la herida del hombro y se le acumuló en la oreja—. Por favor…

Notó una mano en el brazo y oyó una voz joven:

—¿Señor? ¿Oiga, está bien?

No estaba bien. Se estaba desangrando. Se sentía vacío, la cáscara de su cuerpo liviana como una pluma, a punto de que la arrastrara la más leve brisa. No estaba seguro de si tenía los ojos cerrados o si habían dejado de funcionarle. Lo único que recordaba sobre la negrura eran los rostros de sus hijas, las tres niñas que no volvería a ver.

Se toqueteó el bolsillo en un intento por sacar el silbato. Maisie debió de ayudarlo, porque, de repente, lo oyó: un pitido estridente que pedía ayuda.

El silbato de la suerte de Cruel.

Pero no le traería suerte a él, hoy ya no.

Tampoco le traería suerte a Billie. Ni a sus hijas.

Se quedó tendido en el suelo y notó que Maisie lo rodeaba con los brazos, oyó que silbaba y oyó gritos de la gente que corría en su dirección.

«No he tenido suerte suficiente», pensó.

Y eso fue todo.

Capítulo 30

Fue el olor del té lo que lo despertó. Caliente, aromático, cargado y delicioso.

Kett trató de incorporarse, pero se detuvo de inmediato. El dolor que le atenazaba el hombro se propagó por el pecho, el cuello y el brazo. Era un dolor sordo (mitigado por, sin duda, analgésicos potentes, si sus sospechas eran correctas), pero aun así era una agonía. La cabeza también le martilleaba.

Sin embargo, el olor sí que lo hizo sentirse mejor.

Se conformó con abrir los ojos: primero logró abrir uno y después el otro. Y lo que consiguió fue una salva de vítores agudos que casi lo deja sordo. Las reconoció al instante y le arrancaron una sonrisa dolorosa. Cuando se le despejó la visión, vio que Alice y Evie estaban en la cama, encaramadas a su torso con la intención de llenarle la cara de besos.

—¡Eh! ¡Eh! —gritó el inspector Porter. El hombretón se estaba peleando con Moira y, tal como pintaba, iba perdiendo él. El bebé estaba haciendo su movimiento estrella, con el que levantaba los brazos por encima de la cabeza y eso permitía que resbalara de las manos que estuvieran agarrándola como si fuera mantequilla. Por poco se le cae a Porter, quien tenía una expresión de pánico absoluto cuando la dejó en el suelo.

Kett se echó a reír y se arrepintió al instante.

—Con cuidado —les dijo, sin aliento, a las dos mayores mientras estas seguían su ofensiva amorosa—. Dejad que respire.

—¡Papi! No creía que fueras a despertar —dijo Alice, disgustada.

—¿Cuánto tiempo he estado inconsciente? —preguntó Kett mientras las apartaba con la mano buena y rebuscaba entre la niebla de sus recuerdos.

—No mucho —le explicó Porter—. Ni siquiera han empezado a servir el desayuno. Las niñas acaban de llegar. Hace como… cinco minutos. Las ha traído la mujer de Clare.

—Pero han sido cinco minutos que me han dado mucho miedo —se quejó Alice, enterrando la cabeza en el brazo bueno de su padre.

—Muy bien, se acabó por ahora —dijo una enfermera que entró en la habitación y echó a las niñas de la cama con un solo gesto—. Vuestro padre ha sido muy valiente, pero necesita descansar. Estoy segura de que su amigo os puede acompañar hasta la máquina expendedora.

Porter abrió mucho los ojos.

—¿A todas? —balbució el inspector—. ¿A la vez?

—Sí y será mejor que te des prisa —le aconsejó Kett, señalando con la cabeza a Moira, quien, con sus andares de pato, ya salía por la puerta. Alice y Evie la siguieron, las tres riéndose a carcajada limpia. Ya habían olvidado el mal rato que habían pasado por papá.

—¡Joder! Ay, quiero decir jopetas, no, jopelines —farfulló Porter mientras las seguía. Se volvió antes de salir de la habitación—. Ah, te he preparado un té.

—¿En serio? —soltó Kett; la decepción fue casi insoportable. Miró a la mesa que había al lado de la cama y suspiró al ver la taza de un infinito color lechoso que descansaba ahí, dando pena. No era ni caliente, ni aromático, ni cargado, ni delicioso.

—¡He usado tres bolsitas de té! —resonó la voz de Porter por el pasillo.

—¿Y las ha vaciado antes de meterlas? —preguntó la enfermera, levantando una ceja. Le dedicó una sonrisa a Kett—. Ha sufrido una herida por punción profunda en el hombro, pero, por suerte, no llegó a la arteria humeral. La herida que tiene en el pecho es solo un corte, pero necesita puntos y le quedará cicatriz. Pasará un tiempo antes de que pueda volver a cargar con sus niñas en brazos.

Alguien llamó a la puerta y un rostro enfadado, con mucho pelo en la nariz, se asomó.

—Espero que valiera la pena —le comentó Kett a la enfermera. Se centró en el comisario Colin Clare—. Señor.

Clare se acercó a la cama y Kett se alegró de ver que había venido acompañado de la agente Cruel. Por el aspecto que tenían, ni el uno ni la otra habían pegado ojo, aunque Clare tenía mucha peor pinta que la joven agente. Ambos le sonrieron. O, como mínimo, Kett creyó que Clare le sonreía. Era complicado estar seguro porque, a pesar de la sonrisa, seguía pareciendo enfadado.

—¿Las niñas? —preguntó Kett.

—Vivas —contestó Clare—. Las tres, gracias a Dios. Las están tratando por deshidratación. Esos cabrones no les daban de comer y parece que solo Percival les daba algo de beber y apenas unas gotas. Delia Crossan es quien está peor. Estuvo encerrada en esa habitación casi una semana. No sé ni cómo ha sobrevivido.

—Las niñas son más fuertes de lo que se cree —terció Cruel, sentada en un extremo de la cama. Clare asintió.

—Encontramos a Connie en el sótano con una botella de Coca-Cola y un poco de pan de ajo —le explicó el jefe—. ¿Tienes idea de por qué?

Kett trató de incorporarse y Clare lo ayudó y le ahuecó los cojines.

—Creo que cada hombre tenía que secuestrar y luego matar a una de las niñas —empezó Kett—. Figg escogió a Maisie, Stillwater tenía que matar a Delia. Connie le correspondía a Percival, pero este no fue capaz. La escondió y le mintió a Figg. Estaban en ello cuando llegamos. Si hubiéramos tardado un poco más, ahora estarían muertas, o eso creo.

—Qué retorcido —dijo Clare—. Absolutamente retorcido. En los años que llevo trabajando, creo que nunca me había encontrado algo así.

—Todo fue cosa de Figg —explicó Kett—. Lo planeó y organizó todo. ¿Ha sobrevivido?

—¿Figg? —Clare soltó una carcajada, pero no encerraba ninguna gracia—. No. Sacamos a los dos del tanque. Figg murió con los pulmones llenos de mierda, se ahogó en ella.

Ahora era el turno de Kett de soltar una carcajada amarga.

—La última cosa que le dije fue que era un mentiroso de mierda —recordó.

—Bueno, yo no creo en la justicia poética —prosiguió Clare—, pero, oye, en este caso, no la niego. Percival murió desangrado. No entiendo cómo pudo hacer lo que hizo. Maisie nos ha explicado que saltó sobre Figg, ¿que lo empujó?

Kett suspiró y luego asintió.

«Crees que no lo sé, pero sí que lo sé, sé dónde la…».

¿Dónde qué? ¿Figg había estado a punto de decirle a Kett dónde se habían llevado a Billie? Nunca lo sabría. Pero había mencionado a alguien, ¿no? ¿Al Cerdo? ¿O Kett lo habría soñado después de perder la consciencia?

No, no lo había soñado. Era una pista. Un rastro. Era esperanza.

«Te encontraré».

Cerró los ojos y cuando los volvió a abrir, se encontró con que Clare estaba observando el té que tenía junto a la cama con cara de asco.

—Entonces, Porter ya ha pasado por aquí —observó el jefe.

—Se ha llevado a mis hijas a comprar algo de picar —respondió Kett.

—Pobre chaval —dijo Clare.

—¿Y Stillwater? —preguntó Kett—. ¿Qué ha pasado con él?

—Está vivo —le explicó Cruel—. Aunque no volverá a andar bien. Está detenido y se enfrenta a una larga condena en prisión y no solo por los secuestros, sino también por el asesinato de Evelyn Crossan, la madre de Delia. No hay abogado en la Tierra que pueda conseguir que se vaya de rositas.

—Bien —dijo Kett—. Se ha acabado, entonces.

—Se ha acabado —coincidió Clare—. Has hecho un buen trabajo. Los dos. Cruel, te voy a meter en la rotación. Cuanto antes dejes el uniforme y empieces a ir de traje, mejor.

—Gracias, señor —dijo Cruel, con una sonrisa de oreja a oreja.

—No me cabe ninguna duda de que dentro de unos diez años, tú dirigirás el cotarro —prosiguió Clare.

—¿Y yo, señor? —preguntó Kett.

La respuesta que recibió fue un coro de risas cuando Moira entró con sus andares a la habitación flanqueada por Alice y

Evie. Cada una llevaba una barrita de chocolate en la mano. Porter las seguía de cerca, presa del pánico.

—¿Están todas? ¿Dónde está el bebé? ¡Esto es muy estresante, jopelines!

Esta vez, Clare sí que se rio con ganas. Se volvió hacia Kett.

—Tómate un tiempo de descanso —le contestó—. Un descanso de verdad. Pásalo con tus hijas. Te lo has ganado. Y cuando estés mejor, ya hablaremos.

—¿De un nuevo caso? —preguntó Kett y Clare hizo una mueca.

—¡Por Dios, no! Hablaremos de que saques las narices de mi jurisdicción y vuelvas a Londres.

El jefe se echó a reír y Kett hizo lo propio mientras se agarraba el hombro porque el dolor lo atenazaba.

—Y ahora tengo que rellenar todo el papeleo para cubrir todos los huecos y vacíos que dejasteis —les espetó Clare mientras se iba—. Pero muchas gracias, Robbie. Gracias, a los dos. Habéis salvado a esas niñas.

Kett le dedicó un asentimiento y volvió a cerrar los ojos para descansar un poco el cerebro.

—Papi, ¿las salvaste? —preguntó Evie, con la boca llena de chocolate.

—Sí —respondió Porter—. Vuestro padre es un héroe.

—Anda ya —musitó Kett—. Entre todos las salvamos.

—Pues yo creo que eres bastante guay —terció Alice.

—Ay, gracias —replicó Kett, mirando a sus hijas. Por Dios, cuánto las quería—. «Bastante guay» me va de perlas. Venid aquí. Os he echado mucho de menos.

Se sentaron en el filo de la cama y Porter le colocó a Moira en el regazo. Kett abrazó al bebé, que estaba demasiado interesada en su barrita Wispa como para darse cuenta.

—No os volveré a dejar solas, ¿eh? —les dijo—. Os lo prometo. De ahora en adelante, se acabó el trabajo. Solo tiempo en familia.

—¡Yupi! —soltó Alice y se inclinó hacia delante para abrazarlo.

—¡Upi! —la imitó Moira.

—¡Yupi! —se unió Evie. Pero luego puso mala cara—. Papá, tengo que hacer caca.

—Cómo no —repuso este.

—Yo la acompaño —se ofreció Cruel. Le tendió la mano y ayudó a Evie a bajar al suelo.

—Gracias —le dijo Kett—. Y no solo me refiero a esto. Gracias por todo lo que hiciste en esa casa. Me has salvado la vida.

La agente sonrió y condujo a Evie hacia la puerta, pero volvió la cabeza cuando cruzaba el umbral:

—Enseguida volvemos —anunció—. Y no te preocupes, te traeré una taza de té como Dios manda.

Principal de los Libros le agradece la atención
dedicada a *Sin rastro,* de Alex Smith.
Esperamos que haya disfrutado de la lectura
y le invitamos a visitarnos
en www.principaldeloslibros.com,
donde encontrará más información
sobre nuestras publicaciones.

Si lo desea, también puede seguirnos
a través de Facebook, Twitter o Instagram
utilizando su teléfono móvil
para leer los siguientes códigos QR: